53

SAINT LOVYS,

OV

LE HEROS

CHRESTIEN.

POËME HEROÏQVE.

Par le P. Pierre le Moyne, de la
Compagnie de IESVS.

A PARIS,

Chez Charles dv Mesnil, ruë sainct
Iacques, prés S. Yues, à la Samaritaine.

M. DC. LIII.
Auec Priuilege du Roy.

SAINT LOVYS
LIVRE PREMIER.

ARGVMENT.

Marche de l'Armée Françoise vers le Caire ; Trouble de l'Egypte, & resolution furieuse du Sultan : Attentat du Prince Arsacide miraculeusement détourné : Ambassade artificieuse & barbare : Propositions de paix auancées par le Sultan, & rejettées par Louys : Sa vie heroïque iusques à son arriuée en Chypre.

 E chante les combats, ie chante les victoires,
D'vn Saint regnant au Ciel, regnant dans les Histoires,
Qui sur les bords du Nil fumant de ses exploits,
Fit des Croissans brisez vn trophée à la Croix.
Son zele en cette guerre égala son courage :
L'Enfer mit contre luy ruse & force en vsage ;
Il fit des Legions de Phantosmes armez ;
Il joignit en vn Corps les Elemens charmez :
Et dans vn Camp de feu que les Demons formerent,
Aueque les Sultans les Monstres se rangerent.
Mais le bon Roy vainquit Sultans, Monstres, Demons ;
Fit des fleuues de sang & de morts fit des monts :

A

Le Nil en regorgea de ſes gouffres liquides ;
La ſueur en coula du front des Pyramides :
Et pour laiſſer aux Grands de ſa Poſterité,
Vn Modele auant luy vainement ſouhaitté,
Le Saint à la valeur allia la conſtance ;
Accorda la victoire aueque la ſouffrance ;
Et reünit en ſoy par vn double Laurier,
Le Iuſte au Conquerant, le Martyr au Guerrier.

  Eſprits harmonieux, Sirenes rayonnantes,
Des celeſtes concerts celeſtes Intendantes ;
Vous qui faites joüer ces Globes ſuſpendus,
Dont les accords ſans bruit, ſont des yeux entendus :
Et vous qui prés du Throſne où les troupes aiſlées,
Volent les pieds couuers & les teſtes voilées,
Donnez l'air & le ton par qui ſont gouuernez,
Les Hymnes eternels des Vieillards couronnez :
Si ma voix fut iamais de vos voix aſſiſtée,   .
Si iamais de vos mains ma Lyre fut montée,
Belles & chaſtes Sœurs, c'eſt maintenant qu'il faut,
Porter plus haut ma voix & mon Eſprit plus haut.
Il faut qu'à mon trauail voſtre ſecours s'accorde ;
Et qu'en ma Lyre au moins vous mettiez vne corde,
Ou de celle du Ciel, qui de tons éclatans,
Meſure le concert des Saiſons & des Temps ;
Ou de celles qui font d'vn air plus magnifique,
Des Nopces de l'Agneau l'eternelle muſique.
De ſes clairons la Gloire à mes chants répondra ;
Et iuſqu'à nos Neueux l'Echo s'en étendra.

  DES-IA la Lune aux yeux de la troupe étoilée,
S'eſtoit ſous le Soleil trois fois renouuellée ;

Depuis que ſur ſes murs conquis par les François,
Damiette auec les Lis auoit receu la Croix.
Le Prince conquerant, pourſuiuant ſa conqueſte,
De l'Egypte ébranlée alloit choquer la teſte.
A la marche du Camp l'Aſie au loin trembloit:
Dans ſes gouffres le Nil de frayeur ſe troubloit;
Et bien loin de la Mer, ſes bouches écumantes,
Reuomiſſoient des morts les reliques ſanglantes.
Les Bourgs abandonnez des Communes ſans cœur,
Demeuroient expoſez aux courſes du Vainqueur.
De Tanes autrefois ville ſi renommée,
Les habitans defaits du ſeul bruit de l'Armée,
Iuſqu'au vuide inconnu d'vn Deſert ſablonneux,
Traiſnerent leurs maiſons errantes auec eux:
Vn meſme effroy porté ſans arreſt & ſans bride,
Ebranla le rampart qui ceignoit Pharamide:
Et iuſqu'à ces cantons où l'Ange Executeur,
Iadis n'oſa porter le couſteau deſtructeur,
A la montre des Lis les Croiſſans diſparurent;
Le trouble, la frayeur, le tumulte y coururent:
Et tours, chaſteaux, citez d'vn commun tremblement,
Accrurent de l'Eſtat le fatal mouuement.

Ainſi quand du Veſuue vne flame épanduë,
Porte vn torrent de feu ſur la plaine éperduë;
La ruine & l'horreur ſuiuent aueque bruit,
Le rauage qui fume & le degaſt qui luit.
Il n'eſt digue ny mur où ſa fureur s'arreſte;
Il meſle des Palais le fondement au faiſte:
La mort d'vn cours égal également ſurprend,
Et celuy qui reſiſte & celuy qui ſe rend:

Et dans vne tempeſte où tout tombe & tout fume,
Aueque le preſent l'auenir ſe conſume.

  En ce temps, Meledin l'Egypte gouuernoit,
Et du poids de ſes ans le Sceptre ſouſtenoit :
Orgueilleux & barbare, implacable & ſeuere,
Et ſanguinaire Fils d'vn ſanguinaire Pere,
Il auoit fait les loix eſclaues du pouuoir ;
Au ply de l'intereſt il plioit le deuoir ;
Et deſerteur du droit & de la foy commune,
Ne preſentoit d'encens qu'à la ſeule Fortune.

  Vne Fille & deux Fils deſia grands & guerriers,
Et celebres deſia par leurs propres Lauriers,
Sous luy mettoient la main au faix de la Couronne,
Et partageoient ſous luy les ſoucis qu'elle donne.
L'Aiſné Melecſalem au Leuant enuoyé,
Traiſnoit tout le Leuant à ſes frais ſoudoyé.
Il auoit depeuplé les riues où l'Hidaſpe
Voit ſon lit releué de carrieres de Iaſpe ;
Et celles où le Tigre écumeux & bruyant,
Se pourſuiuant touſiours & touſiours ſe fuyant,
De ſa fougueuſe courſe épouuante la plaine,
Et dans la Mer arriue en trouble & hors d'haleine.
Il auoit épuiſé les bords où le Iourdain,
Eſclaue du Croiſſant ronge ſes fers en vain ;
Et les bords où l'Eufrate hoſte de Babilonne,
De Chaſteaux ſourcilleux en paſſant ſe couronne.
Toute l'Aſie en corps ſous ſes drapeaux marchoit ;
Son Camp chargeoit la terre & les fleuues ſechoit ;
Et le malheureux Prince auec toutes ces troupes,
Sous qui les monts ployoient leurs gemiſſantes croupes,

Croyant ſuiure la Gloire & ſuiuant ſon orgueil,
Penſoit aller au Throſne & n'alloit qu'au cercueil.

   D'autrepart Muratan ſon Riual & ſon Frere,
Iuſques alors la ioye & l'amour de ſon Pere,
Apres Alep reduite & ſon Prince rangé,
Reuenoit de Lauriers & de Palmes chargé.
Heureux ſi ſuccombant ſous le poids de ſa gloire,
Il eut receu la mort au ſein de la Victoire.

   La Fille qui paſſoit les deux Fils en valeur,
Eſtoit de la Couronne & la force & la fleur:
Son nom eſtoit Zahide ; & depuis le riuage,
Où la Mer diuiſée à l'Hebreu fit paſſage,
Iuſqu'à cette autre riue où le flot tremouſſant,
Se colore aux rayons du Soleil renaiſſant ;
Il n'eſtoit point de Cour ſoit barbare ou galante,
D'où Zahide, des cœurs les plus fiers conquerante,
N'attiraſt à Memſis, par bandes enchaiſnez,
Des Eſclaues regnans, des Captifs couronnez.

   Mais qu'eſtoient ces ſuccez aux ſecrettes bleſſures,
Que de faux lenitifs, que de vaines parures?
Mille ſonges affreux preſentez au Sultan,
Deuant ſes yeux tantoſt égorgeoient Muratan ;
Tantoſt luy faiſoient voir Zahide écheuelée,
Sur vn barbare autel de ſon bras immolée.
L'innocente Sultane à qui ſur vn ſoupçon,
Il fit donner la mort par vn traiſtre Eſchançon,
Venoit toutes les nuits terrible & menaçante,
Arracher de ſon front ſa Couronne ſanglante.
Il crut meſme en plein iour voir ſon Throſne taché,
Du ſang de ſes Couſins par ſon Pere épanché:

Et de ce sang affreux les traces rougissantes,
De ces terribles Morts les Ombres gemissantes,
Tourmentoient son Esprit de mouuemens diuers,
Plus frequents & plus prompts que ne les ont les Mers,
Quand des Vents opposez les troupes reuoltées,
Se poussent à l'enuy les vagues agitées.

Dans ce trouble intestin de son Esprit branslant,
Au bruit du Camp vainqueur par l'Egypte roulant,
Il pense desia voir son terrible Aduersaire,
Entrer victorieux par les bresches du Caire :
Et voir de son Palais tombant autour de soy,
La fumée & le feu, le tumulte & l'effroy.

Quoy, dit-il, emporté d'vne soudaine rage,
Ces Brigans, sans peril auront fait cét orage?
L'Egypte par leurs feux en cendres s'en ira;
De son embrasement l'Affrique reluira;
Et le debris tombant sur nos timides testes,
Nostre sang donnera du lustre à leurs conquestes?
En repos cependant, & sans faire d'effort,
Pour arrester le coup d'vne si lasche mort,
Nous conterons d'icy les buschers de nos villes?
Nous serons de nos maux spectateurs immobiles?
Le fort de Medelin peut bien estre abbatu,
Mais la cheute du fort n'abbat point la Vertu;
Et ma Vertu gardant son assiette & sa place,
La Fortune à son gré peut bien changer de face;
Elle peut tout brûler, elle peut rompre tout,
Mon cœur sous tant d'éclats demeurera debout :
Et c'est contre ce cœur plus haut que mes ruines,
Que le Voleur François doit dresser ses machines.

Qu'il les amene en foule, & que de toutes parts,
Il allume des feux, il prepare des dards:
En vain ses dards, ses feux, ses machines dreßées,
Armeront contre moy ses cruelles pensées.
Ce terrible appareil sur luy retombera;
Dans les feux qu'il a faits luy-mesme perira;
Et fumant de sa peine autant que de son crime,
Sera de sa fureur la derniere victime.
Mes veilles cependant guarantiront l'Estat,
Du funeste complot, du barbare attentat,
D'vn tas de factieux, qui nez dans nos murailles,
De leur Mere en secret déchirent les entrailles;
Et desja par leur trouble & par leur mouuement,
Semblent se réjoüir de cet embrasement.
La fumée & le feu réueillent leur courage;
De leur haine assoupie ils reprenent l'vsage;
Et l'on verra bien-tost, que nous ouurant le sein,
Pour accomplir sur nous leur tragique dessein,
Ils sortiront enflez de fiel & de colere;
Et joindront leur audace à l'audace estrangere.
Mais ie sçay comme il faut étouffer les Serpents,
Et leur faire vomir le fiel auec les dents;
Ie le sçay, ie le puis; & la maudite race,
Qui desja de la langue & des yeux nous menace,
Ecrasée à mes pieds, verra deuant la nuit
D'vn iniuste attentat, quel est le iuste fruit.
  A ces mots se tournant vers les Chefs de sa Garde,
Compagnons, leur ait-il, que personne ne tarde:
Le danger est extrème, & les moments sont chers,
Qui doiuent decider les extrèmes dangers:

Vous entendez le bruit, vous voyez la fumée,
Que fait de l'Estranger l'impitoyable Armée;
Mais vous ne sentez pas qu'à couuert & sans bruit,
Vn plus proche ennemy nous mine & nous destruit.
Ces lasches Baptisez nourris dans nos murailles,
Sans venir à l'assaut, sans liurer de batailles,
Par des complots secrets fournissent sourdement,
A ce triste incendie vn funeste aliment.
Desia dans leur esprit l'Egypte est renuersée;
Desia dans nostre sang ils trempent leur pensée;
Et bien-tost les cruels y tremperont les mains,
Si nostre laschete seconde leurs desseins.
Allez donc, Compagnons, au deuant de leur rage;
Munissez vous de zele, armez vous de courage;
La Patrie & la Loy, le Prophete & l'Estat,
Demandent les Autheurs de ce noir attentat.
Tuez tout, brulez tout; d'vne mauuaise engeance,
Il nourrit le venin, qui sauue la semence.

    Son cœur en dicta plus que sa bouche n'en dit;
Et le feu menaçant que son œil espandit,
Et qui mesla l'eclair au sang de son visage,
Acheua d'expliquer le reste de sa rage.

    A cet arrest de mort Meledor assista,
Meledor que Nerise au Vieillard enfanta,
Au terrible Vieillard, Roy du Peuple Arsacide;
Qui fut de tous les Roys le public homicide.
Ce Prince, du Sultan la fureur arresta,
Par vn autre fureur où l'Amour le porta.

    Ton zele, luy dit-il, Seigneur, est de iustice:
A ces traistres, la mort est vn trop doux supplice.

                                  Ny

EXTRAICT DV PRIVILEGE.

AR Grace & Priuilege du Roy, en datte du 13. de Iuin 1651. Il est permis à Charles du Mesnil, Marchand Libraire à Paris, de faire imprimer, vendre & debiter, vne fois seulement, sept Liures d'vn Poëme Heroïque, intitulé *Saint Louys, ou le Heros Chrestien ;* Et deffenses sont faites à tous autres de l'imprimer, ou contre faire, & en debiter d'autres que ceux qui seront imprimez par ledit du Mesnil, sur les peines portées par le Priuilege.

Fautes suruenuës en l'Impreßion.

PAge 25. ligne 4. *hors moy* de. lisez, *hors de moy.* page 116. lig. 3. *vn fatale hommage,* lis. *vn fatal hommage,* p. 118. l. 17. *Le celebre Albigeou,* lis. *Le Cerbere Albigeois,* p. 137. l. 13. *sur le Loire,* lis. *sur la Loire,* p. 159. l. 8. *de Gardes,* lis. *des Gardes,* p. 160. l. 16. *& delasché,* lis. *& detaché,* p. 165. l. 30. *Snot,* lis. *Sont,* p. 178. l. 12. *sa Gloire,* lis. *la Gloire,* p. 199. l. 12. *Qu'à floccous,* lis. *Qu'à floccons,* mesme p. l. 17. *incliné galemment,* lis. *incliné galamment,* p. 220. l. 26. *portoient,* lis. *portoit,* p. 225. l. 25. *Les vent,* lis. *Le vent,* p. 243. l. 22. *perir de ta main,* lis. *perir de ma main.*

Ny le fer, ny le feu, ne sont pas instrumens,
Qui puissent à leur crime égaler leurs tourmens.
Mais quand nous aurions fait de leur sang des riuieres,
Quand leurs corps entassez nous feroient des barrieres,
Croy tu que dans leur sang l'ennemy se noyast?
Croy tu que de leurs corps la montre l'effrayast?
Pour éteindre le feu de l'Egypte brûlante,
Pour affermir, Seigneur, ta Fortune branslante,
Il faut d'autres torrens, il faut d'autres supports:
Et nous ferons icy d'inutiles efforts,
Tant que des Ennemis la fureur épanduë,
Sans borne inondera la campagne éperduë.
Le mal n'est pas, Seigneur, où tu portes les mains;
Tu te peux asseurer des traistres que tu crains.
Et peux en reserrant cette perfide engeance,
Differer sans peril sa peine & ta vengeance.
Le point est d'assommer ce terrible Serpent,
Qui le long de l'Egypte à grands cercles rempant,
Fait le degat aux monts, le fait dans les prairies;
Entraisne les bergers auec les bergeries;
Et ne laisse par tout que d'effroyables morts,
Ou moulus de ses dents, ou froissez de son corps.
C'est à ce grand Serpent qu'il faut casser la teste;
On ne peut arrester que par là sa conqueste.
L'entreprise en est haute; & pour l'executer,
I'ose auecque mon cœur mon bras te presenter.
Et comme ie ne veux que mon amour pour guide,
Ie ne demande aussi pour loyer que Zabide.
Si ie puis sur ta foy ce loyer esperer,
Deusse-je contre moy mille morts attirer.

B

Deußé-je m'expoſer à tout ce que la rage,
Peut donner de tourment, peut inuenter d'outrage,
I'oſeray dans le Camp des Ennemis entrer;
Au cartier de leur Roy i'oſeray penetrer;
Et là de ſes Archers trompant la vigilance,
Et s'il en eſt beſoin forçant leur reſiſtance,
I'abbattray de ce bras le Dragon deuorant,
Qui par tant de tombeaux s'erige en Conquerant:
Et feray tout d'vn coup, tomber auec ſa teſte,
L'ambitieux projet de ſa folle conqueſte.

  A ces mots, le Sultan de merueille ſurpris,
Demande, luy dit-il, demande vn plus grand prix.
Zahide vaut beaucoup; mais à tant de vaillance,
Ce beaucoup, Meledor, eſt peu de recompenſe.
Et quand tout mon Empire à Zahide ajouſté,
Seroit à ton merite en loyer preſenté,
En ton merite encor il reſteroit du vuide,
Apres tout mon Empire offert auec Zahide.
Le Sceptre le plus riche a trop peu de valeur,
Le plus haut Diadéme eſt trop bas pour ton cœur:
Mais ce cœur eleué ſur toute recompenſe,
Comme vn autre ſe doit ſoûmettre à la prudence:
Et ie ne le dois pas ſans eſcorte expoſer,
A tout ce qu'vn beau feu pourroit luy faire oſer.
La vaillance à beſoin que le conſeil l'eclaire,
Elle eſt ſans ſa conduite errante & temeraire:
Et les grands mouuemens, pour eſtre meſurez,
Ne ſont pas moins hardis, & ſont plus aſſeurez.
Tu connois Garaman, tu connois ſa prudence,
  ~ les ans acheuée & par l'experience:

Pa,

Au Camp des ennemis il ira deputé,
Auancer de ma part des offres de traitté.
Tu pourras sous ce guide, & par cette ouuerture,
Agir auec plus d'ordre, & moins à l'auanture.
Et si bien concerter, ioindre si iustemens,
L'adresse à la valeur, la force au iugement,
Qu'abattant du Tyran la sourcilleuse teste,
Tu conserues la tienne au laurier qu'on t'appreste.
Ie sçay du Droit des Gens les scrupuleuses loix,
Ie sçay la sainteté qu'on attribuë aux Roys;
Mais ie n'ignore pas les dispenses que donne,
Le hazard de gagner ou perdre vne Couronne:
Et les menus filets des iugemens humains,
Ne sont pas des liens à m'attacher les mains.

    Pareil au vieux serpent, qui son venin ménage,
Et par les ans instruit discipline sa rage:
De son cœur Meledin digere le poison;
Fait prendre à sa fureur le teint de la raison:
Et met par les faux-iours de ces fausses maximes,
De l'ordre en sa malice & de l'art en ses crimes.
Il espere beaucoup du cœur de Meledor;
Mais son plus ferme espoir vient d'vne armure d'or,
Dont la trempe fatale est en charmes si forte,
Qu'elle donne la mort à quiconque la porte.

    Le fameux Elmelin reputé de son temps,
Le Roy des Enchanteurs & des enchantemens,
Resolu de venger vne sanglante iniure,
Aydé de ses Demons inuenta cette armure.
L'étoffe & l'artifice y disputoient du prix;
Les diamans meslez auecque les rubis

Sy montroient à leur flame, & viue, & mutuelle,
Ou toûjours en amour ou toûjours en querelle :
Et des temps raſſemblez par vn rare ſçauoir,
L'Hiſtoire y paroiſſoit reuiure & ſe mouuoir.
Mais de ce riche éclat l'impoſture funeſte ,
Couuroit vne inuiſible & penetrante peſte.
Aux rubis enchantez, à l'or enſorcelé,
Vn feu prompt & ſecret par charme eſtoit meſlé :
Et comme ſi du feu, ce feu n'euſt eu que l'ame,
Il bruſloit ſans fumer , & conſumoit ſans flame.
Le Califé Elafit encore tout ſanglant ,
De la barbare mort du ieune Aridoglant ,
Qu'Elmelin deſtinoit à ſa fille Oripale,
Eſſaya le premier cette armure fatale.
Il la reçeut en don, d'Elmelin qui feignoit ,
D'approuuer cette mort dont le cœur luy ſaignoit :
Et le mal-heureux Prince ébloüy des lumieres ,
Qu'en foule répandoient tant de riches matieres ;
Vn iour qu'il fut armé de ce preſent trompeur,
Pour debattre vn cartel aux nopces de ſa ſœur;
Surpris d'vne inconnuë & prompte maladie,
Vit la feſte pour ſoy changée en tragedie.
Il mourut conſumé de ce brûlant harnois,
Qui luy fut vn bucher ſans flames & ſans bois:
Et paya d'vne peine à ſon merite égale ,
La mort d'Aridoglant & le deüil d'Oripale.

Du threſor de Damas ce harnois enleué,
Et depuis à Memphis auec ſoin conſeruè,
Se deſtine à Loüys contre la foy publique,
Par vne trahiſon barbare & magnifique.

On luy farde, on luy pare vne tragique mort
Des trompeuses couleurs de present & d'accord ;
Et faire vn attentat si digne du tonnerre,
Au sens de Meledin c'est abreger la guerre.

 A peine le rayon qui rallume les iours,
Eut blanchy de Memphis les Croissans & les Tours ;
Qu'on vit en des vaisseaux pompeux & de parade
Descendre par le Nil les Chefs de l'ambassade.
Par tout où le courant du fleuue les conduit,
De l'Egypte ebranlee ils entendent le bruit.
Ils rencontrent par tout les Communes errantes,
Et les Bourgs fugitifs sur des maisons flottantes.
L'effroy, le desespoir, le tumulte, & la mort,
Viennent au deuant d'eux par l'vn & l'autre bort.
La hayne & la douleur en commun les excitent ;
Leur colere & les flots leurs vaisseaux precipitent.
Enfin le Camp François se monstrant à leurs yeux,
Les remplit d'vn objet terrible & specieux.
Des pauillons dressez ils content les bannieres,
Diuerses de blasons diuerses de matieres :
Qui dans le champ de l'air par le vent agité,
Font vn concert de bruit, d'eclat, & de beauté.

 A la teste du Camp, l'Honneur entre deux lices,
Auecque la Valeur preside aux exercices.
Là de ieunes Guerriers, confidens & riuaux,
En l'amour de la gloire & des nobles trauaux,
Se font vn vray courage en de fausses batailles ;
Donnent de feints assauts à de feintes murailles :
Et sans verser de sang, ny courir de hazards,
D'vne guerre sanglante exercent tous les arts.

L'vn fournit à cheual vne iuste carriere;
L'autre le fer au poing combat à la barriere ;
L'vn rompt sur vn faquin qu'il appelle vn Sultan ;
L'autre deffend vn Fort dont il a fait le plan.
Icy par vne tour de cent boucliers formée,
S'attaque vne Memfis de glaise & de ramée:
Là sous des mantelets , & par de petits ponts,
Se prend Alep en terre, & Damas en gazons:
Et par tout, de grands noms & de grandes images,
Seruent aux grands essais que font ces grands courages.
Le sanglier écumeux que le chasseur attend ,
Contre le tronc d'vn arbre éproue ainsi sa dent:
Ainsi le fier taureau qui s'apprefte à la guerre,
Frappe l'air de la corne & du pied bat la terre:
Ainsi le chien courant, veut partir de la main,
Au premier vent qui sort d'vne corne d'airain;
Il chasse de la voix, il saute, il se tourmente;
Et ses yeux deuant luy courent la beste absente.

    L'Ambassadeur obserue auec attention,
Ce repos si guerrier, si brillant d'action:
Et le montrant aux siens, ce nouuel aduersaire,
Ne sera pas , dit-il, bien facile à deffaire.
Le trauail est son ieu ; la peine est son plaisir;
Il accorde la guerre auecque le loisir:
Son repos mesme est fort & le porte à la gloire.
Et les ébats luy font des essais de victoire.

    Vn Garde cependant au Prince donne aduis,
Que deux Grands estrangers d'vn grand peuple suiuis,
Sont venus deputez pour vne grande affaire,
De la part du Sultan qui regne dans le Caire.

Auſſi-toſt par ſon ordre introduits au Conſeil,
Ils admirent du lieu la pompe & l'appareil;
Le nombre des Seigneurs qui le Prince couronnent,
Et d'vn cercle de force & d'honneur l'enuironnent.
De ſoy-meſme plus grand que de ſa Royauté,
Il les paſſe en merite autant qu'en dignité :
Et pour vne Vertu ſi ſublime & ſi pure,
Le Thrône meſme eſt bas & la pourpre eſt obſcure.
Mais comme en ce conſeil que tiennent tous les ans
Les Courriers immortels du grand Cercle des temps,
Le Soleil diſtribuë à chacun la lumiere,
Selon qu'il à plus longue ou plus courte carriere:
Il donne aux vns l'éclat, aux autres l'action,
Il regle leurs emplois par ſon impreſſion,
Et de tant de beaux corps qu'il nourrit de ſes flames,
Sa chaleur eſt l'eſprit, ſes rayons ſont les ames.
Ainſi de ſon Conſeil le Monarque François,
Eſt la gloire & la force, eſt le cœur de la voix.
Il s'étend de ſa bouche, il ſort de ſon viſage,
Vn air d'intelligence, vn eſprit de courage:
Et du feu que répand hors de luy ſa valeur,
Ses Chefs ont en commun l'éclair & la chaleur.

   Garaman qui n'auoit que l'habit de Barbare,
De la mine & du geſte à parler ſe prepare;
Croiſe auecque reſpect les deux bras deuant ſoy,
Et s'inclinant s'adreſſe en ces termes au Roy.

   Seigneur, ie ne viens pas, Ambaſſadeur de crainte,
Rechercher vne paix ſeruile & de contrainte:
Car quel vent aſſez fort, quel aſſez mauuais temps,
A iamais fait plier la teſte des Sultans?

Leur Fortune eleuée au deſſus des nuages,
Voit à peine à ſes pieds le trouble & les orages:
Et du coup dont les vents ſa maſſe ebranleroient,
Et l'Europe & l'Aſie en pieces tomberoient.
Meledin qui ſouſtient cette haute Fortune,
N'a rien de la foibleſſe aux bas Eſprits commune.
Il eſt braue, il eſt iuſte, & ſon Ame ſans peur,
Meſme en ſes ennemis eſtime la valeur.
Et quoy qu'auec outrage & ſur mer & ſur terre,
Agreſſeur violent tu luy faſſes la guerre;
Quoy que toute l'Europe embarquée auec toy,
Ait ſuiuy tes drapeaux pour détruire ſa Loy;
Te iugeant d'vn Eſprit loyal & magnanime,
Et d'vn rang aſſez haut pour remplir ſon eſtime:
Il a crû de ſa gloire, il a crû de ton bien,
D'vnir par vn accord ſon cœur auec le tien:
Et ſi deux cœurs ſi grands peuuent s'vnir enſemble,
Il n'eſt rien qui ſous eux ou ne tombe ou ne tremble.
La Iuſtice & le Droit veulent qu'à ce deſſein,
Damiette que tu tiens retourne ſous ſa main.
Ne pouuant la garder, il eſt de ton adreſſe,
De mettre en la rendant à couuert ta foibleſſe.
L'homme prudent iamais n'attent l'extremité;
Il prenient le hazard & la neceſſité:
Et ſe pliant au ply des affaires humaines,
Se fait des gains certains de ſes pertes certaines.
Meſure ta Fortune, ecoute ton deuoir;
Ne prens pas des deſſeins plus hauts que ton pouuoir;
Et ſoit par vn accord, ſoit par vne retraite,
Fuite le peril d'vne entiere deffaitte.

                                        Seigneur,

Seigneur, on est encor à dire qu'vn laurier
Ait iamais pris racine au front d'aucun guerrier,
Et rien n'est si sujet à choir qu'vne couronne,
Que le desordre fait & que le hazard donne.
La Fortune s'en va de mesme qu'elle vient;
Chacun la sollicite, & pas vn ne la tient:
Elle fait tous les iours des amitiez nouuelles;
En presentant ses mains elle garde ses aisles;
Et si tu ne luy peux les aisles arracher,
Si tu ne peux sa boule à ton Throsne attacher,
Ne croy pas que pour toy deuenant plus discrette,
De ses autres Amans les vœux elle rejette.
De plus victorieux, de plus braues que toy,
N'ont pû gagner son cœur, n'ont pû lier sa foy.
Et sans aller plus loin, cette plaine & ce fleuue
En offrent à tes yeux vne fameuse preuue;
Vne preuue qui doit regler l'ambition,
De ceux de ta creance & de ta nation.
Ce Camp prodigieux où l'Europe amassee,
Tout vn an sous trois Chefs tint Damiette pressee;
Aprez diuers combats, aprez diuers efforts,
Aprez des mers de sang & des monceaux de morts,
Enfin victorieux & maistre de la place,
Laissant le bon conseil, suiuant la folle audace,
Du Sultan Noradin les offres rejetta,
Et ses drapeaux sanglans vers le Caire porta.
Le mepris & l'orgueil d'vn si fier aduersaire,
Attirerent du Nil les eaux & la colere.
De ses canaux enflez grondant il descendit,
Par la plaine à torrens ses flots il épandit:

C

Et tant de Nations en diuers corps rangées,
Sans machines, sans forts, sans troupes assiegées,
Receurent par l'assaut d'vn seul fleuue irrité,
Le iuste chastiment de leur temerité.
Les restes de leurs corps exposez sur nos riues,
Et leurs Ombres encor errantes & plaintiues,
T'auertissent, Seigneur, qu'vne pareille fin;
Se prepare à tous ceux qui tiennent leur chemin:
Que la bonne Fortune ayme en femme publique;
Que ses appas sont faux, & sa faueur tragique;
Et qu'Amante cruelle aprez ses feux passez,
Elle étouffe en ses bras ceux qu'elle a caressez.
Ces vainqueurs indiscrets ont failly pour t'instruire:
Et tu dois par leur cheute apprendre à te conduire.
Le Nil nostre vengeur peut encor en ce temps,
Deffendre son païs, s'armer pour les Sultans:
Et tu n'as dans ton Camp piques ny halebardes,
Tu n'as autour de toy Capitaines ny Gardes,
Qui puissent de leur fer, qui puissent de leurs bras,
Faire digue ny mur qu'il ne renuerse à bas.
Les pouuoirs absolus & les forces suprèmes,
De cent Sceptres liez auec cent Diadèmes,
A sa vague seroient vn rampart impuissant,
Quand à nostre secours sa vague ira croissant.
Mais ie veux qu'à son cours on oppose des brides,
De ramparts aussi hauts que sont nos Pyramides;
Ie veux qu'en receuant ton empire & ta loy,
Il abaisse l'orgueil de ses cornes sous toy:
Qu'elles digues pourront soustenir les ondées,
De tant de Nations contre toy débordées,

Qui de tous les pays où l'Euphrate s'épand,
De tous ceux où le Gange à grands tours va rampant,
De courage viendront & de zele animées;
D'Elephans aguerris traisneront des armées;
Des grelles de leurs traits le iour obscurciront;
En machines les monts & les bois vseront;
Et pour bloquer ton Camp feront marcher sur terre,
Des villes de campagne, & des chasteaux de guerre.
Mais quand par les efforts des plus fortes Vertus,
Ces grands corps pourroient estre à tes pieds abattus,
Croy tu les voir tomber que leur cheute n'eclatte?
Que leur débris sur toy retombant ne t'abatte?
Et supposé, Seigneur, que ton bras puisse tout;
Et que sous tant d'éclats tu demeures debout;
Peut-estre en quelque source as-tu des troupes prestes,
De suiure sans tarir le cours de tes conquestes:
Peut-estre feras-tu des liens assez forts,
Pour attacher les cœurs de tant de diuers corps:
Et pour les chastier, s'il en est de rebelles,
La France passera la mer auec des aisles.
Pers ce friuole espoir, écoute la raison.
Tandis qu'elle t'attend & qu'elle est de saison.
Les palmes que tu viens cueillir à main armée,
Sont de iuste grandeur dans la belle Idumée.
Ton Christ y prit naissance, il y receut la mort;
Et si tu veux entrer auec nous en accord,
L'Idumée est à toy; Meledin té la donne;
Luy-mesme t'en mettra sur le front la couronne.
En vain tu porterois tes desseins plus auant;
Tes orgueilleux desseins rabattus par le vent,

Tireroient aprez eux d'vne cheute commune,
Auecque ton Party, ta gloire & ta Fortune.

    Garaman par ces mots à peine eut acheué,
Qu'on vit tout le Conseil en trouble & souleué.
Les Barons offencez font bruit de son audace ;
Leur cœur monte à leurs yeux, & par leurs yeux menace :
Et cette effusion d'esprits & de chaleur,
Ce pur extrait de sang qui leur donne couleur,
Et qui met sur leur front leur ame en euidence,
De leur zele guerrier est vne illustre quance.
Le Prince qui se plaist à cette belle ardeur,
En ces termes répond au vieil Ambassadeur.

    Cheualier, si ton Maistre a pour nous quelque estime,
S'il nous veut estre vray d'vn lien legitime ;
Il faut que subissant le joug du Roy des Roys,
Il quitte le Croissant & se range à la Croix.
Les Couronnes du monde à ce joug comparées,
A bien dire ne sont que des chaisnes dorées :
Plus elles ont d'eclat, plus elles ont de prix,
Et plus leur pesanteur est à charge aux esprits.
Le Sceptre sans la Croix en la main d'vn Monarque,
De sa captiuité n'est qu'vne vaine marque,
N'est qu'vn brillant joüet de l'orage & du Sort,
Qui tombe sous le vent, qui se brise à la mort.
Et si tant de perils que ie me fais moy-mesme,
Alloient à conquerir ou Sceptre ou Diadème,
Ce seroit par le feu, ce seroit par les eaux,
Pretendre à des liens, pretendre à des roseaux.
Moy qui n'ay pas daigné receuoir la Couronne,
Que l'Aigle à double teste à ses Monarques donne,

Aurois-je pû quitter vn Eſtat floriſſant,
Pour venir-outre mer prendre vn bout de Croiſſant?
Non , non, l'vnique but où tend mon entrepriſe,
Eſt de vous amener au ſaint joug de l'Egliſe,
A ce joug bien-heureux, par qui vos fers rompus,
Sous le joug de l'erreur ne vous retiendront plus.
Pour cela i'ay couru tant de mers écumantes,
I'ay paßé des écueils, i ay ſouffert des tourmentes:
Et pour cela j'irois à ce climat deſert,
Où la Nature eſt morte, où le Soleil ſe pert.
L'honneur n'eſt à mes yeux qu'vn ſpeĉtre errant & ſombre,
Tous ſes lauriers ne font que du bruit & de l'ombre:
Et ie priſerois plus, s'il eſtoit à mon choix,
D'eriger à Memphis les ſalutaires Croix,
Et rendre l'ame aux pieds de ces Croix erigées,
Que d'auoir les deux mains de cent Sceptres chargées ;
Que de voir cent lauriers par ma valeur cueillis,
Faire vn cercle a: gloire au tour des Fleurs de lys.
Du moment que ton Maiſtre adopté par l'Egliſe,
A l'eau qui fait les Saints ſon ame aura ſoûmiſe,
Sans mettre en different ſon droit ny mon deuoir,
Sans meſurer ma force auecque ſon pouuoir,
Ie conſens de m'oſter le laurier de la teſte,
Et le luy reſiner auecque ma conqueſte.
Sans cela, Cheualier, il ſe promet en vain,
De retirer iamais Damiette de ma main.
Le Nil dont tu nous fais vn Monſtre à tant de cornes,
Qui pour nous engloutir doit abattre ſes bornes,
Se peut auec vn mot plus fort que mille fers,
Enchaiſner dans ſon lit par le Dieu que ie ſers.

Ce Dieu qui tient les flots & les vents à l'attache,
Les montre quand il veut, & quand il veut les cache.
Et si la grande Mer s'humilie à sa voix,
Et respecte en tremblant la marque de ses doits ;
Deux joncs, sans eleuer ny digue ny barriere,
Pourront quand il voudra lier vostre Riuiere.
La Fortune me fait encore moins de peur ;
Ce n'est qu'vne Ombre errante, ou qu'vn Esprit d'erreur :
Et si Dieu quelquefois permet qu'elle se ioüe,
Il sçait bien quand il veut l'attacher à sa roüe.
Ie ne crains pas aussi de nous voir accablez,
De tours & de Geans du Leuant assemblez.
La grandeur est pesante & la foule embarrasse,
L'vne & l'autre ne sert qu'à tenir dè la place :
Cent dains par vn lyon peuuent estre chassez ;
Et par vn homme seul cent chesnes terrassez.
Le Dieu que nous seruons des Colosses se ioüe ;
Les Geans ne luy font que des bales de boüe ;
Et c'est en ce païs qu'il deffit autresfois,
Auec des mouscherons des Geans & des Roys.
Sa force ne s'est point auec le temps perduë ;
Son bras est auiourd'huy de pareille étenduë :
Et s'il veut, les Indiens, les Scythes, les Persans,
Et tout ce que l'Asie a de Roys plus puissans,
En foule contre nous sortis de leurs frontiers,
Auecque des forests, auecque des carrieres,
Auec des Elemens en machines changez,
Et des monstres de fer en bataille rangez,
S'enfuiront deuant nous, comme deuant l'orage,
S'enfuit vn Camp formé des ombres d'vn nuage.

Mais si par une promte & memorable fin,
A sa gloire il nous veut faire un plus court chemin;
Et si pour abreger nos trauaux il ordonne,
Qu'une fameuse mort sur le champ nous couronne;
Nous mourrons, Cheualier, & mourrons satisfais,
Si l'Egypte auec nous tombe sous nostre fais.
De nostre sang un iour se fera dans l'Histoire,
Le lustre de nos noms & de nostre memoire:
Et de nos ossemens des flames sortiront,
Qui brûleront l'Asie & qui nous vengeront.
Le Cheualier Chrestien pour aller à la gloire,
A plus d'une carriere & plus d'une victoire:
En tombant il s'éleue, il triomphe en mourant,
Par sa propre deffaite il se fait Conquerant:
Et prisonnier vainqueur, couronné de sa chaisne,
Il garde à sa Vertu la dignité de Reyne.

   Ainsi parla Louys: & tandis qu'il parla,
Vn esprit lumineux de son front s'écoula,
Qui d'vn cercle de feu laissant sa teste ceinte,
Transporta Meledor de l'audace à la crainte.
Il vit, ou pour le moins, s'il ne vit, il crut voir,
Vn Ange dont l'éclat exprimoit le pouuoir,
Qui des yeux, de la mine, & d'vne épée ardente,
De sang frais & fumant encore degouttante,
Sembloit luy preparer la mort s'il approchoit;
Et de son attentat l'horreur luy reprochoit.
A cet éclair armé qui brille & qui menace,
Meledor éblouy perd la force & l'audace:
Son visage pallit, son esprit se confond,
Sa fierté s'humilie & descend de son front.

Mais à ses yeux troublez rien ne paroiſt étrange,
Comme de voir les traits de Zahide en cet Ange.
Il a de ſon viſage & le teint & le tour;
Ses regards ſeulement au lieu de feux d'amour,
Lancent des feux pareils aux feux dont le tonnerre,
Allumé dans la nuë épouuante la terre.

   Eſt-ce vn charme, dit-il, qui me fait cette peur?
Et ce corps, eſt-ce vn corps veritable ou trompeur?
L'Egypte d'autresfois ſi fameuſe en prodiges,
A t'elle oüy parler de ſemblables preſtiges?
Fiere & belle Zahide, eſt-ce vous que ie voy;
Et qui me deffendez d'attenter à ce Roy?
Vous qui de vos Amans implacable aduerſaire,
Ne laiſſez à leurs vœux que la mort pour ſalaire,
Par quel enchantement, par quel étrange ſort,
De l'Ennemy public empeſchez vous la mort?
Que veut dire ce fer? quelle fin me preſage;
Ce feu qui par éclairs ſort de voſtre viſage?
Me peut-il annoncer quelque mortelle ardeur,
Plus cruelle à ſouffrir que n'eſt voſtre froideur?
En vain dans vos regards la colere s'allume;
De cette épée en vain le feu luit, le ſang fume:
Il n'eſt fer, il n'eſt feu, qui me puiſſe arreſter,
Si brûlant ou ſanglant ie puis vous contenter.
Quittez cet attirail de ſpectres & de charmes;
Les Graces vous ont fait de plus puiſſantes armes.
Mon bras ſeul, oüy mon bras, peut eſtre ſur mon cœur,
De l'arreſt de ma mort le iuſte executeur.
Mais où va mon tranſport, de croire que Zahide,
Perfide à ſa Patrie, à ſon Pere perfide,

                                    Ait

Ait mis & son honneur & sa vie en danger,
Pour venir au secours d'vn Pirate estranger?
Ou mes esprits imbus du feu de son visage,
Ont poussé hors moy de cette brillante image,
Ou le Tyran François instruit de mon dessein,
Pour detourner le fer & la mort de son sein,
Par l'art de ses Demons cette idole a formée,
D'vn rayon de lumiere & d'vn corps de fumée:
Et ie dois de Zabide adorer tous les traits,
Ou vrais & naturels, ou faux & contrefaits:
Non, non, il n'est ny loy, ny droit qui me retarde:
Ie ne crains du Tyran ny le Camp ny la Garde,
Et cet éclat auguste & teint de maiesté,
Qui pourroit des Lyons adoucir la fierté,
Qui des Tygres pourroit appriuoiser la rage,
N'est pas ce qui retient mon bras & mon courage.
Vn iour plus eclattant & plus imperieux,
Vne loy plus puissante a penetré mes yeux:
Et ie serois plustost de moy-mesme homicide,
Que d'vn homme gardé par l'ombre de Zabide.
   Meledor ce discours en silence rouloit,
Tandis qu'à Garaman le saint Heros parloit:
Et Garaman qui vit ses offres rejettées,
Se faisant apporter les armes enchantées,
Qui deuoient d'vne mort aisée & sans danger,
Auancer la victoire & la guerre abreger;
Au moins, Seigneur, dit-il, ce don fera paréstre,
Si la crainte conduit les conseils de mon Maistre;
Et si t'offrant la paix, il pretend autre bien,
Que par la ionction de ton Sceptre & du sien,

D

Les porter d'vne force à tous les deux commune
Au faiſte le plus haut où monte la Fortune.
A ces nobles deſſeins t'euſt ſeruy ce harnois
Riche de la ſueur de quatre fameux Roys,
Succeſſeurs d'Almanzor, & riuaux de ſa gloire,
Qui s'en ſont fait vn leg d'honneur & de victoire.
La trempe en eſt ſi forte, il eſt ſi bien charmé,
Qu'il n'a pû d'aucun fer encor eſtre entamé:
Et d'vn eſprit ſans fard Meledin te le donne,
Pour t'apprendre qu'il veut conſeruer ta perſonne;
Que le courage eſt pur & ſans fiel en ſon cœur;
Et qu'il ſçait à la grace allier la valeur.

　　Les ſuperbes eclairs que ces armes jetterent,
Des Barons aſſemblez les regards arreſterent:
Et la confuſion de tant de iours de prix,
Rauit également leurs yeux & leurs eſprits.
Là brilloit en portraits l'Hiſtoire merueilleuſe,
De l'Egypte autrefois en merueilles fameuſe.
L'vn regarde le Nil couronné d'eſpics d'or,
Qui d'vn roulant email épanche le threſor;
Tandis que des enfans échappez de ſa cruche,
Semblables à l'eſſain qui vole de la ruche,
Meſurent en joüant auecque des roſeaux,
La hauteur de ſon lit, & celle de ſes eaux.
L'autre admire vn beau feu ſans flame & ſans fumée,
Où du Phœnix mourant la vie eſt rallumée:
D'vn Soleil de rubis qui n'a point de chaleur,
Sur ſon bucher il tombe vne ardente couleur:
Tout vn peuple d'oyſeaux autour de luy voltige;
Il ſemble que l'vn chante & que l'autre s'afflige;

Et de leurs tons diuers il se fait vn accord,
De feste à sa naissance, & de deüil à sa mort.
D'autres ont la pensée & la veuë attentiue,
Au Mole à qui la Mer s'incline de sa riue :
L'onde depossedée & cedant à regret,
Rejette la lueur que le Phare luy fait,
Le Phare qui du feu de son ardente teste,
Découure les rochers du pied iusques au faiste ;
Et qui sert sur les flots par sa flame esclairez,
De Soleil immobile aux vaisseaux égarez.
Dans vn desert comblé de pierres émaillées,
Les Pyramides sont en petit trauaillées ;
En petit cependant elles vont iusqu'aux Cieux,
Et semblent de leur masse epouuenter les yeux.
Le trauail est penible, & lasse les images
Des Peuples occupez à ces vastes ouurages.
Au tour de la plus haute, on void des Cupidons,
Qui de fleurs couronnez & parez de cordons,
Les marbres ciselez de longs festons enchaisnent,
Et courbez sous leur poids, en leurs places les traisnent.
Rhodope au milieu d'eux l'entreprise conduis ;
De leurs feux & des siens la besongne reluis ;
Et l'Amour intendant de toute la structure,
De la pointe d'vn trait y graue sa figure.
D'autre part se voyoit le Colosse parleur,
A qui le ioux naissant donnoit voix & couleur :
Assis en majesté sur vne haute base,
Il tenoit le milieu d'vne campagne rase ;
Vn grand Peuple assemblé prestoit tout à la fois ;
Les yeux à la lumiere & l'oreille à sa voix.

D ij

Luy du Soleil leuant spectateur & spectacle,
Sembloit auoir la bouche ouuerte à quelque oracle:
Les rayons auancez qui ses leures doroient,
L'esprit auec la voix par mesure en tiroient:
Et ses yeux eleuez, pour seconde merueille,
Paroissoient demander vne grace pareille.
Plus bas le Dieu cornu de l'Egypte adoré,
A son auenement se voyoit figuré:
Il marchoit glorieux de ses marques fatales,
Au barbare concert des cors & des timbales;
Les Prestres couronnez le chemin parfumoient;
A ses pieds les enfans de bouquets le semoient:
Et les murs de Memphis, pour éclairer la feste,
D'vn cercle de flambeaux se couronnoient la teste.
Ainsi de cette armure auec étonnement
Les Barons admiroient l'étoffe & l'ornement;
Et de la vieille Egypte en or renouuellée,
En figures lisoient l'Histoire ciselée.

Pour faire cependant deuant l'Ambassadeur;
Vne montre de pompe, vn essay de splendeur,
De l'auis du Conseil vne tente se dresse,
Egalement superbe & d'art & de richesse;
Ou par vn rare ouurage & des Maistres vanté,
Le regne de Louys estoit representé.
L'Empereur son parent qui regnoit à Bisance,
Informé de sa vie, instruit de sa vaillance,
Sur cette tente en fit les memoires broder;
Et sçachant qu'il deuoit à Damiette aborder,
Deputa deux Seigneurs de marque & de sa race,
Portez sur deux vaisseaux des meilleurs de la Trace;

Qui vinrent de sa part la presenter au Roy,
Et par luy furent faits Chevaliers de la Foy.

    Sous ce toit suspendu, fait de soye & d'histoires,
Où du Roy se voyoient les premieres victoires,
Aux Barons Sarrasins avec pompe se fait,
Par les Barons François un somptueux banquet.
La grace y fait l'honneur de la magnificence ;
La politesse y donne eclat à la depense ;
Les Roys & les Heros sur la table portez,
Dans l'or & dans l'argent gardent leurs dignitez :
Et le sang de la vigne avec rougeur eclate,
En des vases d'opale, en des couppes d'agate.
Mais les Ambassadeurs arrestent peu les yeux,
A tout ce que la table a de plus precieux :
Leur ame est attachée à la tente Royale,
Qui l'histoire du Prince en portraits leur etale.

    Ioinuille qui connoit que cet attachement,
Attend sur ces portraits quelque eclaircissement ;
De l'œil & de la voix parcourant les figures,
Leur apprend de son Roy les hautes avantures.
Et sur la fin leur dit, si n'estant qu'un enfans,
De tant de Roys unis on l'a vû triomphant ;
Si les fiers Leopards liguez pour l'Angleterre ;
Si l'Aigle pour l'Empire armé de son tonnerre ;
Et tout ce que l'Europe a d'Estats plus puissans,
Ont ployé sous l'effort de ses plus tendres ans ;
Maintenant que de vaincre il s'est acquis l'usage,
Que son corps aguerry peut suiure son courage ;
Que tant de Nations, que tant de Potentats,
Agissent par sa teste & luy prestent leurs bras ;

Et que sous ses drapeaux toute l'Europe armée,
Se meut par sa Fortune & suit sa Renommée;
En vain l'Egypte croit arrester ses efforts,
Par vne montre creuse & par des noms sans corps.
Elle luy croit en vain pouuoir faire des brides,
Des ombres de son Mole & de ses Pyramides.

    Ioinuille, aux Deputez parle ainsi de son Roy,
Croyant de sa vertu leur donner de l'effroy :
Et l'espandre delà dans toute leur Armée,
De tant de nobles faits par leur bouche informée.
D'vn visage attentif accompagnant sa voix,
Ils voyagent des yeux par l'Empire François
Et contemplent du Roy dans ces riches ouurages,
Les gestes à l'aiguille & la vie en images.

    Là sur les sacrez Fonds le Prince illuminé,
D'vn cercle rayonnant se voit enuironné;
La Nature auec ioye à la Grace le donne;
Et de celestes fleurs la Grace le couronne.
Sur vn nuage ardent sept Louys suspendus,
Pour estre ses Parrains sont des Cieux descendus:
Et l'Archange estably protecteur de la France,
Luy presente desia l'epée & la balance.
Plus bas auec la Gloire on voit la Majesté,
En leurs robes de pompe & de solennité,
Debout deuant l'autel, & la couronne en teste,
Du Sacre de Louys accompagner la feste.
Les Pairs egaux de siege & d'habit differens,
Et les Princes vassaux y sont selon leurs rangs.
Toute la Cour en or & tout le Peuple en soye,
De leurs cœurs par leurs yeux font éclater la ioye.

Le ieune Roy du geste à leur zele répond ;
Desia l'authorité s'affermit sur son front ;
Et le rayon sacré qui s'épand de son cresme,
Et qui sans or luy fait vn second Diadéme,
Réjoüit les Vertus, donne vigueur aux Loix,
Et d'vn nouuel espoir éclaire les François.
Aprez, de son enfance heroïque & hardie,
Les essais genereux à l'Eglise il dedie.
Des Monstres Albigeois à ses pieds renuersez,
Les vns mordent les traits dont il les a percez ;
Les autres de leurs dents leurs blessures déchirent ;
Et de rage le fiel, le sang & l'ame en tirent.
L'orgueilleux Tholosain deffait & dépoüillé,
Deteste leur venin dont il estoit soüillé :
Et sa teste à l'Autel sans couronne soûmise
Reçoit la loy de Blanche & le joug de l'Eglise.
    La Discorde s'y voit qui la torche à la main,
Inspire aux factieux vn complot inhumain :
La flame qu'elle fait leur noircit le visage,
Et le feu par leurs yeux se prend à leur courage.
La Guerre & la Fureur leur presentent le fer ;
Et le bruit enroüé d'vne corne d'Enfer,
De la bouche & du vent de Megere animée,
Est vn signal d'horreur à la France allarmée.
Au tumulte, à l'éclat de cet embrasement,
La Regente & Louys accourent promptement :
La Beauté courageuse & l'Innocence en armes,
Rangent les vns par force, & les autres par charmes :
Les Graces & l'Amour enchaisnent la Fureur,
Thibaut leur rend l'épée en leur donnant son cœur,

Et tandis que vaincu par les yeux de la Reyne,
Il reçoit de sa main vne secrette chaisne,
Auecque le Breton le Boulonnois chasse,
Rassemblent de leur corps le débris disperse.
On les reuoit aprez se camper deuant Troye,
Et du Comte assiegé se promettre la proye:
Louys s'y voit aussi, qui pour le secourir,
Va contre eux, resolu de vaincre ou de mourir.
Mais vaincus de respect & deffaits sans bataille,
Ils laissent leur audace au pied de la muraille:
Et répandent par tout où s'épand leur effroy,
La hayne de ce trouble & la gloire du Roy.

    De tant d'heureux succez sa valeur échauffée
Ajouste palme à palme, & trophée à trophée:
Il attaque Melesme, aprez mille dangers,
Vaincus par son courage à l'attaque d'Angers.
L'Hyuer armé de vents & remparé de glace,
Vient auec les Bretons au secours de la place.
Les machines de froid ne se peuuent rouler;
Les fleches & les traits ont peine de voler;
Le fer pese & languit; & la Guerre elle-mesme
Contre son naturel est immobile & blesme.
Mais Louys arriuant, du feu de sa valeur,
Luy donne mouuement, la remet en chaleur,
Rend la vigueur au fer, & les aisles aux fleches;
Dans les cœurs, dans les murs, se fait de larges bresches;
Passe victorieux à trauers mille dards,
Sur le ventre aux Bretons, sur le dos aux ramparts:
Et le sang à ruisseaux roulant de la terrasse,
Teint la neige de rouge & fait fumer la glace.
                                    Taillebourg

Taillebourg eſt en ſuitte, & ce champ ſi vanté,
Où l'orgueil de l'Anglois par Louys fut donté.
Là d'vn ouurage ondé la Charante exprimée,
Roule vn fleuue d'argent au deuant de l'armée;
Mais l'ardeur du François qui mépriſe les eaux,
Ne prend pas le loiſir d'attendre des vaiſſeaux.
Les Grands ſuiuent le Roy, le Roy ſuit ſon courage;
Et gagne vn pont qui joint l'vn & l'autre riuage.
Les fantaſſins nageant les armes ſur le dos,
Commencent le combat par l'attaque des flots.
Sous le fer bluettant la vaillance s'allume,
De ſang la terre ondoye, & la riuiere fume:
La Victoire par tout accompagne Louys,
Et chaſſe deuant luy les Anglois ebloüis.
Leur Roy deffait s'enfuit; & ſur la plaine laiſſe,
Ses Leopards captifs honteux de ſa foibleſſe:
Aux yeux du Camp vainqueur les vns ſont promenez,
Et les autres ſanglans ſont par pieces traiſnez.
Des François & des ſiens la Megere commune,
Izabelle qui voit decliner ſa Fortune,
Prend la fuitte aprez elle & montre en ſa paſleur,
La crainte & le depit meſlez à ſa douleur.
Le Comte ſon Mary la ſuiuant la deteſte,
Pour auoir allumé cette guerre funeſte.
Aprez on les reuoit rangez aux pieds du Roy,
Par de nouueaux ſermens luy rengager leur foy:
Mais en cette acte meſme Izabelle inſolente,
A la teſte hautaine, à la mine arrogante;
Et ſon front degradé garde encor en ſon deüil,
L'ombre de ſa couronne & ſon premier orgueil.

E

D'autre part où l'on voit Louys malade au Louure,
D'vne triste pasleur son visage se couure.
Deux Reynes de sa fievre ont l'esprit agité;
Leur vie auec la sienne est à l'extremité.
Sans respecter leurs pleurs ny les cris de la France,
Vn Spectre décharné vers le Prince s'auance;
La Grace & les Vertus à ses traits inhumains,
Opposent le secours de leurs diuines mains:
Le Spectre les reuere & se rend à leurs charmes,
A leurs pieds son venin tombe auecque ses armes.
En suitte il vient vn Ange accompagné de Roys,
Couronnez de lauriers & tout brillans de Croix.
Le celeste Guerrier au malade presente,
Vne Croix de lumiere & de sang éclatante;
Du signe de salut vn rayon se repand,
A qui le feu mortel de la fievre se rend:
Et le Prince guery par cette illustre empreinte,
La main leuée au Ciel iure la Guerre sainte.
Il visite le Temple où sont de ses Ayeux
En marbre suruiuans, les tombeaux precieux:
Et brillant de l'ardeur qui s'est prise à son Ame,
Il reçoit à l'autel la fatale Oriflame.
Toute la Cour croisee à son zele applaudit,
Son peuple qui le pert du geste y contredit:
Les Monumens des Roys, leurs Manes, leur Memoire,
Luy parlent de vertu l'animent à la gloire.
Leurs portraits de la mine excitent sa valeur;
Chacun d'eux se propose en exemple à son cœur:
Et toute cette Cour d'Ombres & de Figures,
Semble demander part à ses palmes futures.

La Mer paroiſt aprez couuerte de vaiſſeaux,
De longs filets d'argent repreſentent les eaux :
Le ſainct Roy ſur la riue où l'attend ſa galere,
Les yeux trempez de pleurs prend congé de ſa Mere.
Il s'embarque, & la France à ſon embarquement,
Se paſme ſur la greve & perd le mouuement.
Tandis que de ſes vœux le Peuple l'accompagne,
Le Clergé qui benit l'écumeuſe campagne,
Exorciſe l'orage & conjure le vent,
Sous qui par petits bons la Mer va s'eleuant.
Les nauires pareils à de iſles flottantes,
Vont ſur le dos courbé des vagues blanchiſſantes :
Les yeux ſemblent oüir les voix des matelots,
Ils ſemblent diſtinguer le murmure des flots :
Mais tous ces mouuemens ne ſe font qu'en nuances,
Et les ſeules couleurs en font les differences.
La flotte ſur la fin s'auance vers le bord,
Pour la mettre à l'abry la Chipre ouure ſon port :
Le Prince du Pays que ſon Peuple enuironne,
Met aux pieds de Louys ſon Sceptre & ſa Couronne :
Et par vœu s'engageant au deſſein des François,
Reçoit des mains du Roy l'Accolade & la Croix.
Ainſi dans ce tiſſu de figures royales,
Se liſent de Louys ſans lettres les Annales.
Les Seigneurs Sarraſins en demeurent ſurpris,
L'eſtime par leurs yeux entre dans leurs eſprits :
Et de tant de hauts faits les brillantes images,
Leur ſont de l'auenir de funeſtes preſages.
Le repas eſt ſuiuy de preſens ſomptueux,
Pour le Prince Sultan, pour leur ſuitte & pour eux :

Et comme le Soleil de longs traits de lumiere,
Desia touchoit le but qui borne sa carriere,
Ils marchent vers le Caire ; & par tout auec bruit,
Repandent la terreur du François qui les suit.

SAINT LOVYS
LIVRE SECOND.

ARGVMENT.

Le Sultan accepte le secours de la Magie contre les François. Mirememe
euoque en sa presence les Manes de ses Predesseurs. l'Ombre de Saladin
irritée luy demande vn de ses Enfans. Il se resout à luy immoler Zahide.
Muratan veut estre immolé en sa place, & ne l'obtenant pas, se tuë &
tombe auec elle dans le Nil. Prodiges étranges suiuis du débordement
de la Riuiere d'où Zahide est retirée.

Andis que le François à la guerre s'appreste,
Tout l'Orient s'émeut au bruit de sa conqueste:
Le Mole sourcilleux sur qui le Phare luit,
De signes de frayeur accompagne ce bruit ;
Et le triple rampart qui couronne le Caire,
N'attend point sans trembler vn si grand Aduersaire.
Le Monarque barbare en trouble & tourmenté,
De soins sur soins roulans a le cœur agité:
Et semblable au nocher sans art & sans courage,
Qui remet sa fortune & sa barque à l'orage ;
Il porte sans arrest l'Esprit à cent auis,
Egalement laissez, également suiuis:

Et l'inegalité de sa pensée errante,
Pareille à la lueur mobile & voltigeante,
Qui d'vn verre agité suit l'agitation,
N'a ny repos constant, ny constante action.
Le succez incertain de sa cruelle ruse,
Est vn surcroist de trouble à son ame confuse :
Il conte les moments, il mesure les iours,
Il accuse le Ciel de retarder son cours ;
¨t veut que le Soleil à ses desirs contraire,
Sa carriere allongeant se plaise à luy déplaire.

De semblables soucis le Barbare agitoient ;
Et comme vn flot battu haut & bas le portoient ;
Quand Mireme luy vient offrir pour sa deffence,
Tout ce que la Magie à d'art & de puissance.

Ie viens, dit-il, Seigneur, mené par mon deuoir,
De mon art qui peut tout, t'offrir tout le pouuoir.
Tu sçais comme à mes loix les Elements se rangent,
Le Ciel s'assujettit & les Astres se changent :
Tu sçais comme ie puis faire marcher les monts,
A leur masse de force attelant les Demons.
Tous ces Esprits moteurs de l'air & de la terre,
Ceux qui de leur haleine allument le tonnerre,
Ceux qui font sous leurs pieds la foudre étinceler,
Ceux qui font sur les eaux les tempestes rouler,
Et ceux mesmes qui sont dans leurs prisons affreuses,
Complices & bourreaux des Ames malheureuses ;
Soit de gré, soit de force à mes ordres soûmis,
Les font comme forçats ou les font comme amis.
I'offre d'armer, Seigneur, contre ton Aduersaire,
De ces troupes sans corps, tout vn Camp volontaire ;

Tout vn Camp qui sans frais suiura tes etendars ;
Qui seruira sans solde, & combattra sans dars ;
Et sans dars combattant, abbatra plus de testes ,
Qu'il ne tombe d'epics sous l'effort des tempestes ,
Quand la froide carriere où se font les glaçons ,
De pierres de cristal accable les moissons.
De leur force à ton choix, Seigneur, ie mets la preuue ,
Soit dans le champ de l'air, soit sur le cours du Fleuue.
Ils peuuent si tu veux, l'air en flames changer ,
Et d'vn deluge ardent inonder l'Estranger :
Ils peuuent y former des legions volantes ,
Et faire vn armement de machines brûlantes.
Le Fleuue est comme l'air à leur pouuoir soûmis ;
Ils le peuuent lascher contre nos ennemis :
Et peuuent abbattant son humide barriere ,
Leur faire de la plaine vn flottant cimetiere.
Que si tu veux les vaincre auecque moins de bruit ,
Nous pourrons infecter le Soleil qui leur luit :
Et sur eux euoquer cette Etoile funeste ,
Qui nourrit les charbons dont s'allume la peste.
S'il est besoin, Seigneur, les Enfers i'ouuriray ;
Des Geans enchaisnez les fers ie briseray ;
Et tirant auec eux de ces Royaumes sombres ,
De tes Predecesseurs les magnanimes Ombres ,
Ie les feray marcher en armes deuant toy ,
Pour conseruer leur cendre & guarantir leur Loy.
Ordonne seulement, & me laisse la gloire ,
De preparer sous toy la voye à la Victoire :
    Le Sultan luy répond ; i'auois tousiours bien cru ,
Pouuoir tout esperer de ta haute vertu :

Elle m'est auiourd'huy, ce qu'au fort de l'orage,
Est au pilote errant vn feu d'heureux presage.
Et sans examiner ny suite ny hazard,
Ie resine & fortune & conduite à ton art.
Mene moy si tu veux, à ces pasles demeures,
Où le iour froid & mort n'a que d'obscures heures:
Mets si tu veux mes yeux à l'epreuue des fers,
A l'epreuue des feux qui fument aux Enfers:
Euoque deuant moy du sein des sepultures,
Des Manes les plus noirs les terribles figures:
Mon cœur & mon esprit intrepides par tout,
A ces montres d'horreur demeureront debout:
Et iusqu'à ces fourneaux que la nuit enuironne,
I'iray prendre dequoy m'armer pour ma Couronne.
Si le Ciel ne m'y sert, l'Enfer m'y seruira;
Ce que le droit ne peut, le crime le pourra;
Et le crime se change, & cesse d'estre crime,
Quand la necessité l'a rendu legitime.

Mireme par ces mots à bien faire excité,
Sort auec le Sultan sur vn grand char porté,
Sur vn char composé d'vne mobile nuë,
Qui va par vne route aux cheuaux inconnuë,
Tiré de deux Esprits limonniers & volans,
Plus viste que les flots sous l'orage roulans.

Il se voit prez du Caire vne plaine deserte,
Que d'vn sable mouuant la Nature a couuerte;
Et qui semble vn espace applany sous les Cieux,
Pour le seul exercice ou des vents ou des yeux.
Les Pyramides sont de cette vaste plaine,
Le superbe embarras & la montre hautaine,

Leur

Leur maſſe offuſque l'air, oſte l'eſpace au iour,
Et l'œil ſans ſe laſſer n'en peut faire le tour;
Les premiers rays du Ciel à leurs poinctes s'allument,
Et les feux de l'Enfer ſous leurs fondemens fument.
La Terre qui ſouſtient tant de corps differens,
Qui porte tant de bois, tant de monts ſur ſes flancs,
Ne ſçauroit ſans gemir porter de ces ſtructures,
Les reſtes ſourcilleux & les nobles mazures.
Iadis pour les baſtir, les Nations en corps,
Et les Races par tour firent de grands efforts:
Il leur fallut ſuſpendre & tailler des montagnes;
Il leur fallut couurir & combler des campagnes;
Il fallut renuerſer l'ordre des Elemens;
Et de la terre en l'air mettre les fondemens.
Auſſi les Nations & les Races greuées
Perirent follement en ces vaines courvées.

Sous les pieds de ces monts taillez & ſuſpendus,
Il s'etend des pays tenebreux & perdus,
Des deſerts ſpacieux, des ſolitudes ſombres,
Faites pour le ſejour des Morts & de leurs Ombres.
Là ſont les corps des Roys & les corps des Sultans,
Diuerſement rangez ſelon l'ordre des temps.
Les vns ſont enchaſſez en de creuſes images,
A qui l'art a donné leur taille & leurs viſages:
Et dans ces vains portraits qui ſont leurs monumens,
Leur orgueil ſe conſerue auec leurs oſſemens.
Les autres embaumez ſont poſez en des niches
Où leurs Ombres encore eclatantes & riches,
Semblent perpetuer malgré leur mauuais ſort
La pompe de leur vie en celle de leur mort.

F

De ce muet Senat, de cette Cour terrible,
Le silence épouuante, & la pompe est horrible.
Là sont les Deuanciers joints à leurs Descendans ;
En repos & sans flux on y voit tous les Temps ;
Et cette Antiquité si celebre en l'Histoire,
Ces Siecles si fameux par la voix de la Gloire ;
Assemblez par la mort en cette obscure nuit,
Y sont sans mouuement sans lumiere & sans bruit.

Mireme dans ces lieux traitte auec les Phantosmes,
Qui luy sont deputez des tenebreux Royaumes :
Il y tient loin du iour dans vn noir appareil,
Ses Cercles infernaux, & son affreux Conseil ;
Il y fait ses concerts , & ses festes funebres ;
Et pour luy l'auenir ne luit qu'en ces tenebres.

Son char à ce desert à peine se rendit ;
Qu'aussi-tost de son cours le Soleil descendit ;
Et de peur de souiller ses yeux & la lumiere,
D'vn pas precipité terminant sa carriere,
Sur sa route vn broüillas à la Lune laissa :
La Lune en eut horreur & son voile abbaissa.
L'Enchanteur fait vn feu de souffre & de resine,
Qui trouble plus les yeux qu'il ne les illumine :
Et mene à la vapeur de ce triste flambeau ,
Meledin qui le suit dans le sein du tombeau.
D'vne baguette noire il compasse vn grand cerne ;
Il fait de bruits confus resonner la cauerne :
Et frappant d'vn pied nud la terre par trois fois,
Pousse iusqu'aux Enfers cette effroyable voix.

Manes imperieux, Ames fieres & vaines ,
Iadis de ces grands corps habitantes hautaines,

Si le soin de l'honneur auecque vous n'est mort ;
Si pour luy vous pouuez faire encor vn effort ;
Si l'eternelle nuit qui l'Enfer enuironne ;
Sur vos fronts a laissé quelque ombre de couronne ;
Si pour vostre Patrie il peut estre resté ,
A vostre souuenir quelque fidelité.
Sortez, Esprits, sortez, des Royaumes funestes ,
De vos Estats fumans venez sauuer les restes.
Vos Thrônes, vos Palais, vos Tombeaux vont perir ,
Si vous ne les venez puissamment secourir.
Cette Egypte qui tremble & sous le fais succombe ,
Vostre siege autrefois, maintenant vostre tombe ,
Son feu iusques à vous aux Enfers épandra ;
A vos corps, à vos noms sa flame se prendra ;
Et tandis qu'en la nuit de vos demeures sombres ,
Sa derniere fumée offusquera vos Ombres ,
D'vne seconde mort auec vos monumens ,
Vostre honneur perira dans ces embrasemens.
Venez donc, accourez, vous au moins qui sur terre ,
A la secte de Christ jadis fistes la guerre :
De ce maudit Serpent les œufs mal étouffez ,
Bouffis de leur venin, de leur rage échauffez ,
S'ils ne sont écrasez détruiront vostre race ;
Et iusqu'à vos cercueils porteront leur audace.
　　L'Enchanteur à ces mots hautement exprimez ,
Enjoint de plus puissans à voix basse formez :
Et tout d'vn temps vomit de sa bouche qui fume ,
Le blaspheme & le fiel, les charmes & l'écume.
Cependant il s'éleue vne obscure vapeur ,
De la terre qui tremble & qui s'ouure de peur.

De Manes grands & fiers vne troupe nombreuse,
L'accompagne & remplit la grotte tenebreuse :
Cette vapeur leur fait comme vn crespe de dueil,
Et chacun d'eux se range auprez de son cercueil.
Leur demarche est hautaine, & leur orgueil menace,
Au trauers de leur voile ils montrent leur audace :
Ils sont d'vn port superbe & d'vn œil inhumain,
Ce que durant leur vie ils furent de la main :
Et n'ayant plus ny fer, ny flame, ny machine,
Ils sont encor Tyrans du geste & de la mine.

Le premier qui parut, fut le superbe Roy,
Qui par la noueauté d'vn Edit plein d'effroy,
Aux enfans des Hebreux assigna la riuiere,
Et pour berceau commun & pour commune biere ;
Et preuenant la vie, & la mort auançant,
Perdit vn peuple à naistre en vn peuple naissant.
Aprez monta celuy de qui l'Ame endurcie,
Fut tant de fois battuë & iamais adoucie,
Ce Pharaon qui fut brisé de tous les fleaux,
Dont le Ciel bat la terre & dont il bat les eaux :
Et brisé cependant, de sa pensée altiere
L'enflure conserua dans sa propre poußiere.
Aprez les Pharaons, aprez les autres Roys,
Ennemis des Hebreux & de leurs saintes Loix,
Monterent les Tyrans sectateurs des mensonges,
De l'Arabe qui fit vne Loy de ses songes.
Asame le cruel le premier y parut,
Dechiré du tourment dont iadis il mourut ;
Lors que du sang des Saints la voix au Ciel portée,
Sur sa teste attira la Iustice irritée.

Aprez monta Iezid, qui le premier voulut,
Dans l'Egypte abolir le signe de salut ;
Et par vn sacrilege enorme & sans exemple ,
Sur la Croix eleua le Croissant dans le Temple.
Abulmasen le suit encore depité ,
De la perte qu'il fit de la sainte Cité ,
Quand les Croisez vainqueurs de force l'emporterent,
Et poussant leur victoire Antioche enleuerent.
Son successeur Tafur fait montre entre les morts,
Du teint noir que son ame emprunta de son corps.
Siracon qui le suit est fier de son audace ;
Et plus fier d'auoir mis l'Empire dans sa race.
Mais son fils Saladin de tout autre effaça,
L'audace & la fierté si tost qu'il auança.
D'vn rameau de laurier la fueille seche & noire ,
Sur son front conseruoit l'image de sa gloire :
Sa mine estoit d'vn Braue, & son geste d'vn Grand ;
Son Ombre auoit encor vn air de Conquerans ;
Et sembloit reuenir, pour soûmettre à sa lance,
Ou les Aigles de Rome, ou celles de Bisance.
Il se mesloit pourtant à ces gestes d'orgueil,
Des signes de depit & des marques de dueil,
Et la mort de sa race eteinte par son Frere ;
De son ombre tiroit des éclairs de colere.
L'Esprit de Saphadin rouge encore & taché,
Du sang de ses Neueux laschement epanché ;
A pas lents le suiuoit, soit de honte ou de crainte ;
Murmuroit à voix basse vne confuse plainte ;
Et du Sultan son Fils preuoyans les malheurs ,
Luy donnoit des soûpirs & des ombres de pleurs.

F iij

D'autres venus sans ordre accrurent l'Assemblée ;
La nuit en fut plus noire, elle en parut troublée ;
Le seul Mireme ferme en ce Conseil d'Esprits,
Ses charmes renouuelle & redouble ses cris.
Des mains & de la bouche il leur fait violence :
Au geste il joint la voix, & la voix au silence :
Il met tout en vsage, & pour dernier effort,
Il prononce ces mots armez d'vn nouueau sort.

Ne parlerez vous point opiniastres Ames ?
Attendez vous le fer, attendez vous les flames ?
Et toy grand Saladin le plus interesse,
A sauuer cet Estat que tes mains ont dresse ;
Laisseras-tu tomber en pieces ton ouurage ?
N'as-tu pour l'appuyer ny force ny courage ?
De ce cœur conquerant, de cet esprit hautain,
Il n'est donc demeuré qu'vn Spectre pasle & vain,
Qu'vn Phantosme qui n'a nul sentiment de gloire,
Et qui laisse abolir sa cendre & sa memoire.
Réueille, Saladin, réueille ces vertus,
Sous qui les Baptisez tant de fois abbatus,
Ont au Croissant vainqueur laisse leurs Croix captiues,
Et de leurs camps deffaits ont engraisse nos riues.
S'il n'est plus temps pour toy de vaincre en bataillant,
Il sera tousiours temps de vaincre en conseillant.

Saladin luy répond d'vne voix étonnante,
Qui fait trembler la nuit & dont l'air s'épouuente.
Le sang de mes neuf Fils par neuf crimes versé,
A l'Egypte souillée & le Ciel offencé :
Et par arrest du Ciel iusqu'à me satisfaire,
L'Egypte en doit porter la peine & ma colere :

Le sang auec du sang bien-tost se lauera;
La race du meurtrier du Throsne tombera;
Et la Pourpre qu'il a de ses crimes tachée,
Auec crime doit estre à son Fils arrachée.
A cet arrest fatal porté pour m'appaiser,
Meledin peut encore vn remede opposer :
Il peut en immolant Fils ou Fille à ma race,
De son mauuais destin detourner la menace :
Vne mort seule peut payer pour tant de morts ;
Vn membre retranché peut sauuer tout le corps.
Quand ie l'auray permis, Mireme par ses charmes,
Pourra de ses Demons mettre en œuure les armes.
Le sang de la victime à peine aura touché,
Le grand Fleuue du sang de mes Enfans taché,
Que de tous ses canaux épandu sur la terre,
Contre vos ennemis il portera la guerre.
   Il finit, & suiuy du terrible Conseil
Qui sentoit approcher le retour du Soleil,
S'euanoüit en l'air, ne laissant que la crainte,
A Meledin tremblant auec l'horreur empreinte.
Mireme le rasseure ; & dans son char volant,
Auant le poinct du iour en son Palais le rend.
Mais il l'y rend rongé des funestes pensées
Que l'Ombre menaçante en son Ame a laißees.
Le Pere auec le Roy dispute dans son cœur ;
L'vn a pour soy l'amour, l'autre a pour soy la peur :
L'vn allegue les droits que la Nature donne ;
L'autre se fonde en ceux qui suiuent la Couronne :
Et de ce cœur troublé tous deux également,
Sont les riuaux communs & le commun tourment.

Enfin le Roy vainqueur fur le Pere l'emporte :
Et la plus tendre amour fe rend à la plus forte.
Puis que le Sort, dit-il, m'impofe cette loy,
Et qu'il me veut ofter ou le Pere ou le Roy ;
Que le Pere fe perde, & que le Roy demeure ;
Que ma Fortune viue & que ma Fille meure.
Ces vains & foibles noms d'Amis & de Parens,
Sont du Droit des petits & non du Droit des Grands.
Vn Roy dans fa Couronne, à toute fa Famille ;
Son Eftat eft fon fils, fa grandeur eft fa fille :
Et de fes interefts bornant fa parenté,
Tout feul il eft fa race & fa pofterité.
Suiuons donc hardiment ces royales maximes ;
Les Grands font les hauts faits, les petits font les crimes.
Et les chaifnes du Droit ny le joug du Deuoir,
Ne s'impofent qu'à ceux qui manquent de pouuoir ;
On ne doit épagner pour vn Throfne qui tombe,
Ny le plus faint Autel ny la plus fainte Tombe,
Et c'eft religion de l'appuyer des corps,
De fes Enfans mourans & de fes Parens morts.
   Par ces raifons de fang le Tyran parricide,
Au crime preparé, fait appeller Zahide :
Il la mene à l'écart & d'vne feinte voix,
Aprez auoir pleuré la mifere des Roys :
Qu'il me vaudroit bien mieux, dit-il, que la Fortune,
Euft moulé mon deftin d'vne argille commune :
Mon Efprit feroit libre, & mon front dégagé,
De ce brillant metal ne feroit point chargé.
Mon fang tel qu'il coula du fein de la Nature,
Ne feroit point meflé de contraire teinture :

                                        Et

Et mon cœur iuſte & droit ne ſeroit pas forcé
De plier ſous le ioug dont il eſt oppreſſé.
En l'eſtat où ie ſuis, ce qui m'orne me bleſſe:
Le Sceptre eſt mon ſupport, comme il eſt ma foibleſſe:
Sous la Pourpre mon ſang a changé de couleur;
L'Or qui luit ſur mon front eſt épine en mon cœur:
Et pour confondre en moy la gloire & la miſere,
La dignité du Prince eſt le tourment du Pere.
Ceſt de ce rang fatal le barbare deuoir,
Qui malgré moy me fait ſujet à mon pouuoir;
Et qui tient ſous le tour dont i'ay la teſte teinte,
Ma pieté captiue, & mon amour contrainte.
Ie ſuis Pere, Zahide, & le ſuis iuſqu'au cœur:
Le Roy n'eſt qu'au dehors, ne tient qu'à la couleur:
La Fortune qui fait & deſfait les Monarques,
Peut quand elle voudra m'en arracher les marques:
Et me les arrachant, me laiſſer auſſi nu,
Qu'vn arbre dépoüillé deuant l'hyuer venu:
Ie luy remets le tout auant qu'elle m'y force,
Content de ne garder que le cœur ſous l'écorce;
Et c'eſt ce pauure cœur, qu'elle veut m'arracher,
Auec le nom de Pere à mon amour ſi cher.
L'Ombre de Saladin des Enfers remontée,
En fureur & terrible à moy s'eſt preſentée;
A menacé l'Egypte & toute ma Maiſon,
Si de ces Fils tuez ie ne luy fais raiſon:
Et ta mort, chere Fille, eſt la cruelle amande,
Que pour la mort des ſiens l'implacable demande.
Si ton ſang n'eſt, dit-elle, à ſon ſang accordé,
D'vn deluge de ſang tout l'Eſtat inondé,

Sous le fer estranger sera pour nostre crime,
A sa iuste colere vne egale victime.
Mais l'Estat abbatu par pieces tombera,
Dans mon Palais bruslé mon throsne bruslera,
Et sur mon throsne ardent ma vie & ma fortune,
Au vent ne laisseront qu'vne cendre commune;
Plustôt que ie m'accorde à ietter seulement,
Vn cheueux de la teste en cet embrasement.

    A ce cruel discours du Pere parricide,
La nature & le sang s'emeuuent en Zahide.
Mais la vertu retient la nature en son rang,
Et calme autour du cœur l'emotion du sang.
Elle replique enfin, la mort la plus cruelle,
Ne me fera iamais reculer deuant elle.
Autour de moy i'ay vû ses machines rouler,
Ie l'ay veuë au combat sur mille traits voler;
Et si de mille traits l'effroyable tempeste,
Sans me faire bransler a passè sur ma teste;
Vn infame cousteau peut bien mettre en mon cœur,
Vne pointe de fer sans y mettre la peur.
Que s'il me faut mourir, & si le Ciel m'ordonne,
D'affermir sur ton front, par mon sang ta Couronne,
Permets au moins, Seigneur, que par vn noble effort,
Ie me fasse moy-mesme vne celebre mort.
Ie ne mourray pas moins, & mourray plus contente,
Si du sang des François & de mon sang fumante,
Aprez moy ie les tire en cet embrasement,
Et me fais de leur cendre vn noble monument.
Mais de me voir seruir de victime publique,
De mourir d'vne mort basse, obscure & tragique,

Et souffrir laschement qu'vne barbare main,
Me plonge auec le fer la honte dans le sein,
Ie ne puis iusques là, Seigneur, t'estre fidelle,
L'infamie à mon Ombre en seroit eternelle.

Le Sultan luy repart ; c'est la force du cœur,
Et non celle du bras qui soustient nostre honneur.
Cette chaude vertu des Braues si vantée,
N'est qu'vn boüillon de sang & de bile agitée:
Ce n'est qu'vne vapeur que le hazard conduit,
Que le trouble accompagne, & qui ne va qu'au bruit.
Et ces batteurs de fer, ces coureurs d'auentures,
Prodigues de leur sang, & vains de leurs blessures,
Quand leur fougue relasche, & que la vanité
Ne fournit plus de vent à leur temerité,
Etonnez & deffaits, sans cœur & sans conduite,
N'ont plus de mouuement que celuy de la fuite.
La Valeur patiente est la haute Valeur;
Elle est des nerfs de l'ame, & des forces du cœur;
Et ce n'est pas l'effet d'vn petit feu de bile,
D'auoir sous la Fortune vne assiete immobile ;
De luy tendre la gorge & souffrir de sa main,
Vne outrageuse mort d'vn visage serain.
Ton sang ainsi versé feroit de ta memoire,
Le parfum dans l'Asie, & l'eclat dans l'Histoire:
Au Croissant offusqué la lumiere il rendroit;
De cet Empire ardent la flame il eteindroit;
Et tout l'Estat sauué par ta mort heroïque,
Te seroit vne tombe illustre & magnifique.
Mais ie n'ay ny le cœur, ny l'esprit assez fort
Pour aspirer, ma Fille, à ces biens par ta mort:

La crainte qui me ronge en cette conjonĕture,
Eſt que faiſant ceder l'Eſtat à la Nature,
Et pour ſauuer le Pere abandonnant le Roy,
Ie perde l'vn & l'autre, & te perde auec moy.

   Tu peux aller, Seigneur, luy replique Zahide,
Où le deuoir t'appelle, & l'intereſt te guide:
Et ſi toute la gloire où ie puis aſpirer,
Eſt de ſuiure mon Sort ſans me faire tirer,
Ie le ſuiuray, Seigneur, & d'vne marche ferme:
I'iray ſans m'effrayer à ce terrible terme:
Et pour luy reprocher l'outrage de ma mort,
Ma Memoire aprez moy brauera ſon effort.

   Ainſi par ſa vertu, la Fille magnanime,
Se prepare à ſeruir à l'Eſtat de victime;
Et victime d'Eſtat, de la mine & du cœur,
Fait honneur à ſa mort & pare ſon malheur.
Le Pere ſans pitié, de cet acte ſauuage,
Par l'auis de Mireme appreſte l'equipage.
La Renommée en deuil par tout en fait vn bruit,
Que l'horreur accompagne, & la triſteſſe ſuit.
Au coucher du Soleil, la Belle infortunée,
Eſt en ceremonie au grand Fleuue menée:
Le Peuple en foule accourt deſireux de la voir,
Et luy rend par ſes pleurs vn funebre deuoir.
L'vn regrette ſes ans, l'autre ſon innocence;
Mais leurs regrets luy ſont vne foible deffence:
D'autres pour ſa beauté font d'inutiles veux;
Et par de vains ſoûpirs éuaporent leur feux.
Les femmes que le bruit en public a tirées,
Confuſes de ſon ſort, de ſa perte épleurées,

Luy pauent le chemin de leurs cheueux couppez;
De leurs voiles rompus & de larmes trempez:
Elle est leur commun dueil, & leur plainte commune;
Pour elle mille voix reclament la Fortune:
Mais la Fortune sourde aux clameurs des humains,
Pour sauuer l'Innocente est encore sans mains.
Et l'Innocente haute & ferme de courage,
Pareille au iour qui luit au dessus d'vn nuage,
Dans le trouble constante & calme entre les cris,
Par sa force à sa grace ajouste vn second prix:
Et ses yeux à tant d'yeux qui luy donnent des larmes,
Ne rendent qu'vn éclair tranquille & plein de charmes.

   Dans vne éclipse ainsi la Lune au front d'argent,
Va d'vn train tousiours droit & tousiours diligent:
Les Astres de sa suitte autour d'elle languissent;
Tous les yeux de la terre à son mal compatissent:
Et du Ciel affligé tous les flambeaux en dueil,
Semblent auec la Nuit la conduire au cercueil:
Elle va cependant, & d'vne allure égale,
Suit son Guide & fournit sa carriere fatale:
Et sans s'épouuenter, regarde autour de soy
La Nature éperduë & le Monde en effroy.

   Telle à sa triste fin Zahide s'achemine,
Et ferme de l'esprit non moins que de la mine,
Ajouste d'vn accord sans dessein concerté,
La douceur à l'orgueil, la grace à la fierté.
Comme elle arriue au Fleuue, vne lumiere sombre,
A peine distinguoit le iour d'auec son ombre:
Et les corps d'alentour de crainte ou de douleur,
Sembloient auoir perdu la forme & la couleur.

Il se voit sur le Nil en forme de theatre,
Vn autel, où du temps de l'Egypte idolatre,
Les Ministres d'Isis vne fois en Esté
Sacrifioient au Dieu de la Fertilité.
Zahide d'vne marche heroïque & hautaine,
Monte auec le Sultan sur cette triste Scene.
Iamais on ne luy vit vn air si glorieux;
Il n'eclatta iamais tant de feu dans ses yeux;
Et comme le Soleil acheuant sa carriere,
A les rayons plus grands, iette plus de lumiere,
Et laisse pour donner du lustre à son tombeau,
Ses plus viues couleurs dans la nuë & sur l'eau;
Zahide ainsi paroist & plus grande & plus belle:
La grace qui la suit semble prier pour elle;
Et ioindre sa priere auecque l'amitié,
Pour amollir son Pere & luy faire pitié.
Sur sa teste les fleurs de sa couronne meurent;
Les funebres flambeaux goutte à goutte la pleurent:
La Nuit mesme s'en trouble, & pour ne la point voir,
Deuant ses moëtes yeux étend vn voile noir.
*   Dans ce deuil si touchant, le Pere inexorable,*
Deuient plus endurcy, se rend plus intraitable:
Et tourne tous ses sens au Spectre de Grandeur,
Qui de sa Fille tient la place dans son cœur.
De la gauche il saisit les cheueux de Zahide,
De la droite il tira le poignard homicide;
Et d'vn œil de terreur accompagnant sa voix,
En quelque part, dit-il, Saladin que tu sois,
Ombre noble & regnante, appaise ta colere;
Reçois cette victime illustre & volontaire;

Et souffre que mon sang par moy-mesme versé,
Détourne le malheur dont ie suis menacé;
Ie t'offre mort pour mort & faits par cette offrande,
Des crimes de mon Pere vne celebre amande.
Viens rendre à cet Estat de tempeste battu,
La force qu'il tiroit jadis de ta vertu:
Il fut auant tes Fils, ta famille & ta race;
Ta memoire & ton nom y regnent en ta place;
Pour te perpetuer cette posterité,
Remets dans la douceur ton Esprit irrité;
Et fais que de mon sang l'offrande volontaire,
Du tien qui fume encor èteigne la colere.

    Acheuant par ces mots il eleue le fer,
Qui semble de regret ietter vn triste éclair;
Lors qu'vne voix confuse auec trouble épanduë,
Retint la mort en l'air sous sa main suspenduë.
Cette confuse voix estoit de Muratan,
Le Frere de Zahide & le Fils du Sultan,
Qui reuenu d'Alep vainqueur & plein de gloire,
De sa Sœur auoit sceu la pitoyable histoire.
Plus que ses propres yeux, plus que son propre cœur,
La Sœur aymoit son Frere & le Frere sa Sœur.
En deux rayons égaux vne Ame partagée,
Sembloit en leurs deux corps également logée;
Et cette égalité maintenoit leurs humeurs,
Dans vn iuste concert d'actions & de mœurs.
Leurs visages formez sur vn mesme modele,
Faisoient vn autre accort de grace mutuelle;
Et des Astres gemeaux l'indiuisible amour,
A la flame moins pure & fait vn moins beau iour.

De cet amour porté le Frere magnanime,
Accourt où s'immoloit l'innocente victime.
Il écarte le peuple, & le peuple écarté,
Respecte sa douleur, cede à sa dignité:
Il monte d'vne audace à sa douleur égale,
Sur l'autel où se fait cette offrande fatale:
Et saisissant le bras de son Pere étonné,
Ie suis, dit-il, Seigneur, à propos retourné,
Soit que pour assouuir vn barbare Phantosme,
Soit que pour étouffer les feux de ton Royaume,
Tu prepares tes mains à ce noir attentat,
Funeste à ta Maison, funeste à ton Estat.
Dans mes veines, Seigneur, i'ay dequoy satisfaire,
Le tragique appetit de l'Ombre sanguinaire:
Et mon sang pourra mieux & moins barbarement,
De la guerre étouffer le triste embrasement.
Conserue, en conseruant cette vaillante Fille,
Le bras de ton Estat & l'œil de ta Famille.
De sa mort, ta fortune auec elle mourra:
Et sous le mesme fer dont elle perira,
La gloire & la valeur de l'Egypte blessées,
Se verront auec elle à tes pieds terrassées.
Par tant de morts, Seigneur, que peux-tu ménager,
Qui soit d'assez grand prix pour nous dédommager?
Et que peut à l'Egypte apporter ta victoire,
Qu'vne couronne seche & qu'vne palme noire?
Vne perte bien moindre & de moindre interest,
Des Manes ennemis peut accomplir l'arrest:
Ils demandent ton sang; & i'en ay dans mes vaines,
Assez pour assouuir leurs bouches inhumaines.

Souffre

Souffre que de ma Sœur ie subisse le sort;
Sers l'Estat de sa vie, & le sers de ma mort:
Il n'est pays conquis, il n'est ville sauuée,
Qui luy puisse valoir Zahide conseruée:
Et crains que refusant de la luy conseruer,
Il ne te reste aprez qu'vn desert à sauuer.

    Les pleurs de Muratan ces mots accompagnerent,
Et le cœur de Zahide auant le fer blesserent.
Elle qui sans paslir, sans témoigner d'effroy,
Auoit vû de la Mort le bras leué sur soy;
Maintenant que le bras de la Mort on arreste,
Et que pour elle au coup son Frere offre la teste;
Etonnée & confuse elle cede à la peur;
Et pert la contenance auecque la couleur.
Mais cette peur soudaine est d'audace suiuie;
Et son cœur se haussant pour repousser la vie,
Et pour se maintenir dans le droit de mourir,
Par le feu de ses yeux au fer semble courir.
Deux soûpirs auancez ses levres desserrerent;
Et deuant son discours sa douleur expliquerent.

    Quel prestige, dit-elle, & quel étrange sort,
T'amene pour oster le repos à ma mort?
Ma fortune à ton gré n'est pas assez cruelle;
Il faut que ton amour me tourmente auec elle;
Il faut qu'à mon trespas ton trespas ajoustant,
Et que de ton malheur mon malheur augmentant,
Mon sang au tien meslé par ta douleur s'aigrisse,
Et du fais de ton mal le mien s'appesantisse.
Si tu vis, Muratan, dans ton cœur ie viuray;
Et viuant dans ton cœur par tout ie te suiuray:

H

Mais quelque fort lien qui mon Ame retienne,
Si tu meurs de ma mort, ie mourray de la tienne :
Duſſé-ie auec le fer ces liens détacher,
Et mon Eſprit ſanglant de mon corps arracher.
Toy, Seigneur, pourſuit-elle, acheue ton offrande ;
Et donne à Saladin le ſang qu'il te demande :
C'eſt moy qu'il a choiſie ; & c'eſt moy que tu dois,
Sans plus longue remiſe immoler à ſon choix.
Conſerue auec ce Fils ton ſupport & ta gloire :
Sa perte à l'Ennemy vaudroit vne victoire :
Et le Sort de l'Eſtat ne l'a pas ramené,
De lauriers ſi nombreux & ſi hauts couronné,
Afin que ſous ta main, victime magnifique,
Mourant il fit mourir la Fortune publique.

   Memorable combat, où par vn rare effort,
Deux magnanimes cœurs diſputent de la mort :
Et pouſſez du beau feu que l'amitié leur donne,
Conteſtent du tombeau comme d'vne couronne !
Et vous nobles Riuaux, genereux Concurrens,
Si mes vers du futur peuuent eſtre guarans,
Tous les Siecles viendront offrir dans mes ouurages,
De l'encens à vos Noms, des fleurs à vos Images :
Et la Poſterité qui vous applaudira,
Vn ſpectacle d'honneur de vos feux ſe fera.

   Durant ce beau combat de la Sœur & du Frere,
Les ſoins ſont bien diuers qui combattent le Pere.
Il voudroit conſeruer ce Couple d'amitié ;
La vertu l'en étonne & l'emeut à pitié :
Mais par vne rupture inhumaine & barbare,
Le Roy d'auec le Pere en ſon cœur ſe ſepare ;

Et conclut diuisant son Ame en deux partis,
La perte de la Fille & le salut du Fils.

I'approuue, leur dit-il, cette honneste querelle ;
L'exemple en sera grand, & la gloire immortelle ;
Et les cœurs genereux qui vous succederont,
Vostre amour dans l'Histoire vn iour couronneront.
Mais aux grandes Vertus la Fortune est contraire ;
Leur teste de ses traits est le but ordinaire :
Contre ces traits pour vous i'ay beau porter les mains,
I'ay beau pour vous sauuer faire de hauts desseins ;
La cruelle qu'elle est ne perd point sa visée ;
Elle est pour s'egarer trop iuste & trop rusée.
Et l'Histoire des temps n'a iamais remarqué,
Teste haute ny basse où son arc ait manqué.
Le Sort ne nous suit pas, mes Enfans, il nous traisne
Les Roys comme forçats sont liez à sa chaisne,
Et les Sceptres qu'on croit tout faire & tout mouuoir,
Pour en rompre vne boucle ont trop peu de pouuoir.
Cette chaisne, mon Fils, si pressante & si ferme,
Traisne auiourd'huy Zahide & la tire à son terme.
En vain pour l'arrester nous banderions les bras,
Nos bras en vain bandez ne l'arresteroient pas :
Bien loin d'estre arrestée, elle nous feroit suiure ;
Et nous mourions plustost que de la faire viure.
Laisse luy, Muratan, la gloire de sa mort ;
L'Estat ne souffre pas qu'elle en fasse vn transport :
Son sang & non le tien est la fatale amande,
Que pour ses Fils tués, Saladin nous demande.
Vse plus noblement du vœu qui t'est donné ;
Les victoires qui t'ont depuis peu couronné,

Te presagent assez par cette illustre auance,
Que de plus hauts lauriers germeront de ta lance.
Ah laisse les germer ! & differe ta mort,
Iusqu'à ce que vainqueur, par quelque noble effort,
Tu puisses de ton sang faire vn meilleur vsage ;
Et donner vn employ plus iuste à ton courage.

A ce discours du Pere vne froide pasleur,
Du Fils desespere decouurit la douleur :
Il soûpira trois fois, & trois fois sa pensée,
Eut peine de se joindre à sa voix oppressée.

Et bien, dit-il, enfin, puis qu'il est arresté,
Et que l'arrest du Sort veut estre executé :
Que Zabide perisse & que des Ombres vaines,
Viennent boire à tes yeux le beau sang de ses veines :
Assouuis t'en toy-mesme, & joins Pere inhumain,
Le crime de la langue au crime de la main.
Par ton crime & son sang ta Couronne lauée,
Sans tache & sans dechet te sera conseruée :
Et ton Throsne d'vn meurtre & d'vn Spectre affermy,
Vaincra l'effort du Temps & du Sort ennemy.
Ioüys-en, parricide, & si tu crains qu'il tombe,
S'il faut pour l'appuyer vne seconde tombe ;
Ajouste mort à mort, joins le Frere à la Sœur ;
Deux corps feront vn fond plus ferme à ta grandeur.
Mon bras t'epargnera la moitié de ce crime ;
Et Saladin vaut bien vne double victime.

Il se plonge à ces mots vn poignard dans le sein ;
Et du sang qui iaillit se remplissant la main,
Zabide, poursuit-il, le jettant dans le fleuue,
Reçois de mon amour cette derniere preuue ;

Et souffre que pour toy satisfaisant le Sort,
De ma mort auiourd'huy ie rachette ta mort.

   A ce coup qui surprit & la Fille & le Pere,
L'vn demeure étonné, l'autre se desespere:
Et la Sœur se iettant à son Frere blessé,
Tandis qu'elle le pleure & le tient embrassé,
Et qu'arrestant son sang, éperduë elle essaye,
D'arrester son esprit sur le bord de sa playe:
La mort abbat le Frere ; & sur luy la douleur,
De son poids dans le fleuue abbat encor la Sœur;
Les Monstres & les flots à leur cheute applaudissent;
Les Vents comme étonnez de la riue en fremissent ;
Tout le peuple en desordre & de frayeur surpris,
D'vn long & triste accent leur répond par ses cris:
Et bien loin dans le Caire où ces cris s'estendirent,
Le tumulte & l'effroy les Echos repandirent.

   Sur le fatal autel à cet euenement,
Le Pere infortuné reste sans mouuement.
Il croit voir de son Fils l'Ombre noire & fumante,
Qui remontant sur l'eau de son sang rougissante,
Et traisnant aprez soy sa triste & pasle Sœur,
D'vn visage irrité luy predit son malheur.
De son peuple il entend les clameurs & les plaintes,
De pitié, de douleur, & de regret épraintes,
Et telles que les vents, ou les flots irritez,
Les font contre vn rocher dont ils sont arrestez.
La principale peur dont son Ame est pressée,
Est que de Saladin l'Ombre encor offensée,
Pour le deposseder conspire auec la Mort,
Et porte à leur effet les menaces du Sort.

Tandis qu'il est troublé de ces diuerses craintes,
De diuerses couleurs sur son visage peintes;
Dans le canal du fleuue il s'eleue auec bruit,
Vne colonne d'eau qu'vn tourbillon conduit.
De l'vn à l'autre bord sa masse balancée,
Et comme par mesure egalement poußée,
Fait marcher deuant soy la vague & le boüillon;
Et sur sa trace laisse vn écumeux sillon.
Elle flotte trois fois entre les deux riuages,
De menaces terrible, affreuse de presages:
Et puis d'vn flux soudain vers Damiette roulant,
Et de sa pesanteur tout le fleuue ébranlant;
Elle se perd enfin, & laisse par sa perte,
D'écume & de limon la riuiere couuerte:
  Ce prodige est suiuy d'autres plus étonnans;
En desordre les flots éleuez & tonnans,
Egalent de leur bruit ceux que fait dans la nuë,
L'ardente exhalaison par le froid retenuë.
Au tonnerre des flots il se mesle des cris
Qui de crainte & d'horreur émeuuent les esprits:
Et l'on vit vn Serpent d'une grandeur enorme,
Estrange de couleur, plus estrange de forme,
Qui vint boire sur l'onde à longs plis étendu,
Le sang de Muratan fraischement épandu,
Et iusques à l'autel rampant auec audace,
Sur le marbre en lescha goutte à goutte la trace.
  A ces objets d'horreur à cet horrible bruit,
Le peuple épouuanté vers le Caire s'enfuit,
A la feuille pareil qui vole de sa teste,
D'vn chesne demy sec battu de la tempeste:

Ou pareil à ces flots qu'vn vent poussé du Nort,
En tumulte & bruyans roule contre le bord.
Mireme resté seul prend tout à bon presage,
Confirme le Sultan, rasseure son courage.

 Ton souhait, luy dit-il, Seigneur, est exaucé:
Le sang de Muratan n'est pas en vain versé;
Il a laué celuy qu'a repandu ton Pere,
Et de tes Oncles morts appaisé la colere:
Il a l'Estat branslant par sa cheute affermy;
Et vaincu le Destin qui t'estoit ennemy.
Les Manes satisfaits cette offrande ont receuë;
I'ay du grand Saladin la grande Ombre apperceuë;
Elle agitoit les flots & les flots agitez
Sembloient de son courage au combat excitez.
Et le puissant Demon qui le Fleuue gouuerne,
Sur les eaux paroissant dans vn liquide cerne,
Trois fois a fait trembler la riue & le canal,
Et du prochain deluge a donné le signal.
Tu le verras bien-tost à vague debordée,
S'épandre auec fureur sur la plaine inondée;
Iusques aux pieds des monts poursuiure l'Estranger;
Et d'vne mer soudaine en son Camp l'assieger.

 Il ajouste à ces mots, d'autres mots qu'il murmure;
Du geste & de la voix ses Demons il conjure;
Il souffle sur le Fleuue, il souffle sur les bords,
Et pour le dechaisner forme de nouueaux sorts.
Cela fait, le Sultan vers le Caire s'auance,
Plus ferme de courage & plus fier d'asseurance.
Mireme l'accompagne & luy met dans le cœur,
Auec vn nouueau fiel vne nouuelle ardeur.

Sa rage s'en allume, & sa rage allumée,
Est flame dans ses yeux, dans sa bouche est fumée.
  Comme vn Lyon de montre au Theatre exposé,
Quoy qu'auecque le temps l'art l'ait apprivoise,
Quand de cris & de coups son gouuerneur l'agasse,
Reprend auec l'orgueil, la fureur & l'audace;
Déchire ses liens, & les traisne aprez soy;
Met le trouble au spectacle & le change en effroy:
Sur tout ce qu'on luy iette exerce sa colere;
Tonne auecque la voix auec les yeux éclaire;
Et faute d'ennemis attaquant sa prison,
De depit romp ses dents aux fers de la cloison.
  De mesme le Sultan commence par le Caire,
De sa folle fureur vn essay sanguinaire.
Les Enfans des Chrestiens à la mort destinez,
Dans la tour du Palais sont de force traisnez.
Il veut par vn honneur sacrilegue & tragique,
En faire à son Fils mort vne offrande publique;
Soit pour rendre par là celebre sa douleur;
Et donner par le sang du prix à son malheur:
Soit pour associer tout vn peuple à ses larmes;
Ou pour auoir des morts à mettre en nouueaux charmes.
  De cette cruauté par tout s'épand le bruit;
Le tumulte est accreu par l'horreur de la nuit.
Les vns sont éperdus, & les autres s'étonnent:
Le silence en fremit, les ombres en resonnent:
Le trouble est d'vne part, de l'autre est la rumeur;
Des Peres affligez on entend la clameur:
Et les Meres d'effroy courent écheuelées,
Aux Gardes, aux Soldats, à leurs enfans meslées.

                                              A

A leurs pleurs Meledin prend vn cruel plaisir,
Et son cœur dans leur sang se baigne du desir.
Là dessus le sommeil luy fermant la paupiere,
Sa pensée assoupie est encore meurtriere :
Son silence menace & ses songes armez,
Sont affreux de figure & de rage enflamez.

    Le Fleuve cependant eslevé sur ses bornes,
Ouvre la porte aux flots qu'il pousse de ses cornes :
Et les flots avec bruit de ses cornes poussez,
Passent victorieux sur leurs bords renuersez.
Autant que l'onde croist, autant decroist la plaine,
Sous le rapide cours de cette mer soudaine :
Routes, sillons, sentiers sont desia confondus ;
Et les tertres aux flots se sont desia rendus.
D'vn charme imperieux là Lune suspenduë,
Semble donner signal à la vague espanduë,
Et pour enfler son cours tirer auec ses rays,
Et de l'eau des gazons & de l'eau des guerets.
On ne distingue plus ny pré ny labourage ;
Le Fleuve en s'auançant auance son riuage ;
Et menace, en brauant canaux, digues & ponts,
De ne borner son lit que des bornes des monts.

    Du tour & du trauail la belle Auantcourriere,
Se leue cependant & rentre en sa carriere :
Dans vn cercle de feu le grand Astre la suit,
Et chasse deuant soy les restes de la nuit.
Il semble à sa pasleur, que son Moteur s'estonne,
Du deluge nouueau qui l'Egypte enuironne.
Il n'y remarque rien de ces debordemens,
Fecons & mesurez qui regnent tous les ans ;

I

Quand l'Esté fait suer ces montagnes chenuës,
Qui donnent à l'Hyuer retraitte dans les nuës.
L'Orison qu'il auoit laissé si verdoyant,
Luy paroist au retour vn desert ondoyant.
Tout nage au tour des Bourgs, tout nage autour des Villes,
Prez & champs inondez sont deuenus mobiles:
Où la charruë alloit, ou paissoit le troupeau,
La barque & le poisson suiuent le cours de l'eau:
Et les arbres flottans, de crainte du naufrage,
Semblent hausser les bras pour se sauuer à nage.

　　Ainsi le Fleuue alloit par la plaine roulant,
Quand le long du canal vn vaisseau plat coulant,
Ramenoit à Memphis, du Sultan Mekalime
Qui regnoit en Damas la Fille magnanime.
Dans le commun peril le Pere interessé,
Et de la mort d'Oxin mortellement blessé,
Du genereux Oxin qui fut son Fils vnique,
Et que Bourbon tua dans vn tournois tragique,
Auoit auec sa Fille en Egypte enuoyé,
Vn renfort de Syriens à ses frais soudoyé.

　　La Princesse Almasonte, ainsi se nommoit-elle,
Quoy qu'elle fust vaillante, autant qu'elle estoit belle;
Et qu'vn orgueil en paix comme en guerre vainqueur,
Se fust mis dans ses yeux en garde pour son cœur;
Iusqu'au cœur par les yeux auoit esté touchée,
D'vne flesche au hazard & sans dessein laschée;
Et l'autheur innocent du coup qui la blessa,
Son image en l'Esprit bien auant luy laissa:
Image tousiours viue & tousiours inherente,
Qui ramene Bourbon & Bourbon represente,

Soit à ses yeux ouuerts aux rayons du Soleil,
Soit à ses yeux fermez des pauots du Sommeil.
Cent fois dans les perils, de cette Ombre suiuie,
Elle chercha Bourbon, elle exposa sa vie ;
Et cent fois le succez manquant à son effort,
Elle ne pût trouuer ny Bourbon ny la Mort.

Dans le premier combat que les flottes donnerent,
Quand sur mer les Croissans & les Croix se choquerent ;
Elle fit éclater le feu de sa valeur ;
La mer en écuma, la vague en prit couleur.
Depuis, à la descente on la vit au riuage,
Resister aux François, luter contre l'orage ;
Et son cœur bien à peine aux flames se rendit,
Que le Ciel partisan des Croisez épandit.
Aprez Damiette prise, elle fut iusqu'à Siene,
Pour faire armer par tout contre la Gent Chrestienne :
Et comme elle en venoit, le Fleuue debordé,
Luy cacha tout à coup le pays inondé.

Elle approchoit du bord, où la Sœur & le Frere,
A la mort exposez par le barbare Pere,
Auoient par leur peril le deluge attiré,
Et soulé de leur sang le Phantosme alteré.
Elle apperçoit de loin comme vne tresse blonde,
Flottant à longs filets sur la face de l'onde.
Son pilote la suit, & de l'eau la tirant,
Tire vn corps demy mort & demy respirant.
D'vne soudaine horreur Almasonte ébloüye,
A cet étrange objet demeure éuanoüye.
D'vn desordre pareil & d'vn pareil effroy,
Ses gens épouuentez la rappellent à soy.

I ij

Elle reuient à peine & de dueil eperduë,
Voit Zahide à ses pieds dans la barque etenduë.

   Le Tutelaire Esprit à sa garde ordonné,
Qui la tira des mains du Vainqueur forcené,
Qui la sauua du fer & des flâmes armées,
Qui pour elle adoucit les Bestes affamées,
Cette Esprit Assistant qui força tant de fois,
Pour ce noble dépost la Nature & ses loix ;
Quand du poids de son Frere & du sien attirée,
Elle tomba dans l'onde à sa mort preparée ;
A son aide accourut, le Fleuue surmonta,
Au plus bas de son lit en repos la porta :
Et sa puissante main, de la vague ondoyante,
En dôme luy bastit vne liquide tente.

De là soudainement sur l'onde il l'a poussa,
Au poinct que le vaisseau d'Almasonte passa ;
Et la remit aux soins de sa belle Parente,
De son malheur autant confuse qu'ignorante.

   Almasonte en desordre à cet euenement,
Par ses pleurs à ses soins donne commencement :
Le desespoir l'emporte, elle met en vsage
Tout ce que sçait le dueil, tout ce qu'apprend la rage :
Elle prend à party la Fortune & le Sort ;
Elle accuse le Ciel & prouoque la Mort.
De dueil enfin pressée & de larmes humide,
Elle attache sa bouche à celle de Zabide :
Et soit que de son cœur il sortit quelque esprit,
A quoy le cœur mourant de Zabide s'eprit ;
Soit qu'à ses deux soupirs quelques feux se meslerent,
Qui cette ame estouffée à ses sens rappellerent ;

Zabide reuenuë ouure à regret les yeux;
Souffre auecque dédain la lumiere des Cieux;
Prend pour son Frere mort Almasonte viuante;
Luy parle d'vne voix plaintiue & languissante.
Cher Muratan, dit-elle, en luy tendant la main,
Sommes nous hors des loix de ce Pere inhumain?
Pouuons nous esperer malgré ses tyrannies,
De voir en ces bas lieux nos Ames reünies?
Est-il aprez la mort, ou des fers ou des feux,
Qui des chastes Amours rompent les chastes nœus?
A ces termes confus elle joint d'autres termes,
Qui pouuoient émouuoir les Ames les plus fermes:
Et des sens à la fin l'vsage recourant,
Par les soins empressez qu'Almasonte luy rend;
Tandis qu'elle s'afflige, & qu'elle ce tourmente,
Aprez son Frere mort d'estre encore viuante:
Tandis qu'on la consôle, & qu'auecque ses pleurs,
Almasonte compose vne huile à ses douleurs;
La vague qui se rend moins traittable & plus forte,
En depit du nocher loin du Caire les porte.

SAINT LOVYS
LIVRE TROISIESME.

ARGVMENT.

Estonnement de l'Armée Françoise surprise du Nil débordé : Constance & fermeté de Louys dans ce peril : Puissant armement des Sarrasins : Liste de leurs Chefs & de leurs troupes : Leur marche en basteaux vers les François : Combat sanglant terminé par la déroute des Infideles.

 *Ependant les François par le Fleuue pres-*
sez,
Marshent sous leurs drapeaux en corps &
ramassez.
Le deluge suiuy du trouble & du rauage,
N'abbat point leur esprit, n'eteint pas leur courage:
Leur retraitte est hardie, elle a de la fierté;
Ils cedent sans desordre à la neceßité:
Le flot sans les troubler sur leur trace resonne,
Et sans les effrayer le peril les estonne.
　　Du superbe Lyon l'orgueilleuse valeur,
Ainsi resiste aux coups & resiste à la peur,
Quand les Bergers armez deuant la bergerie,
En tumulte & sans art font teste à sa furie.
　　I

De l'eclair de ses yeux il répond à l'eclair,
Que font autour de luy ses jauelots en l'air·
Il répond de sa voix qui paroist vn tonnerre,
A la voix dont le cor luy declare la guerre.
Mais si pour l'arrester, les Bergers repoussez,
A ses yeux font vn feu de fagots ramassez;
Plus surpris qu'effrayé son audace il arreste,
Sans detourner le cœur il detourne la teste:
Sa démarche est terrible & l'orgueil qui le suit,
D'vne fiere clarté par ses regards reluit.

    Au delà de Tafnis vne riche colline,
S'éleue en commandant à la plaine voisine.
Le front luy fut jadis couronné d'vn Palais,
Que le pudique Hebreu fit bastir à grands frais;
Et qu'il accompagna de maisons destinées,
A tenir en depost les sept grasses Années,
Qui de leurs maigres sœurs dans la necessité,
Soustinrent la disette & la sterilité.
De ces hauts bastimens les hautaines reliques,
Etallent par morceaux les Histoires antiques:
Adam s'y voit tout ieune & par les ans vsé;
Le Serpent imposteur à ses pieds est brisé:
Et dans le marbre mort son image sans vie,
Semble auec son poison repandre son enuie.
Là le Frere innocent & le Frere assassin,
Egalement cassez ont vne égale fin:
Le Temps qu'aucun respect, qu'aucune loy ne bride,
A fait de tous les deux vn second homicide.
Icy du Ciel ouuert vn deluge épandu,
Déborde par torrens sur le Monde éperdu:

La pierre y fait aux yeux tous les effets de l'onde ;
Elle roule, elle écume, elle s'enfle, elle gronde :
Et les Peuples noyez encor aprez leur mort,
Flottans sans mouuement semblent chercher le bord.
Là le foudre à torrens & la tempeste ardente,
Tombent auec éclat sur Sodome brûlante :
Le marbre & le porphyre ont du feu la couleur ;
Il paroist mesme à l'œil qu'ils en ont la chaleur :
Et sans se consumer la matiere allumée
Semble jetter le souffre & pousser la fumée.
Le Pere des Croyans ailleurs representé,
Immole son espoir & sa posterité :
La pierre en mesme temps pitoyable & seuere,
Est tendre dans le Fils, & forte dans le Pere :
Et sous vn mesme coup, d'vne mesme froideur,
L'vn sa teste soûmet, l'autre soûmet son cœur.
D'autre part de Iacob les figures caßées,
Se trouuent par éclats à terre renuersées :
Et tout ce qu'eut Ioseph de gloire & de vertu,
Par les ans effacé, par les ans abbatu,
Ne fait plus qu'vn amas d'Histoires confonduës,
De Mysteres brisez & d'Images perduës.

　　Les François poursuiuis de l'ennemy grondant,
Qui sur leurs pas alloit la campagne inondant,
Marchent vers ce costau, qui contre le deluge,
Leur presente de loin sur son dos vn refuge.
Le Camp se fut à peine à ce poste rendu,
Le Pauillon royal à peine fut tendu,
Que les flots écumans à la colline accourent ;
Et d'vn siege sans ordre auecque bruit l'entourent.

　　　　　　　　　　　　　　　　　　Ils

Ils l'attaquent de force, ils battent ses costez ;
Ils montent à l'assaut, l'vn sur l'autre portez.
Leur bruit & leur enflure éleuent leur menace ;
Leur but est d'abismer ou d'abbatre la place :
Et ne pouuant si haut leur fureur éleuer,
Ils semblent en tombant de dépit se creuer.

  Le Soldat étonné de cette étrange guerre,
Des yeux & de l'espoir en vain cherche la terre :
Il ne voit qu'vn espace ondoyant & desert,
Où s'égarent ses yeux où son espoir se perd.
Il ne voit que peupliers & que palmes nayées,
Qui leuent en tremblant leurs testes effrayées :
Et ne voit au plus loin où son regard s'étend,
Qu'vne mort asseurée, & qu'vn tombeau flottant.
Vn si vaste peril & de si grande montre,
Où de tous les costez la terreur se rencontre,
Par les cœurs les plus grands ne se peut mesurer ;
Et ne laisse aux esprits aucun lieu d'esperer.
Là des plus asseurez s'ebranle l'asseurance ;
Les vaillans ont en vain recours à leur vaillance ;
L'adresse de l'adroit & la force du fort,
Ne parent point aux coups de cette longue mort.
Leur depit est de voir, qu'vne si belle vie,
Sous les armes leur soit sans attaque rauie :
Et qu'vn Camp de Heros, qu'vn Peuple Conquerant,
Meure comme vn troupeau traisné par vn torrent.
L'vn se plaint à sa lance & l'autre à son épée,
Tant de fois dans le sang des Barbares trempée ;
Et regrette qu'obscure & froide à son costé,
Elle meure auec luy sans bruit & sans clarté.

                                        K

L'autre auprez du cheual qui fut en tant de lices,
L'aide de ses combats & de ses exercices,
Se plaint d'auoir perdu par le débordement,
La matiere & le lieu d'vn noble monument:
L'animal braue & fier que cette plainte touche,
Luy répond en jettant l'écume de la bouche;
Sa réponse se mesle au bruit que fait son frein,
Et d'vn noble dépit son pied bat le terrain.
Il en est qui portez d'vne inutile audace,
Tendent contre les flots les bras auec menace;
Mais les flots menacez au lieu de reculer,
Auecque plus d'effort semblent contre eux rouler.
Dans ce peril commun la vaillance contrainte,
Et le sens en desordre ont leur trouble & leur crainte:
Et ceux qui craignent là de perir dans les eaux,
De cent palmes ailleurs joncheroient leurs tombeaux:
Et sous des tourbillons de cailloux & de fleches,
Par des torrens de feu que vomiroient des breches,
Iroient la teste haute & le cœur asseuré,
Acquerir vn trépas d'vn beau tiltre honoré.

Le seul esprit du Prince au deluge surnage,
Et sur tous les perils éleue son courage.
Affermy sur la base où l'établit sa foy,
Il voit du Monde émeu l'émeute autour de soy;
Et pourroit voir encor auecque la tempeste,
Les Cieux desassemblez éclater sur sa teste.
Il se rend aux quartiers où les communs besoins,
Appellent son courage, & demandent ses soins:
Et par tout, son exemple aidé de sa parole,
Rasseure les craintifs & les tristes console.

Compagnons, leur dit-il, où font ces braues cœurs,
Qui des Vents & des Mers, qui des Monstres vainqueurs,
Deuoient mener aux yeux de la France étonnée,
L'Afrique prisonniere & l'Asie enchaisnée?
Où s'est éteint ce feu, dont l'éclat & l'ardeur
Menaçoient du Croissant la fatale grandeur?
Nous reprochera-t'on qu'aprez tant de conquestes,
Vn Camp vainqueur des Mers & vainqueur des têpestes,
Ait auecque l'espoir le courage perdu,
Au bruit vain d'vn torrent de son lit épandu?
Quittez cette frayeur, reprenez l'esperance,
Iugez plus dignement du destin de la France;
L'Ange qui le gouuerne a les bras assez forts,
Pour ranger au pluſtost ce fuyard dans ses bords.
Il tint bien autrefois, pour la race Iuifue,
Dans son propre canal la Mer rouge captiue;
Et des flots escarpez & par son bras fendus,
Luy baſtit des remparts bruyans & suspendus.
Le temps n'a rien changé de ses forces premieres;
Ce qu'il est sur les Mers, il l'est sur les Riuieres.
De son haleine il peut le deluge secher;
De la vague affermie il peut faire vn rocher.
Il vous doit souuenir, quelle celebre auance,
Pour sauuer noſtre flotte, il fit de sa puissance,
Lors que malgré les Vents, sans l'art des Matelots,
Il l'arracha de force à la fureur des flots.
Depuis armé d'éclairs, & monté sur l'orage,
De Sarraſins deffaits il joncha le riuage:
Et poussant la tempeſte & le feu deuant soy,
Dans Damiette il porta la déroute & l'effroy.

K ij

Ces grands coups qu'il a faits, de ses grands coups à faire,
Sont vn essay fameux, sont vn noble exemplaire.
Mais si par vn secret inconnu des humains,
Dieu suspend son pouuoir & luy retient les mains;
Et si de ce Conseil eternel & suprème,
L'ordre est que nous passions par vn second Baptesme;
Qu'importe, Compagnons, qu'il soit de sang ou d'eau?
L'eau peut oindre vn Martyr, peut sacrer vn tombeau:
Il s'en peut teindre au Ciel vne Pourpre immortelle;
Et non moins que du sang la couleur en est belle.
D'vn Champion de Christ la plus haute vertu,
N'est pas de massacrer l'Infidelle abbatu;
De noyer dans son sang ses Lunes étouffees;
Et de Turbans captifs eriger des trophees:
Elle est de se roidir contre l'aduersité;
De se faire vne iuste & noble fermeté;
D'estre soûmis à Dieu, quelque destin qu'il donne;
Et prendre en gré de luy, soit peine, soit couronne.
Le Tartare, l'Arabe & le Turc peuuent bien,
Vaincre auecque le fer non moins que le Chrestien:
Mais de vaincre en souffrant, c'est la seule victoire,
Qui d'vn Heros Croisé doit couronner la gloire.
   De semblables discours Louys soustient le cœur,
De ses gents assiegez du Fleuue & de la peur.
Et la nuit qui suruient plus obscure & plus trouble,
Cache aux yeux le peril & la crainte en redouble.
Les tenebres, l'horreur, le battement des flots,
Appellent tout d'vn temps & chassent le repos;
Mais le Sommeil enfin conduit par le silence,
Du tumulte & du bruit calme la violence.

L'Aube bien-tost aprez, sur vn char de vermeil,
Vient r'ouurir du grand Cours les portes au Soleil :
Le iour qui se répand par ces portes ouuertes,
De felouques fait voir les campagnes couuertes :
Et le François s'étonne à cet objet nouueau,
De voir l'eau sur la terre & la guerre sur l'eau.
Rome vit autresfois de semblables miracles,
Lors que dans ces Enclos destinez aux Spectacles,
Il se représentoit à ses yeux étonnez,
Des fleuues faits par art & par art gouuernez :
Il se voyoit des mers couler par des portiques ;
A ces mers succeder des forests domestiques ;
Et dans vn mesme parc, de superbes vaisseaux,
Combattre en mesme temps à terre & sur les eaux.

Vn theatre plus vaste & plus étrange encore,
Aux François est ouuert au retour de l'Aurore.
Mille batteaux poussez du fleuue débordé,
Couurent d'vn camp flottant le pays inondé :
A leur nombre, à leur ordre, à leurs files pressées,
Ils paroissent de loin des citez balancées.
Où l'on a vû le soc les guerets sillonner,
La rame auec effort fait les flots boüillonner :
Et le bois écumant cherche auecque la proüe,
Le chemin que le char à tracé de la roüe.
Le terrible concert des cors & de clairons,
S'accorde aux bruit confus que font les auirons :
D'vn effroyable accent les Echos leur répondent ;
Et les flots animez long-temps aprez en grondent.
Les éclairs dont l'acier répond à ceux du iour,
D'vn feu noble & perçant tranchent l'air d'alentour :

K iij

Et des Soldats flottans les images armées,
Semblent d'autres Soldats faits des ondes charmées.

   Le Sultan auoit fait ce puiſſant armement,
Pour ne pas tout remettre au gré d'vn Element :
Et luy-meſme embarqué s'auançoit en perſonne,
Pour prendre part au ſang & part à la couronne.
Des forces du Leuant mille batteaux chargez
Voguoient ſous diuers Chefs par eſcadres re.
Le vaillant Forcadin de ces barbares troupes,
Conduit le premier Corps formé de cent chaloüppes.
Depuis ce Philiſtin ſi fier & ſi vanté,
Qui fut par vn enfant Chantre & Berger domté,
Le Nil ny le Iourdain, le Tigre ny l'Euphrate,
Où regne tant d'audace, où tant d'orgueil eclate,
N'auoient point vû marcher en armes ſur leurs bords,
Vn Eſprit plus hautain dans vn plus vaſte corps.
Sur ſon caſque vn dragon terrible de menace,
Superbe de matiere, exprime ſon audace.
Et ſur ſon grand pauois vn roc qui va dans l'air,
Affronter le tonnerre, & prouoquer l'éclair,
Tandis qu'il foule aux pieds les vagues & l'orage,
Eſt de ſon arrogance vne arrogante image.
Auſſi c'eſt à regret, c'eſt auecque dédain,
Qu'il preſte à cet exploit ſon courage & ſa main :
Et le François bloqué du Fleuue & par des charmes,
Luy ſemble vn Aduerſaire inégal à ſes armes.
Le peuple de Suez encore glorieux,
De la taille & du nom de Geants ſes ayeux,
Accompagne en bon ordre, & d'vne mine altiere,
D'vn Chef ſi renommé l'orgueilleuſe banniere.

Aprez, cent Cheualiers de la Ville au Soleil,
Celebre par l'Oyseau sans sexe & sans pareil,
Suiuent Elmeradan, dont les armes dorées,
Sont du chiffre d'Oxane en argent figurées.
Fou qui croit que les traits qui luy seront jettez,
A ses pieds tomberont de ce chiffre enchantez :
Et fou qui preuenu d'vne foy si profane,
A promis vn trophée à la porte d'Oxane.
Tous ceux de son Escadre & braues & galans,
Ont le harnois couuert de feux peints & volans;
Et tous, sur le cimier, portent au lieu de plume,
L'Oyseau que le Soleil ressuscite & consume.
De Thebes si fameuse & si vaste autrefois,
Le Peuple belliqueux suit chargé de carquois,
D'où sur vn bois qui vole, il sort des morts armées
De pestilens esprits & de gouttes charmées.
Leur Chref Elmelansir, grand de corps, grand de cœur,
D'Evilat en duel venoit d'estre vainqueur,
Du jaloux Evilat, dont le fer parricide,
Auoit esté trempé dans le sang d'Elgatide.
Mais ce laurier n'est pas vn remede à son dueil,
La tristesse paroist meslee à son orgueil;
Et dessus sa banniere vne Hermine egorgée,
Represente l'amour de son ame affligée.
Ainsi par sa douleur son courage croissant,
Et par son desespoir sa valeur s'aigrissant;
Il va d'vn cœur egal au cœur de la Lyonne,
Qui fiere du dépit que sa perte luy donne,
Aprez ses faons rauis le rauisseur poursuit;
Ne redoute du fer ny l'eclat ny le bruit;

Et vuide autant d'espoir, que de crainte, n'essaye
Qu'à perir fierement & d'vne grande playe.
 Ceux d'Abyde, où Ioseph eut son premier cercueil,
Egalent des Thebains le courage & l'orgueil;
Et marchent en vn Corps auec ceux de Bubaste,
Où de l'Antiquité l'ombre est encore vaste;
Et des Siecles passez les trauaux orgueilleux,
Dans leur débris encor paroissent sourcilleux.
De masses & d'escus ces Nations armées,
Et d'vn zele barbare au combat animées,
Marchent sous l'etendart du traistre Almutasin,
Qui de Chrestien qu'il fut deuenu Sarrasin,
Pour l'amour d'vne idole errante & sans tenuë,
Pour les embrassemens d'vne mobile nuë,
Auoit quitté l'espoir de ce grand Auenir,
Où le Bien est solide & ne doit point finir.
De Christ & de son culte implacable aduersaire,
Et de sa vaine erreur zelateur sanguinaire,
En quelque part qu'il aille, il fait suiure aprez soy,
Vn attirail d'horreur, vne montre d'effroy.
Cent testes de Martyrs sont sur de longues piques,
Autour de sa maison des spectacles tragiques:
L'insolente Commune en passant les maudit;
Le Ciel leur spectateur à leur gloire applaudit;
Et les Anges en garde & veillans autour d'elles,
Les parent tous les soirs de lumieres nouuelles.
 La Bataille succede à ce Corps auancé;
Tout le Fleuue en gemit, par les barques preße;
Et l'onde auecque bruit de l'auiron battuë,
Escume sous les coups, sous le faix s'euertuë.

A la

A la pointe Elgasel suiuy de vingt vaisseaux,
Semble donner chaleur & mouuement aux eaux.
Sa taille est d'vne tour & l'ondoyante plume,
Qui vole sur sa teste & son armet allume,
A la montre pareille à ces celebres feux,
Qui brillent au sommet d'vn Mole sourcilleux.
Sa troupe qui ne sçait ny plier ny se rendre,
Choisie en la Cité que bastit Alexandre,
La grande targe au bras, le grand sabre au costé,
Fait montre de valeur & montre de fierté.

   Ceux du Cap de Bochir joints à ceux de Rosette,
Ont tous la demy pique & l'armure complete :
Ils suiuent Gorgadan le celebre Iousteur,
Dont le harnois charmé par Hemir l'Enchanteur,
Sous le fer émoulu plus ferme qu'vne enclume,
S'étonnoit aussi peu d'vn trait que d'vne plume.

   Ceux de Nicie vnis à ceux de l'Isle d'or,
Font vn Corps commandé par le ieune Elzamor.
D'Erminde à son départ les pleurs en vain coulerent ;
Et de ces pleurs en vain ses armes degoutterent :
Aussi peu que le fer son cœur s'en échauffa ;
De douleur en ses bras Erminde en étouffa :
Et le dernier soûpir qui termina sa plainte,
Laissa de son amour la flame en l'air éteinte.

   Ceux de Damiette aprez, dépitez & confus,
De l'onde auec cent bras precipitent le flux :
De leur triste Patrie abbatuë & captiue,
Iour & nuit aprez eux l'Ombre errante & plaintiue,
Leur fait voir de son front le Croissant arraché ;
Et le joug des François à sa teste attaché.

                                             L

Cette vaine Ombre allume vn feu dans leur courage,
Qui les porte à venger leur honte & leur dommage.
Olgant fils d'Almondar qui fut par la vertu,
Du François Conquerant sous Damiette abbatu,
A leur teste auancé, de la mine menace;
Soustient d'vn grand dépit vne plus grande audace;
Et par vœu solennel du saint Prince promet,
Au tombeau d'Almondar la cuirasse & l'armet.
A ce barbare vœu les flots charmez répondent;
Les Demons conjurez d'vn bruit sourd le secondent;
Et le celeste Garde à Louys destiné,
Qui découure de loin ce concert forcené,
Se rit du vain Olgant & ses armes appreste,
Pour détourner l'effet de son vœu sur sa teste.

   Ceux de Tanes en suite & du pays voisin,
Marchent sous le drapeau du Vieillard Ormasin,
Qui vert en sa vieillesse & droit sous la cuirasse,
A la neige des ans joint le feu de l'audace;
A ces chesnes pareil qui chenus & couuerts,
De la froide toison qu'épandent les Hyuers,
Des bras encore forts & fermes de la teste,
Luttent contre les vents & contre la tempeste.

   Le Sultan marche aprez & marche enuironné,
Du Corps des Mammelus à sa garde ordonné.
D'origine Chrestiens, Circasses de naissance,
Enleuez & vendus dez leur premiere enfance,
En suite par l'vsage & les ans aguerris,
A la porte du Prince & sous ses yeux nourris,
Aux Corps de la milice ils fournissent des testes;
Ils fournissent des bras à toutes les conquestes:

Et le Corps de l'Eſtat fait par leur petit Corps,
Ses plus grands mouuemens & ſes plus hauts efforts.
Eſedin qui commande à cette trouppe illuſtre,
A peine encor enfant contoit le ſecond luſtre,
Quand par ruſe, du ſein de ſa mere arraché,
Et par ruſe à la Loy du Croiſſant attaché,
Il joignit tant de force à la fleur des années;
Il vit ſes actions ſi ſouuent couronnées;
Et fit monter ſi haut ſa conduitte & ſon cœur,
Qu'en commun la Fortune auecque la Valeur,
A ſon auancement par accord conſpirerent,
Et de leurs bras conjoints à ce rang l'éleuerent.
Encore n'eſt-il pas ſatisfait de ce rang;
Il ſe deſtine au Throſne vn chemin par le ſang:
Et pour le couronner, la Fortune elle-meſme,
D'vn Turban dechiré luy fait vn Diadème.
Mais elle-meſme aprez de ſes mains filera,
Le funeſte cordeau dont on l'étranglera.
Cent Braues de renom marchent ſous ſa baniere;
Dont l'étoffe eſt ſuperbe & la deuiſe altiere.
Là ſont les deux iumeaux Adragut & Brinel,
A qui le fer ouurit le ventre maternel:
On y voit Sifredon le grand Caualeriſſe,
Qui ne ſortit iamais que vainqueur de la lice:
Brondicart le Pyrate, Orfadin le Iouſteur,
Miſaferne qui fut des Tarres le dompteur,
L'Eſcrimeur Ormadur, dont la terrible eſpee,
De quelque mort nouuelle eſt chaque iour trempée;
Rogadan dont l'orgueil foule toutes les loix,
Soit celle du Croiſſant, ſoit celle de la Croix:

Gorasel, Euilat, Elipran, Gormadasse,
Tous fameux en conduitte & fameux en audace:
Et cent autres d'adresse & de force puissans,
Dont les noms mesmes sont hautains & menaçans.

   Au milieu de ce Corps, Meledin dans sa barque,
Marche auec l'appareil d'vn barbare Monarque.
A quatre anneaux d'argent quatre esclaues liez,
Et sous le riche faix de leurs chaisnes pliez,
Par regle & de concert battent l'eau qui murmure;
Et la font sous la rame ecumer de mesure.
D'vn bois rare & de prix le vaisseau façonné,
Est d'vn grand bord d'argent tout autour couronné.
Vne Aigle de vermeil éployée à la proüe,
Et muë au mouuement du flot qui la secoüe,
Voltige sans bouger & semble en s'éleuant,
A faute d'ennemis s'éprouuer sur le vent.
Vn ciel fixe & tendu qui suit le cours de l'onde,
D'vne étoffe brillante & d'vne forme ronde,
Eleué sur la poupe & semé de rubis,
Au Sultan fait vne ombre éclatante & de prix.
Luy coüuert d'vn harnois de semblable matiere,
Iette au loin la terreur auecque la lumiere;
Et par l'effusion d'vne riche clarté,
Se fait vne barbare & fiere majesté;
Au Comete pareil, dont la lueur fatale,
Des presages de mort auecque pompe étale;
Et fait autour de soy briller auec horreur,
D'vn funeste auenir la montre & la terreur.

   Des Peuples du Leuant les Corps auxiliaires,
Venus pour s'opposer aux communs Aduersaires,

Aprez le Corps Royal marchent sous leurs drapeaux,
Qui font vne forest volante sur les eaux.
Des Perses éclatans de soye & d'écarlate,
La noble Escadre suit le triste Oromondate.
De deux traits penetrans son Esprit trauersé,
Est d'amour & de dueil également blessé.
L'Ombre pasle d'Almire en son cœur dominante,
Et deuant sa pensée incessamment errante,
Sur son front reflefchit vne sombre pasleur,
Qui malgré son courage exprime sa douleur.
Preuenu d'vn faux bruit semé par Ofrasie,
Et rongé d'vne étrange & folle jalousie,
Quoy qu'opposast l'amour, quoy que dist la raison,
Il auoit fait mourir Almire de poison.
Mais auecque le temps la verité venuë,
De la noire imposture a dissipé la nuë:
L'innocence étouffée a repris sa clarté;
Et d'Almire sans corps le Phantosme irrité,
Auec vn attirail terrible & de Furie,
Reuient toutes les nuits le mettre en resuerie.

Les Arabes voisins en deux Corps diuisez,
Marchent aprez deux Chefs également prisez.
Albugar conduit ceux des Nations errantes,
Qui n'ont ny lieux certains, ny demeures constantes;
Et font sur leurs chameaux par vn Desert roulant,
De leurs Bourgs portatifs comme vn Estat volant.
Les Fixes Habitans de la contrée heureuse,
Où la Terre est tousiours parée & plantureuse,
Suiuent Albigasel, que se tient glorieux,
De conter Mahomet au rang de ses Ayeux.

Vn crefpe à cent plis verts qui fa tefte enuironne,
Au fens des Sarrazins luy vaut vne Couronne :
Et le fameux Tombeau du Prophete trompeur,
Qui d'vne peftilente & fatale vapeur,
A de tout l'Orient étouffé la lumiere,
D'vn ouurage de prix brodé fur fa banniere,
Des troupes d'alentour attire tous les yeux :
Et les Braues du Camp les plus audacieux,
Qui ne s'abaifferoient pour vents ny pour tempeftes,
Abaiffent deuant luy leur orgueil & leur teftes.

De ce noble climat où le lit du Iourdain,
Aux pieds de cent palmiers fait vn fertile bain,
Le ieune Eridezel huit cens archers amene :
Et Robazane autant de cette vafte plaine,
Ou le fuperbe Euphrate à grands cerclés coulant,
Son tribut vers la Mer en pompe va roulant.

Mille Turcs naturels conduits par Muleaffe,
De leurs cœurs par leurs yeux font éclater l'audace.
Des monts Scythes jadis leurs Peres defcendus,
Et iufques fur les bords de l'Euphrate épandus,
A des torrens pareils, la Syrie inonderent;
Et l'Empire Perfan de leur choc ébranlerent.
Le Soleil des Sophis fi grand & fi fameux,
En defordre & confus recula deuant eux :
Et fa retraitte fut vn infaillible augure,
Que contre la couftume & contre la Nature,
La Lune quelque iour au Leuant regneroit ;
Et de fon afcendant le Soleil chafferoit.
D'vn fi grand auenir l'illuftre & noble auance,
Releue Muleaffe & luy donne affeurance :

Il porte sur le bras dans vn puissant pauois,
Ses Neueux en metal, en petit de grands Rois.
Il porte des citez, des flottes, des victoires,
Et d'vn Empire à naistre en dessein les Histoires.
De ces originaux qui ne sont pas encor,
Les portraits precieux sont ciselez en or.
La Fortune Ottomane auant qu'elle soit née,
Desia par la Victoire y paroist couronnée;
Et desia sur ces bords, où le grand Constantin,
De l'Empire porta la gloire & le destin,
De Tribunaux rompus, d'Enseignes renuersées,
De Sceptres de Roys morts, de Couronnes cassées,
Vn Throsne elle se fait, sous qui les Potentas,
Sous qui les Nations tiennent la teste bas.
Bizance est là captiue, & la Trace à la chaisne;
La Grece dechirée & sanglante s'y traisne;
La Crete qui redoute vn pareil traittement,
Se cache de frayeur dans l'humide Element.
La Sicile prez d'elle, & plus loin Parthenope,
Rampart mal asseuré de la tremblante Europe,
Au Lyon Venitien de peur tendent les bras;
Et le Lyon luy-mesme aprez tant de combas,
Quoy que puissant de force & braue de courage,
De la Chipre chassé rugit sur son riuage.
Les Aigles cependant du Danube & du Rhin,
Volent à son secours du haut de l'Apennin.
Le iour paroist noircy de l'ombre de leurs aisles;
L'air en est agité, le vent siffle aprez elles;
Et toute l'Alemagne attentiue à leur bruit,
De l'espoir & des yeux au combat les conduit.

Mais les vnes en trouble, & les autres bleßées,
Sont par les Chaßeurs Turcs dans leurs nids repouſées.
La France ſuruenant braue & pleine de cœur,
Arreſte les progreʒ du Barbare Vainqueur,
Sur vn grand char aiſle vole iuſqu'au Boſphore,
Romp la corne au Croiſſant que l'Orient adore :
Et là ſur le debris de ſes Palais fumans,
Immole au ſang des Grecs le ſang des Ottomans.
D'vn art ingenieux & d'vn trait prophetique,
De ces euenemens la montre magnifique,
Par Organ fut grauée en ce riche pauois,
Quand les Turcs debordeʒ pour la premiere fois,
De leurs vaſtes Deſerts au Leuant s'epandirent ;
Et le pas de l'Aſie à leur Fortune ouurirent.
Ortogules depuis du Sceptre s'emparant,
Prit auec ce bouclier l'eſprit de Conquerant ;
Et là ſon Frere armé pour la cauſe commune,
De ſes Neueux en luy croit porter la fortune.
Mais tous ces Braues d'or qui pendent à ſon bras,
De la main de Louys ne le ſauueront pas.

   L'Arriere garde ſuit, moins nombreuſe & moins forte,
Par l'ondoyante route où la vague la porte.
Secedon grand de ſens & plus grand de valeur,
De ce troiſieſme Corps eſt la teſte & le cœur :
Et tant d'Eſprits diuers qui ſous le ſien s'vniſſent,
Non moins que par ſes ſoins, par ſon ſens s'aguerriſſent.
De l'Arabe Ageʒel qui deʒ ſes ieunes ans,
Luy predit qu'il mourroit au Throſne des Sultans,
Le preſage ambigu releue en ſa memoire,
Des Spectres de grandeur & des Ombres de gloire :

                                                    Et

Et de ces vains objets son cœur enuironné,
Est Monarque en desir & d'espoir couronné.
De la grande Memphis les Communes hautaines,
Font au front de ce Corps les braues & les vaines :
Leurs batteaux de tapis & de festons ornez,
Semblent moins au combat qu'au triomphe menez :
Et dans leurs etendars les Sphynges exprimées,
Par le souffle du vent paroissent animées.

    Ceux de Busire aprez, vont armez de longs bois,
Meslez aux Massorins qui portent le carquois.
Drogasse les conduit, le sourcilleux Drogasse,
Qui d'vn viuant Colosse à la montre & la masse.
La chalouppe sous luy gemit toutes les fois,
Que de son corps enorme il meut l'enorme poids :
Et d'vn fardeau si lourd les vagues oppressées,
Font ployer l'auiron dont elles sont poussées.
D'vn Serpent autrefois terrible & renommé,
Qui sur le bord du Nil par luy fut assommé,
Le cuir vert & luisant & l'ecaille dorée,
Vne armure luy font sans acier acerée :
Et le muffle du Monstre en salade formé,
Et d'vn double rubis au dedans allumé,
Semble du feu qu'il jette & des dents qu'il auance,
Des plus braues du Camp deffier la vaillance.

    Ceux d'Ostracine aprez à force de ramer,
Font l'auiron gemir & la vague ecumer :
Le faix de leurs harnois retarde leurs chaloupes,
Qui suiuent lentement le train des autres troupes.
Azel qui les gouuerne, ardent, fier & hautain,
Presse les matelots des yeux & de la main.

                                      M

Et si l'ordre étably ne regloit son courage,
Il sauteroit dans l'onde, & passeroit à nage.

Sur la fin, les Sienois qui font le dernier Corps,
Suiuent en des batteaux & plus longs & plus forts:
Auec eux les Cousans joints à ceux de Barbande,
Marchent sous l'etendart d'Ofrin qui les commande.
Le Barbare nasquit en la noble Cité,
Où le Soleil tournant au Tropique d'Esté,
De traits à plomb tirez chasse toutes les ombres,
Des plus hautaines tours & des puys les plus sombres.
Naissant il apporta six dents & douze doits;
Le bruit du Ciel émeu n'égale point sa voix;
Il arrache d'vn bras les arbres de leur place;
Des rochers qu'il secouë il fait bransler la masse:
Et le trait emplumé qu'vn Turc décocheroit,
A sa course en volant à peine arriueroit.
Mais ny force de bras, ny puissance de charmes,
A ses bras ajoustez, ajoustez à ses armes,
Ny tout ce qu'Abubal sur son corps murmura,
Quand du flanc maternel sanglant il le tira,
Ne le sauueront point de la Mort qui s'appreste,
A faire sur la poudre vn joüet de sa teste.

Le Camp des Sarrasins en cet ordre marchoit;
Et du Camp des François en voyant approchoit.
Du fer étincelant les terribles lumieres,
Par éclairs redoublez s'y rendent les premieres:
Les voix de cent clairons qui font retentir l'air,
Arriuent tost aprez les lumieres du fer:
En suite des drapeaux les toiles voltigeantes,
Des armes à long bois les forests menaçantes,

Et des troupes enfin l'ordre & les rangs diuers,
Aux yeux des Assiegez sont à plein découuers.
A ce nouueau peril que l'onde leur amene,
Leur courage reprend vn assiette hautaine:
Leur vertu se releue & leur cœur raffermy,
Par leurs yeux éclatans se montre à l'Ennemy.

    Ainsi dedans vn parc fait de cordes maillees,
Et pour la grande chasse auec art trauaillees,
Par le Maure chasseur le Lyon renfermé,
Aprez auoir en vain force & voix consumé;
Abbatu sans combat, se couche dessus l'herbe;
Perd de ses yeux éteints le feu noble & superbe;
Et semble en soûpirant se plaindre de son sort,
Qui luy donne vne lasche & languissante mort.
Mais de si loin qu'il voit venir vn aduersaire,
Son audace éueille éueille sa colere;
La lueur de l'acier, dans ses yeux, dans son cœur,
Rallume les éclairs, excite la chaleur:
Et sa terrible voix répond de son tonnerre,
Au bruit que fait sa queuë en l'air & sur la terre.

    Louys qui des François de la sorte animez,
Voit l'action brillante & les yeux enflamez;
Interprete hardy de ce noble presage,
S'asseure par l'éclair du feu de leur courage.

    L'Ennemy, leur dit-il, Compagnons est venu,
Par vos vœux demandé, par vos vœux obtenu:
Il vous ouure à la Gloire vne nouuelle lice;
Des armes & des bras il vous rend l'exercice:
Et redonne à vos cœurs, auec le mouuement,
L'espoir de meriter vn fameux monument.

Entrons en cette lice, allons à cette Gloire :
La Mort mesme par là conduit à la Victoire.
Nostre valeur icy n'est pas comme autrefois,
Vne valeur de montre, vne vertu de choix :
Entre ce grand deluge, & ce grand Aduersaire,
Non moins que le mourir, le vaincre est necessaire.
L'Egypte auec le fer, le Nil auec les eaux,
Tout vn monde flottant d'hommes & de vaisseaux,
En vn corps assemblé pour nous faire la guerre,
Nous ont osté l'espoir, nous ont osté la terre :
Et l'onde qui nous suit auecque tant d'orgueil,
Semble vouloir encor nous oster le cercueil.
Mais la haute vaillance & l'heroïque audace,
Ont icy pour s'étendre vne assez iuste place :
Et malgré le deluge, il nous reste du lieu,
Pour vaincre, pour mourir, & pour aller à Dieu.
Vn espace plus grand ouuriroit à la fuitte,
Plus de lieu qu'au courage, & plus qu'à la conduitte.
Conseruons seulement ce qui nous est resté ;
Et n'y laissons entrer ny peur ny lascheté.
Si nostre course icy doit estre terminée,
Sortons par vne porte illustre & couronnée :
De nos cendres vn iour des lauriers germeront,
Où nos noms renaissant à iamais fleuriront.
De la plus courte vie est la plus longue gloire ;
Et de la noble mort naist la noble memoire.
Pouuons nous éleuer plus haut nostre vertu,
Que sur tout l'Orient par nos bras abbatu ?
Icy nous defferons Memphis & Babylonne :
Nous gagnerons icy l'immortelle Couronne :

Et glorieux Guerriers, Martyrs plus glorieux,
Par nos palmes, d'icy nous monterons aux Cieux.

A ce discours de feu tous ceux qui l'entendirent,
D'vn accent de courage en commun répondirent:
L'Echo qui le reçut sur l'onde le porta,
Et l'onde en murmurant bien loin le repeta.
Louys à qui ces voix font vn heureux presage,
Son Camp sous diuers Chefs en diuers Corps partage,
Et de ces Corps diuers farme le long des eaux,
Vn mur contre l'Egypte & contre ses vaisseaux.

La Flotte cependant en bel ordre s'auance;
Vn mouuement égal la pousse & la balance:
L'onde bruit deuant elle, & semble se presser,
Pour gagner la colline & l'assaut commencer.
Autour de ses vaisseaux le Barbare Monarque,
En pompe & lentement fait conduire sa barque.
Il visite les Corps, il ordonne les rangs,
Il promet aux petits, il caresse les grands.
Sa voix s'entend des vns, & des autres sa mine;
Et montrant les François rangez sur la colline.

Ils sont à nous, dit-il, le Ciel les a liurez,
Ces Ennemis de sang & d'orgueil enyurez.
Contre eux les Elemens arment pour cet Empire;
Contre eux auecque nous la Nature conspire;
Et le Nil nous les a sur ce tertre amenez,
Par la peur abbatus, de l'onde emprisonnez.
Qu'on ne les craigne point, quelque éclat qu'on leur voye;
Cet acier est leur chaisne, & cet or nostre proye.
Liez de leur effroy, de leur armes chargez,
Dépoüillez sans peril, & sans crainte egorgez,

Ennemis du Public & publiques victimes,
Ils feront par leur mort amande de leurs crimes:
Et leur sang éteindra les tragiques flambeaux,
Dont ils vouloient brûler iusques à nos tombeaux.
Qu'à son esprit chacun maintenant represente,
Les pleurs de la Patrie abbatuë & mourante.
Que la voix de son sang à ses pleurs confondu,
Et de son corps ouuert par ruisseaux épandu,
Echauffe de chacun le zele & la vaillance;
Excite également chacun à la vengeance.
Ce moment est fatal, & du cours qu'il prendra,
Le salut ou la perte à l'Egypte viendra.
Si voſtre cœur mollit, si par quelque artifice,
Ces Brigans d'ouuerner se sauuent du supplice;
Aigris par le péril qu'ils auront éuité,
Et joignant au dépit la honte & la fierté,
Pareils à des Lyons échappez de la cage,
Ils reuiendront sur nous auecque plus de rage:
Sous leurs mains de nouueau l'Egypte tombera;
L'ombre paſſe & sanglante à peine en restera.
Mais si voſtre valeur égale mon attente,
Vous éteindrez la guerre & future & presente;
Vous mettrez pour iamais l'Egypte en seureté;
Vous vaincrez ces Brigans & leur Posterité;
Et de leurs étendars, de leurs armes captiues,
Vous ferez vn rempart éternel à nos riues,
*   Ce diſcours fut suiuy de la voix des clairons,*
Du cry des Sarrazins, du bruit des auirons:
Et le signal donné, dix mille traits partirent,
Qui d'vn long sifflement au signal repondirent.

De la part des François vn nuage pareil,
Portant l'ombre & la mort offusque le Soleil.
Moins épaisse & moins forte est la gresle poußée,
Du magasin roulant où le froid l'a preßée;
Lors que l'Hyuer contraint de quitter l'orison,
Au retour auancé de la belle saison,
Le quitte en murmurant & lasche des nuages,
Auant que de partir ce qui reste d'orages.

    De l'vn à l'autre Camp le combat elancé,
Sur le traits emplumez est dans l'air balancé.
Deux tourbillons de morts contraires & volantes,
Partent auecque bruit des cordes resonnantes:
Le Fleuue en est couuert & le terrain chargé;
De face & de couleur l'vn & l'autre a changé:
L'vn & l'autre en rougit & sous le sang qui fume,
De boüillons chauds & noirs l'vn comme l'autre écume.

    Prez du grand Forcadin le ieune Elmorenor,
Vain de son arc d'yuoire & de son carquois d'or,
Et plus vain du succez de ses flesches charmées,
Que d'vn sort infaillible Erinde auoit armées;
Brauoit à tous les coups du bras & de la voix;
Et pour but choisissoit les plus hauts des François.
Tandis qu'il fait le fier du geste & de la mine,
Vn iauelot poußé de la main de Sergine,
Couppe la chaisne d'or où pendoit son carquois;
Et luy met dans le cœur le fer auec le bois.
Arc & fleche des mains à ce coup luy tomberent;
Et d'vn funebre son tombant le regretterent.
A voix basse trois fois Erinde il inuoqua,
Trois fois auec le iour la souffle luy manqua:

Sa teste est du vaisseau vers le fleuue panchée ,

Comme l'est vne fleur que le fer a touchée :

Ses esprits defaillans meurent auec son teint ,

Et du sang qu'il vomit l'eau se trouble & se plaint.

   A ce malheur si pront, vne plus pronte rage ,

Du braue Forcadin transporte le courage.

Le sang de son Amy luy semble vn feu nouueau ,

Qui jallit à ses yeux & qui monte de l'eau :

Et de ce nouueau feu sa colere allumée ,

Iette au dehors l'eclair & vomit la fumée.

Sa barque à son signal poußée auec effort ,

Sous la gresle du fer hurte contre le bord :

Et de son propre hurt loin du bord repoußée ,

Est auecque peril sur l'onde balancée.

Le Barbare en depite ; & d'vn depit hautain ,

La targe sur le bras, & la pique à la main ,

Sans attendre secours d'auiron ny de rame ,

Transporté par le feu qui s'est pris à son ame ,

A trauers mille traits saute de son vaißeau ;

Et d'vn pas de Geant paße le fer & l'eau.

D'vn sourcilleux rocher l'imperieuse teste ,

Paroist moins resoluë aux coups de la tempeste :

Et le front d'vn Coloße eleué dedans l'air ,

Est moins fort sous la neige & moins ferme à l'eclair.

Les vagues sous ses pas grondent & s'humilient ;

Sur ses armes les traits qui l'attaquent se plient ;

Et les moins asseurez qui n'osent l'attaquer ,

S'ecartent en sifflant de peur de le choquer.

   Les vaißeaux auec luy de toutes parts approchent ;

Et malgré les François à la terre s'accrochent.

Forcadin

Forcadin de fureur s'élance sur le bord ;
Et du premier assaut met Berenger à mort.
L'aimable Berenger, pour qui sur la Durance,
Ormonde s'epuisoit de pleurs & de souffrance.
Tous les iours en esprit elle passoit la mer,
Sans aisles tous les iours elle voloit par l'air ;
Et fidelle moitié d'une moitié fidelle,
N'ayant que son Amour qui marchoit deuant elle,
Dans l'Egypte elle alloit du braue Berenger,
Les trauaux, les perils, les combats partager.
La nuit qui preceda sa derniere iournée,
Par vn songe fatal au Camp François menée,
Elle vit son Espoux sanglant & renuersé,
Qui luy montroit son cœur d'vne lance percé.
D'vne soudaine mort à ce triste presage,
Elle preuint son dueil & preuint son veuuage :
Et son Ame sortant en larmes par ses yeux,
A sa moitié s'alla rejoindre dans les Cieux.

Berenger abbatu, six autres le suiuirent ;
Qui tous six de la main de Forcadin perirent.
Dans la confusion des morts & des blessez,
Des François & des Turcs poussans & repoussez,
Son courage s'aigrit, son audace redouble ;
Et sa force est plus grande ou plus grand est le trouble.

Ainsi le Loup vainqueur du parc & du Berger,
Ne se peut assouuir de mordre & d'egorger :
Le sang à longs ruisseaux des machoires luy coule ;
Ce qu'il ne peut manger, il l'etouffe & le foule ;
La laine entre ses dents à la chair se confond ;
Le feu sort de ses yeux, & ses yeux de son front :

N

Et les cris du troupeau repetez du riuage,
Luy sont comme vn signal qui l'anime au carnage.
  Tandis que Forcadin combat auec fureur,
Et mesle autour de soy le tumulte à l'horreur:
D'autre costé Louys, non moins braue que sage,
Ioint la force à l'adresse & le sens au courage:
Et montre à sa conduite autant qu'à sa valeur,
Qu'il est de son Armée & la teste & le cœur.
Les morts autour de luy tombent sous son epée,
Comme autour du faucheur tombe l'herbe coupée:
Et comme sous le chesne ebranlé par le vent,
Le feuillage abbatu tombe auecque le gland.
Il fend d'vn coup pareil au coup d'vne tempeste,
Au grand Erimesel & le casque & la teste:
Il abbat de Gorgan l'epaule auec le bras;
Il blesse Merodar, & jette Ogur à bas.
Gorasel s'auançant le frappa de la masse;
Mais il fut sans delay payé de son audace.
Le Prince d'vn reuers la teste luy fendit;
L'armet etincelant en vain le deffendit;
Il fit feu, mais son feu n'amollit point l'epée;
Elle fut dans le sang du Barbare trempée:
Et son Esprit grondant arraché de son corps,
Alla de sa blessure epouuanter les Morts.
  Comme quand le Sanglier à qui la bouche fume,
Du feu que la colere en ses veines allume,
De la dent a fendu le ventre du limier,
Qui le presse le plus & l'atteint le premier:
Ses pitoyables cris, ses entrailles traisnantes,
Et les traces qu'il laisse affreuses & sanglantes,

Donnent de la terreur à la meute qui suit;
L'vn iappe de bien loin, l'autre plus loin s'enfuit:
Et le plus asseuré tourne à peine la teste,
Vers son ombre qu'il prend pour l'ombre de la beste.
Ainsi de Gorazel l'affreuse & vaste mort,
Trouble les Sarrasins, retarde leur effort.
L'audacieux Olgant leur remet le courage,
Arreste les fuyards, leur fait tourner visage.

Ou fuyez vous, dit-il, hommes lasches & vains?
Ce Voleur qui vous chasse est-ce vn Monstre à cent mains?
Peut-estre attendez vous qu'afin de vous deffendre,
La Mer aprez le Nil, se vienne icy repandre;
Et que la Terre ouuerte & les Monts amassez,
Fassent autour de vous des murs & des fossez.
N'esperez auiourd'huy ny prodiges ny charmes,
Que ceux que vous ferez par la force des armes.
Ce Pyrate n'a point d'autre Demon pour soy,
Que sa brutale audace, & vostre lasche effroy.
Ses forces ne sont pas des forces plus qu'humaines;
Son corps n'est pas d'acier, ny de bronze ses veines:
Et fust-il d'vne tour de bronze cuirassé,
De cette arme son flanc à vos yeux transpercé,
Vomira sous mes pieds son Ame desloyale,
A l'Europe non moins qu'à l'Egypte fatale:
Et son harnois sanglant & captif sera mis,
Au tombeau d'Almondar à qui ie l'ay promis.

A ces mots que les cris de ses gens seconderent,
Et que les vents au loin en grondant repousserent;
Le temeraire Olgant la iaueline en main,
Marche pour accomplir son serment inhumain.

Il élance son arme, & son arme volante,
Entre deux airs couppez porte vne mort sifflante.
Sur l'escu de Louys le jauelot glissa ;
Et passant à Liury sa cuirasse faussa.
La mort & la froideur auec le fer entrerent ;
La chaleur & l'Esprit la place leur quitterent :
Et Liury satisfait de cet heureux transport,
Pour temoigner au Ciel qu'il en prisoit le sort,
Offrit ne pouuant faire vne offrande plus pure,
Ses mains pleines du sang qu'il prit de sa blessure.

De la mort de Liury le Prince est affligé ;
De l'erreur de son dard Olgant est enragé :
Et tous deux echauffez d'vne egale colere,
Tous deux egalement portez à se malfaire,
De longs pauois couuers, de longs sabres armez,
Pareils à deux taureaux de chaleur animez,
Ils marchent fierement & tiennent par auance,
La main preste à l'attaque & preste à la defence.
Olgant se precipite & gagne le deuant ;
Le Roy pare le coup, le coup frappe le vent :
Mais d'vn bras plus heureux, d'vne plus ferme épée,
Du Barbare au passer la cuirasse frappée,
Donne ouuerture au fer, le fer ouure le flanc,
Et l'Ame dépitée en sort auec le sang.
De la cheute d'Olgant ses armes retentissent ;
La terre au loin gemit, les Sarrasins pallissent ;
Et des plus courageux par sa mort terrassez,
Les cœurs sont abbatus & les esprits glacez.

Ainsi quand vn rocher miné par les années,
Et par les vents poussé roule des Pyrenées ;

Il entraisne sapins & chesnes aprez soy:
Le fracas & le bruit au loin portent l'effroy;
Le mont en retentit, les Echos en resonnent;
Les vallons d'alentour effrayez s'en etonnent:
Et les ruisseaux perdus & sans ordre épanchez,
Semblent estre le sang des arbres arrachez:
Le terrible à la fin s'arrestant à la plaine,
De son ombre obscurcit la riuiere prochaine;
Et les Bergers craintifs, qui l'ont vû trébucher,
Long-temps encor aprez n'osent en approcher.

Tandis que d'vn costé le Prince met en fuite,
Le reste de ce Corps errant & sans conduite.
D'Angenne & de Beaujeu ses Freres assistez,
Et d'vn feu genereux au peril emportez,
Entassent à monceaux sur les herbes fumantes,
Les membres tronçonnez, & les testes sanglantes.
Les morts & les mourans, les armes & les corps,
Prez de l'onde éleuez luy font d'horribles bords:
Et le sang des vaincus sur le terrain qui fume,
Encor aprez leur mort de leur colere écume.

Desia de toutes parts les Sarrasins poussez,
Courent à leurs vaisseaux vers la riue auancez:
Et Meledin qui craint vne entiere deffaite,
Pour ne risquer pas tout, fait sonner la retraite.
Mais le peril, la presse & le fer du vainqueur,
Ne laissent aux fuyards que le trouble & la peur.
Les Chefs ont beau tenir, la foule est la plus forte:
Sur l'ordre & sur l'honneur, le tumulte l'emporte.

Comme quand vn torrent d'vn cours precipité,
Dans la plaine auec bruit par sa cheute est porté;

Il paſſe de fureur ſur ponts & ſur chauſſées ;
Il pouſſe deuant ſoy les maiſons renuerſées ;
Et les bois entraiſnez par la force des eaux,
Auecque les Bergers entraiſnent les troupeaux.

    Ainſi des Sarraſins les troupes éperduës,
Et le long de la riue en deſordre épanduës,
De leurs Chefs emportez d'vn tumulte pareil,
Renuerſent la conduite, & troublent le conſeil.
Le braue Forcadin quelques efforts qu'il faſſe,
A l'exemple ajouſtant & priere & menace ;
De force par vn gros de fuyards entraiſné,
Arriue à ſon vaiſſeau fumant & forcené.
De là couuert de poudre, & ſoüillé de carnage,
Tournant auec fierté le front vers le riuage,
Son cœur combat encor, ne pouuant faire mieux,
Du geſte & de la voix, de la mine & des yeux :
Et ſon Ame en deſir ſur le champ demeurée,
Se plonge dans le ſang dont elle eſt alterée.

SAINT LOVYS
LIVRE QVATRIESME.

ARGVMENT

Louys prie pour la déliurance de son Armée : L'Archange enuoyé de
Dieu la luy promet, & l'encourage à la patience : Il est porté au Ciel, où
les diuers rangs des Heros Chrestiens luy sont montrez : Il reçoit vne
couronne d'épines de la main de Iesus-Christ : Il apprend la suite de ses
combats & de ses souffrances : La gloire des Roys de sa Race luy est
predite & representée.

*Ependant le Soleil dans les ondes s'eteint ;*
De ses feux expirans l'air d'alentour se teint ;
Et la Nuit sur vn char à grande ombre portée,
Efface la clarté sur ses traces restée.
Auecque le Sommeil le Silence la suit,
L'vn ennemy du iour, l'autre ennemy du bruit :
Et quoy que sous leurs pas la tempeste se taise,
Quoy que le vent s'endorme & que l'onde s'appaise ;
Le trouble agite encor les deux Camps ennemis,
Aprez l'onde appaisée & les vents endormis.

Le Sultan d'vne part, bien que de son mécoute,
Il porte auec dépit le dommage & la honte ;

D'vne mine orgueilleuse & d'vn air de fierté,
Couure le deplaisir de son cœur irrité.
De l'auis de ses Chefs, les postes il ordonne;
De six rangs de vaisseaux le centre il enuironne,
Et commande qu'au point que l'Aube de retour,
Ouurira l'Hemisphere à la course du iour,
On donne tout d'vn temps & d'vn commun courage;
Chacun le fer au poing saute sur le riuage;
Chacun porte la mort dans le Camp des François,
Et venge le Croissant des affronts de la Croix.

   Les François d'autre part n'aspirans qu'à la gloire,
De laisser aprez eux vne illustre memoire;
S'excitent en commun malgré l'onde & la faim,
A dresser à leurs noms, les armes à la main,
Du debris de l'Egypte vne si haute tombe,
Que l'Afrique en gemisse, & l'Asie en succombe.
Leur magnanime Roy, d'vn visage asseuré,
Et qui semble du feu de son Ame esclairé,
Porte à tous les quartiers où le besoin l'appelle,
Vne nouuelle ardeur, vne vigueur nouuelle.
Par ses yeux en esclairs son courage reluit;
Et la lueur qu'il jette au loin perce la nuit.
Les Esprits les plus morts au tour de luy reuiuent;
L'asseurance, l'espoir, l'allegresse le suiuent.
Il n'est pas iusqu'aux feux prez des Gardes veillans,
Qui de sa noble ardeur ne paroissent brillans:
Et l'air dont il soustient sa mine & sa parole,
Encourage les Chefs & le Soldat console.
Aprez l'ordre estably, le saint & sage Roy,
Qui sçait que la valeur ne peut rien sans la foy;

                                          Qu'elle

Qu'elle est foible à l'attaque, & foible à la deffence,
Si Dieu ne souftient l'arc, s'il ne conduit la lance;
D'vne oraison hardie en sa tente enfermé,
Combat les Ennemis tout seul & desarmé.

    Seigneur, où sont tes soins ? & que sont deuenuës
Tes bontez autrefois des Croyans si connuës?
Ces yeux si bien-faisans n'ont-ils plus rien de doux?
Ce cœur si paternel est-il fermé pour nous?
Et s'il nous est ouuert, est-ce de cette source,
Que ces fatales eaux ont leur funeste course?
Ce deluge, Seigneur, nous vient-il de tes mains,
Qui verserent jadis leur sang sur les Humains?
Nous vient-il de ton flanc, d'où iadis écoulee
L'eau de ta grace au feu de ton amour meslee,
Déborda sur la Terre, & iusques dans leur fort,
Abisma les pechez, & consuma la Mort?
A la montre d'vn arc fait d'vne vaine nuë,
La tempeste fleschit, la pluye est retenuë;
Et l'esprit de ton sang à ruisseaux épandu,
La montre de ton Corps sur la Croix étendu,
Ne pourront arrester les eaux de ta colere;
Te laisseront encor des deluges à faire?
Sans cœur & sans pitié tu verras de ta Croix,
Perir cent Nations sujettes à tes loix ?
Que deuiendra ton nom ? où tombera ta gloire?
Où n'ira point l'erreur aprez cette victoire?
Et que dira l'Europe au pitoyable bruit,
De ses Peuples noyez & de son Camp détruit?
Est-il de ton honneur, qu'à faux mesme elle estime,
Que le Ciel apostat du culte legitime,

Au party du Croiſſant ſes Aſtres ait rengez?
Que les Fleuues ſe ſoient à ſa ſolde engagez?
Et qu'auec les Demons la Nature rebelle,
Ait pris du Mecréant contre toy la querelle?
Le peril eſt preſſant, éueille-toy, Seigneur,
Reprens tes premiers yeux, reprens ton premier cœur.
Que ſi de nos pechez la maſſe aux Cieux montée,
De ta main, de ſon poids, des Cieux precipitée,
Par ſa cheute a creuë le Reſeruoir des eaux,
Et ſur nous a tiré ces deluges nouueaux;
Il eſt iuſte, Seigneur, que pour te ſatisfaire,
Ie m'expoſe pour tous aux traits de ta colere:
Sans reſerue ie t'offre & la teſte & le cœur,
Mais conſerue mon Peuple & ſauue ton bonneur.

      Ses pleurs & ſes ſoûpirs qui ſa voix étoufferent,
En termes plus preſſans ſa demande acheuerent:
Et dans vn vaſe d'or par ſon Ange portez,
Sur l'Autel où les vœux des Saints ſont preſentez,
Deuant l'Agneau regnant, vn parfum répandirent,
A qui des ſaints Vieillards les harpes répondirent.
Le Monarque eternel fleſchy par cet accord,
Conſent à deliurer les François de la mort.
Il ſe fait d'vn rayon d'eſprit & de lumiere,
Sans bruit vne parole, vne voix ſans matiere:
Et ce rayon porté ſans air, ſans mouuement,
A l'Archange Michel eſt vn commandement.
Le Miniſtre emplumé de ſa Sphere s'elance,
A l'Eſtoile pareil que ſa cheute balance;
Va d'vn vol à qui cede & l'orage & l'éclair,
Par l'eſpace du feu, par l'eſpace de l'air:

Où son aisle s'étend les nuages flechissent;
Le vent baisse & gauchit, les ombres s'éclaircissent.
Il arriue à la tente où le sainct Roy prioit,
Et du cœur pour son Peuple en silence crioit.
Vn feu pur & sans corps qui l'Archange enuironne,
D'vn cercle lumineux le pare & le couronne:
Et le rayon vainqueur dont sa teste reluit,
Ecarte d'alentour les Spectres & la nuit.
Le Prince en est surpris & baisse à ces lumieres,
L'esprit d'étonnement de respect les paupieres.
   Tes pleurs, luy dit l'Archange, ont iusqu'à Dieu monté,
Leur cours, de la Riuiere à le cours arresté:
L'insolente à present ne connoist plus de riue;
De ses bras débordez ton Armée est captiue;
Mais demain rattachée aux chaisnes de ses bords,
En dépit des Demons, en depit de leurs forts;
Quelque effort qu'elle fasse & des bras & des cornes,
Elle sera rangée & gardera ses bornes.
Ce peril euité la Gloire & la Vertu,
T'ouuriront vn chemin dès Princes peu battu;
Et par là conduiront tes pas à la Couronne,
Qu'aux Heros Patiens la Patience donne.
La force du Heros n'est pas toute en ses bras;
Son cœur sans leur secours peut donner des combas:
Et ce n'est pas au fer que se doit la conqueste,
Des plus nobles lauriers qui luy couurent la teste.
La Victoire qui naist & qui vit dans le sang,
Est pesante & brutale, est vile & du bas rang:
Et ces Esprits captifs, ces Ames enchaisnées,
Sous vn infame ioug par les Vices traisnées,

Peuuent auec audace & peuuent auec art,
Gagner vn bataille & forcer vn rampart.
Les ames des Sangliers & celles des Lyonnes,
Se pourroient acquerir de semblables couronnes :
Et d'vn Tigre eschauffé les ongles & les dents,
Suffiroient à former de pareils Conquerans.
La vaillance Chrestienne a bien d'autres vsages ;
Les combats ne luy sont que des apprentissages :
C'est dans l'aduersité, c'est contre le malheur,
Qu'elle agit hautement, qu'elle montre son cœur.
La Vertu trauersée eclate dauantage ;
Elle se fortifie au vent & sous l'orage ;
Et le feu qui paroist la deuoir foudroyer,
Ne sert qu'à l'eclaircir, & qu'à la nettoyer.
L'honneur mesme des Arts & leur beauté derniere,
Viennent par les tourmens que souffre la matiere.
L'Argent se fait plus beau sous le fer qui le bat ;
L'Or jetté dans le feu prend vn nouuel eclat ;
Et c'est auec les coups que le marteau luy donne,
Qu'il se façonne en Sceptre & se forme en Couronne.
Ton Throsne dans la Gloire ainsi s'acheuera ;
Par mille aduersitez la Croix t'y portera.
Et Dieu pour preparer ton cœur à la souffrance,
Par vne montre illustre & de haute esperance ;
Veut que du poids massif de ton corps dechargé,
Et du nuage obscur qui te suit degagé,
Tu viennes mesurer le tour & l'etenduë,
Du Palais ou ton Ame est au Ciel attenduë.
   A peine par ces mots l'Archange eut acheué,
Que le Prince auec luy fut en l'air eleué.

Vne flame innocente & de pure lumiere,
Luy decharge le corps du faix de la matiere;
Et fait autour de luy d'vn cercle étincelant,
Vn Throſne lumineux & ſans aiſles volant.
Moins pompeuſe monta cette nuë embraſée,
Qui rauit autrefois le Maiſtre d'Eliſée;
Bien que quatre cheuaux y fuſſent attelez,
De flames petillans & de flames aiſlez.

Louys dans cette claire & legere machine,
Qui d'vn mobile feu l'enleue & l'illumine,
Paſſe d'vn vol egal & touſiours ſuſpendu,
Tout ce vaſte entre-deux où l'Air eſt étendu.
Là des Vents en paſſant il remarque la courſe:
De la pluye il voit là les conduis & la ſource:
Il voit les Reſeruoirs, où la froide Saiſon,
Tient la glace en criſtal, & la neige en toiſon.

Plus haut dans vn étage aux humains inuiſible,
Il voit cet Arſenal éclatant & terrible,
Où des Anges ſoldats & des celeſtes Camps,
L'equipage éternel ſe tient preſt en tout temps.
Là ſont des traits de feu, là des lances ardentes,
Du ſang des Nations humides & fumantes:
Là ſont des couſelas à ces flames pareils,
Qui des affreuſes nuits ſont les affreux Soleils.
Là ſe voit cette claire & redoutable épée,
Du ſang des premiers nez de l'Egypte trempée:
Et celle dont le Camp du Roy blaſphemateur,
Deffait en vne nuit par l'Ange Exécuteur,
Laiſſa de l'Aſſyrie égorgée & ſanglante
Sur le terrain fumant l'Ombre paſſe & tremblante.

Là se tiennent encor ces chariots volans,
Qui sur le dos voute des nuages roulans,
De leur feu, de leur course, & de leur attelage,
Font l'éclair & le bruit qui precedent l'orage:
Et tout cet attirail grondant & lumineux,
Que les Soldats de l'Air font marcher deuant eux,
Des machines à gresle & des boëtes à foudre,
Des canons à carreaux qui font du feu sans poudre.
Là mesme prez du Lac, d'où jadis déborda,
Ce deluge vengeur qui la Terre inonda,
Se voit le Reseruoir, d'où le souffre & les flames,
Roulerent à torrens sur les Villes infames.

Le sainct Prince contemple auec étonnement,
Ce terrible appareil, ce superbe armement:
Et trauersant de là cette ardente ceinture,
Qui d'vn feu tiede & clair couronne la Nature;
Il admire son calme, & s'étonne commens,
Sans brûler il éclaire & vit sans aliment.

Aprez il est porté par ces voûtes roulantes,
Qui des Planetes font les carrieres mouuantes.
En chacune il remarque vn globe rayonnant,
Penetré d'vn Esprit moteur & gouuernant,
Qui d'vne impreßion iuste & sans interuale,
Donne à toute la masse vne vitesse egale.
De ces mobiles corps l'vn dans l'autre emboëtez,
Et d'vn bransle reglé l'vn sous l'autre emportez,
Il se fait vn concert dont la double merueille,
Rauit les yeux du Prince & rauit son oreille.

Dans la Sphere plus haute, il voit du Firmament
Le mouuement serain, l'auguste ameublement;

Il le voit parqueté de figures fatales,
Qui du bas Monde font les mobiles Annales:
Il y voit ces Miroirs illuſtres & conſtans,
Où luiſent tour à tour les Images des Temps.
. En ſuite trauerſant cette vaſte étenduë,
Où ſe voit vne mer voûtée & ſuſpenduë;
Il admire des flots en cercle balancez,
La iuſteſſe roulante & les tours compaſſez:
Il s'étonne de voir vne Sphere liquide,
Qui ſe meut de ſon poids & ſe meut dans le vuide;
Et par ſon mouuement de tous coſtez égal,
Fait aux Cieux vn couuert tournant & de criſtal.
Au delà de ces corps ſans ombre & ſans matiere,
Il s'étend vn Pays de gloire & de lumiere;
Vn Pays où le iour ſans Aube & ſans declin,
N'a point eu d'orient & n'aura point de fin.
Celuy ſous qui les feux des Aſtres ſe formerent,
Quand ſes pas ſur le Ciel leurs traces imprimerent;
Celuy qui d'vn regard le Soleil alluma;
Qui les Eſprits aiſlez de ſon ſouffle anima;
Eſt celuy dont la face en lumiere feconde,
Fait le iour eternel qui regne en ce beau Monde.
Des plus fameux Ouuriers les plus ſçauantes mains,
Des Arts les plus hardis les plus nobles deſſeins,
Pourroient d'argent & d'or épuiſer les minieres;
Pourroient de diamans éleuer des carrieres;
Pourroient mettre en vn corps compoſé de ſouhaits,
Tous les threſors à faire & tous les threſors faits;
Et ne pourroient tracer de cet heureux Royaume,
Qu'vne feinte groſſiere & qu'vn ſombre Phantoſme.

L'innocence & la paix, la gloire & les plaisirs,
N'y laissent ny sujet ny matiere aux desirs :
Et les felicitez què la Fable a dorées,
Les Fortunes des Roys sur la terre adorées,
Auroient là moins de montre, auroient moins de clarté,
Qu'vn grain d'or n'en auroit au Soleil ajousté ;
Et que n'auroit au Ciel, parmy tant de lumieres,
Vn de ces feux errans qu'on vòit sur les riuieres.

   A ce lieu de bon-heur le saint Prince porté,
Admire sa richesse, admire sa beauté ;
Et frappé de l'eclat que jettent ces merueilles,
Qui n'eurent ny n'auront autre part leurs pareilles ;
Il sent les foibles rays de l'humaine splendeur,
S'effacer de son front, disparoistre en son cœur ;
Comme au feu du grand iour les traces disparaissent,
Que les feux de la Nuit sur l'hemisphere laissent.
De ce brillant Palais les heureux Habitans,
Ont vn iour eternel, vn eternel Printemps :
Et quoy que distinguez de degrez & d'etages,
Comme ils sont inegaux en ordre & de partages,
Ils sont tous pleins de gloire & comblez de plaisir ;
Ils ont tous vn bon-heur egal à leur desir :
Et chacun satisfait du rang que Dieu luy donne,
Termine ses souhaits du tour de sa couronne.

   Il passe le bas Cercle, où sont les Innocens,
Qui rauis par la mort en leurs plus tendre ans ;
Comme l'est vne fleur que dez la matinée,
Vn vent froid & bruslant sans respect a fanée,
Ont auant la saison, d'vn pas precipité,
Par la perte du temps gagné l'eternité.

                              Mais

Mais comme leur salut n'est pas de leur conqueste,
Ils n'ont ny palme aux mains, ny laurier sur la teste ;
Il ne descend sur eux des diuines clartez,
Que la pointe derniere & les extremitez :
Cette pointe pourtant les comble & les couronne,
Et cette extremité leur étage enuironne.

Par dessus ce bas rang, qui dans la Gloire fait,
Vn Cercle qui ressemble au grand Cercle de lait,
La Commune de Saints regnante & couronnée,
Tient vne region plus ample & mieux ornée.
Les Pauures resinez, les Riches bien-faisans,
Les iustes Magistrats, les loyaux Artisans,
Les Couples qui liez d'vn Hymen legitime,
En ont porté le joug sans outrage & sans crime ;
Ceux qui d'vn Celibat dans les loix arresté,
Se sont fait vne sobre & chaste liberté ;
Tous ceux qui satisfaits d'vne Vertu commune,
Voulant monter au Ciel auecque leur fortune,
Empeschez de sa masse & de son faix chargez,
De la terre se sont à peine degagez ;
Et tout le Peuple saint a dans ce grand espace,
Vn rang de gloire egal au degré de sa grace.
Les vertus des Viuans & non les qualitez,
Distinguent là l'honneur & font les dignitez,
Ce qui fut or icy, ce qui fut ecarlate,
Sur l'Ame en ce lieu là, ne pese ny n'eclate ;
Et ce n'est que du feu qui de son cœur s'epand,
Que le iour autour d'elle est ou petit ou grand.

Louys de cet étage à l'autre étage passe,
Où dans vn plus auguste & plus illustre espace,

P

Les fidelles Heros en vertus differens,
Sur diuerfes hauteurs occupent diuers rangs.
Le premier eft de ceux qui fameux en vaillance,
A l'appuy des autels ont confacré leur lance;
Et de la fainte Loy faints & iuftes Guerriers,
Sur la Croix auec gloire ont anté leurs lauriers.
L'Autheur du faint Empire & de la Rome Grecque,
Qui maintenant gemit fous le joug de la Mecque,
Le premier Conftantin paroift là couronné,
D'vn cercle de lumiere en laurier façonné.
Prez de luy l'etendart, qui fut de fa victoire,
Le prefage fatal en exprime l'hiftoire:
Licine en cette enfeigne & Maxence liez,
Ont la tefte courbée, ont les genoux pliez:
Les Idoles fous eux eparfes & caffees,
Sont comme eux d'vn eclair foudroyant renuerfees;
Et les Throfnes oftez aux infideles Roys,
Font auec leurs autels vne bafe à la Croix.
Là le grand Theodofe & le grand Heraclie,
Auec d'autres de Grece & d'autres d'Italie,
Diuers de nation, de merite diuers,
Et d'eternels lauriers egalement couuers,
Ont fur des bafes d'or de palmes releuées,
De leurs geftes Guerriers les hiftoires grauées.
Les plus etincelans de cette region,
Sont les braues Neueux du braue Francion;
Qui depuis que les Lys fur Clouis defcendirent,
Et par luy cultiuez leurs fleurons etendirent,
Cent fois de fang Barbare à torrens epandu;
Ont troublé le Iourdain, ont le Nil confondu,

Et de mille lauriers cueillis par la Victoire,
Ont couronné l'Eglise & releué sa gloire.

    Louys reconnoist là ses illustres Ayeux;
Leur éclat le surprend & luy remplit les yeux;
Il voit de leurs exploits, il voit de leurs victoires,
En portraits autour d'eux les illustres histoires.
Martel qui sans couronne & sans sceptre fut Roy,
A de ses faits en or la montre deuant soy:
Là le Maure & le Got debordez de l'Espagne,
De leur barbare sang inondent la campagne;
Et laissent de leurs corps sur la Loire fumans,
Les plaines en contrainte & les flots écumans.
Pepin que les Vertus sur le Thrône porterent,
Et des cœurs des François les Vertus couronnerent,
Eclatte de son regne autour de luy taillé,
Et d'vn rare trauail richement émaillé.
Le fier & vain Lombard voleur du Saint Domaine,
Souffre-là de son crime & la honte & la peine:
Et le Roy conquerant soûmet auec son cœur,
Les clefs de cent Citez aux clefs du grand Pasteur.

    Mais sa gloire presente & sa gloire passée,
Prez de son Fils paroist par son Fils effacée.
Du grand Charles qui suit vn éclat se repand,
A qui tout autre éclat dans ce Cercle se rend.
Trois bazes deuant luy de rubis étoffées,
Des Roys qu'il a vaincus soustiennent les trofées.
Là Didier de l'Estat d'Astulfe possesseur,
Et de sa tyrannie insolent successeur,
Sous les Alpes deffait & deffait à Pauie,
De l'effort des François sauue à peine sa vie.

Charles victorieux, d'vne fidelle main
Romp les fers preparez au Pontife Romain ;
Et le Serpent Lombard par vn fatale hommage,
Sous sa lance vomit le venin & la rage.
D'autre part les Saxons tant de fois reuoltez,
Et tant de fois battus sont à la fin domtez :
Sur l'Elbe & sur le Rhin leurs troupes renuersées,
Font aux flots rougissans de barbares chaußées.
Vidiginde soûmis aux Lys comme à la Croix,
Auec soy leur soûmet la tige de cent Roys :
Et de leur Dieu cruel, par vn celebre exemple,
Le Phantofme enfume brufle auecque son temple.
Dans le dernier trophée vn harnois cifelé,
Fait voir à l'Efpagnol le Sarrafin meflé :
L'outrageux Bellingan que Charles met en fuite,
Aprez le cœur perdu perd encor la conduite :
Aigolant à fes pieds abbatu de fa main,
L'ame auecque le fang vomit fur le terrain :
Et la Segre de morts & de mourans comblée,
Roule à peine fon onde écumante & troublée.

　　Dans cet illuftre rang de Princes & de Roys,
Qui jadis de leur Sceptre appuyerent la Croix.
Louys connoift fon Pere, heureux pour l'entreprife,
Qu'il fit d'affujettir l'Albigeois à l'Eglife.
Et du Fils & du Pere à cet abord furpris,
Vn rayon mutuel penetre les Efprits :
Le Pere à bras ouuers iufqu'à fon Fils s'auance,
L'appelle la couronne & l'honneur de la France,
Et luy fait des lauriers de tant de Roys heureux,
De preffans aiguillons pour aller aprez eux.

Acheue, luy dit-il, noſtre nombre & ta gloire;
Fournis la noble courſe ouuerte à ta Victoire:
Ioins tes pas à nos pas dans ce fameux ſentier,
Et ſois noſtre Riual comme noſtre Heritier.
De ſueur & de ſang nos traces éclairées,
Et d'vn long trait de iour & de feu colorées,
Deuant toy font encor & feront aprez toy,
Vne lice d'honneur aux Heros de la Foy.
Spectateurs partiſans de ta ſaintę milice,
Nous te verrons d'icy combattre en cette lice:
Nous accompagnerons de nos vœux tes combas;
Nos cœurs & nos Eſprits feconderont tes bras:
Et nous meſmes vaincus, lors qu'en cette contrée,
Par les Vertus conduit, tu feras ton entrée,
Nous ſuiurons le triomphe, & pour te couronner,
Chacun de nous voudra ſes palmes te donner.

A ces mots il s'auance & luy montrant la gloire,
Des Heros dont le nom bruit le plus dans l'Hiſtoire:
Celuy-là, pourſuit-il, qui brille d'vne Croix,
Qu'vn rubis éclatant forme ſur ſon harnois,
Eſt le grand Godefroy, dont le bras heroïque,
Deffit dans la Iudée & l'Aſie & l'Afrique:
Et du joug Sarraſin la Cité retira,
Que l'Homme Dieu jadis de ſes pas honora.
Là ſont les Baudoüins qui ſon trappeau ſuiuirent,
Et le Sceptre aprez luy de Sion recueillirent.
L'autre eſt Foulques de Tours, qui deffit par deux fois
Les Biſantins jaloux du progrez des François.
Le grand Raymond le ſuit, Raymond ſous qui l'Eſpagne,
Vit de ſang Grenadin regorger ſa Campagne;

Et le Maure eut les bras des mesmes fers chargez,
Que la Grenade auoit pour le Chreſtien forgez.

　Icy Louys le Ieune & là Philippe Auguſte,
Tous deux grands & tous deux dignes du nom de Iuſte;
Ioüyſſent en commun & dans vn meſme rang,
Des couronnes qu'ils ont acquiſes par leur ſang.
De leurs combats fameux en nobles auantures,
Ces bazes de criſtal font luire les figures,
Où malgré les Sultans Acre priſe ſoûmet,
A Philippe vainqueur ſon orgueilleux ſommet:
Et le tortu Meandre enflé de ſang barbare,
Remonte vers ſa ſource, & de frayeur s'egare;
Tandis que ton Ayeul fait auec les François,
De turbans ſur la riue vn trophée à la Croix.
Remarque de Simon domteur de l'Heretique,
La teſte rayonnante, & l'habit magnifique.
Le celebre Albigeois dans ſon bouclier fumant,
Et de ſang, de colere & de bile écumant,
Se traiſne auec langueur le long de la Garonne,
Et du fiel qu'il épand les herbes empoiſonne.

　Reconnois à l'habit, ces deux rangs que tu vois,
Si lumineux du feu qui jallit de leurs Croix.
Geoffroy qui d'vn grand zele ému d'vn grand exemple,
Eleua le premier la banniere du Temple;
Là dans vn calme heureux, des ſiens enuironné,
De lauriers eternels a le front couronné.
Et là Raymond l'autheur de la noble Milice,
Qui fit dans l'Hoſpital ſon premier exercice,
Des Braues bien-heureux de ſon Ordre aſſiſté,
Ioüyt d'vne éclatante & douce eternité.

Que ce Corps Conquerant ira viste à la Gloire!
Que de ses hauts exploits il grossira l'Histoire!
Que de Lunes vn iour en la Mer s'éteindront,
Par tout où de sa Croix les éclairs s'étendront.
S'il est de l'auenir quelque augure infaillible,
Cet Ordre sur la terre & sur l'onde inuincible,
Dans Rhodes deux cens ans de force regnera,
Et du débris des Turcs son regne affermira.
De là tousiours plus grand & tousiours plus vtile,
Il ira s'établir sur la Mer de Sicile;
Et dans Malte à iamais son Empire affermy,
Sera l'écueil commun du commun Ennemy.

    Le Heros attentif au discours de son Pere,
S'emplit des grands objets de cette grande Sphere;
Benit l'heureux estat de ces saints Conquerans;
Et voit de tous ces Corps l'harmonie & les rangs.
Là s'offrit à ses yeux, en triomphe & pompeuse,
Des Martyrs de son Camp la troupe lumineuse,
Qui de leur sang parez, de leur mort glorieux,
Combattant à Damiette auoient conquis les Cieux.
Tous la palme à la main, tous la couronne en teste,
Encouragent le Prince à suiure sa conqueste;
Et du iour de leur front les rays sont à son cœur,
Des aiguillons de zele & des pointes d'honneur.

    Sur ce rang de Heros à la guerre inuincibles,
D'autres sont eleuez sans armes & paisibles,
Qui braues contre eux mesme, & sur eux mesme forts,
Ont vaincu le Plaisir & le Monde en leurs corps.
Victoire magnanime, & de plus grande gloire,
Que celles dont les bruits vont si loin dans l'Histoire;

Exploit laborieux où dans vn mesme cœur,
Le mesme Esprit vaincu le mesme Esprit vainqueur,
Sans répandre de sang, ny liurer de batailles,
Fait plus qui s'il forçoit les plus fortes murailles;
Que si cent Nations à ses pieds il rangeoit;
Et sur cent Roys vaincus vn Throsne il s'erigeoit.

Dans le Departement de ces Forts pacifiques,
Regnent en majesté les Pauures heroïques;
Ces genereux vainqueurs de ce brillant metal,
Qui fatal à la Paix, à la Vertu fatal,
Plus malin que le fer au fer donne la force;
Des vices les plus noirs assaisonne l'amorce;
Et par tout où l'eclat de ses faux iours reluit,
Appelle la Discorde & la Guerre introduit.

Là sont ceux qui d'vn aisle à peu d'Ames commune,
S'éleuant sur le Globe où regne la Fortune;
Victorieux du Monde ont foulé les grandeurs,
Qui sont l'abus des yeux & le piege des cœurs.
Les vns sont là montez de ces plages bruslantes,
Où de soif & de chaud les terres sont ardentes:
Les autres sont venus de ces affreux climas,
Où les Cieux sans vigueur ne font que des frimas:
Il en vient des forests, & de ces grottes sombres,
Où tous les iours sont noirs, où tous les corps sont ombres:
Il en vient de ces Monts qui de neige couuers,
Sont l'azile eternel du froid & des Hyuers.
Lothaire & Carloman qui le Sceptre quitterent,
Et le bandeau royal à la bure changerent;
Pour ces riches liens, par eux abandonnez,
Y sont parez d'eclairs & d'astres couronnez.

Là

Là mesme le saint Roy, pour sa Sœur Ysabelle,
Trouue vn Thrône dreßé de matiere eternelle :
En lettres de rubis son nom s'y voit taillé ;
Et le champ d'alentour de saphirs emaillé,
De sa riche indigence, & de son humble gloire,
Par des iours differens represente l'histoire.

Dans le mesme climat, mais dans vn plus haut rang,
Sont les Chastes vainqueurs de la chair & du sang ;
Les dompteurs du Plaisir, qui dompteur des plus braues,
Met les forts à la chaisne & fait les Roys esclaues.
Là de force cailloux en diamans changez,
Et diuers de lumiere, en balustres rangez,
Se fait deuant Susanne, vne scene où s'explique,
De sa forte pudeur l'auanture heroïque.
Auprez d'elle est Iudith, qui par vn mesme effort,
Triompha de l'Amour, triompha de la Mort ;
Et d'vne hardieße heureuse & renommée
Dans vn seul pauillon deffit toute vne Armée.
Là celle qui sans nom sur la Marne nasquit,
Qui d'vn cruel Amant la cruauté vainquit,
Et fit voir à la France vne Iudith Chrestienne,
Surpaße de Iudith la gloire par la sienne.
Là le beau rejetton des belles Fleurs de Lys,
De sa haute vertu Gondeberge a le prix :
L'outrageux Adalulfe, & la noire imposture,
Ont de serpens affreux à ses pieds la figure :
Tout reluit autour d'elle, & ses fers d'autrefois,
Sont perles sur sa teste & bagues dans ses doits.
Là depuis peu Rozzi, guerriere & magnanime,
D'vn Throsne rayonnant qui ses combats exprime,

Q

Braue encore l'orgueil du barbare Esselin,
Et menace ses iours d'vne tragique fin.
Là le Ioseph Romain, le second Hippolyte,
Crispe a son rang de gloire & son rang de merite:
Et prez du chaste Hebreu, martyr de pureté;
Couronné d'vn bandeau d'eternelle clarté,
De sa Marastre ardente en la nuit de l'Abysme,
Voit à ses pieds fumer le supplice & le crime.
Là mesmes ont leur rang, ces Vierges mariez,
Qui separez de corps & de l'esprit liez,
Par vn effort de foy soustenu de courage,
Ont sceu joindre l'Hymen auecque le Vefuage:
Et libres sous le ioug, dans la chair epurez,
Du flambeau de l'Amour sans chaleur eclairez,
A ces neiges pareils que respectent les flames,
Ont gardé dans le feu la fraischeur de leurs ames.
Elzear & Delphine illustres en ce rang,
Sont couronnez de lys, sont reuestus de blanc:
Et prez de son Henry Cunegonde eclatante,
D'vn double Diademe a la teste luisante.

  Louys de cet étage au suiuant est porté,
Où dans vne plus forte & plus pure clarté,
Les Heros Patiens joüissent de la gloire,
Où les ont eleuez la Grace & leur Victoire.
Là regne des Premiers sur vn Thrône de iour,
Iob ce fameux souffrant, qui fut comme vne tour,
Qu'en vain tous les Demons à la foule hurterent,
Que les chancres en vain, qu'en vain les vers rongerent.
Sous des membres pourris, sous vn cuir vermoulu,
Son cœur fut tousiours ferme & tousiours resolu;

Et sous soy vit tomber, sans sortir de sa place,
Le debris de son corps & celuy de sa race.
Aussi de ces debris son throsne façonné,
Est d'eclairs differens par tout illuminé ;
Et l'vlcere qui fit sa haute patience,
Sur luy fait de ses rays vne viue nuance.
Tobie est prez de luy, brillant & glorieux ;
Sa gloire principale à sa source en ses yeux,
D'où sortent par rayons les feux qui t'enuironnent,
Et d'vn tour eclatant la teste luy couronnent.
Là sont les sept Neueux de ces saints Conquerans,
Qui du Peuple choisi vainquirent les Tyrans.
De zele, de courage & de sang Machabées,
Aprez leurs Camps détruits & leurs villes tombées,
Dans la cheute commune & le commun effroy,
Ils resterent debout, ils soustinrent leur Loy :
Et les feux qui contre eux au glaiue se meslerent,
De leurs corps tronçonnez leurs couronnes formerent.
Tous les autres Souffrans ou fameux ou sans nom,
Donnez en butte au Monde, à l'epreuue au Demon,
Plus clairs que les flambeaux de la voûte derniere,
Font en ce dernier ordre vn concert de lumiere.

Louys reconnoist là Baudoüin son parent,
Qui Souffrant renommé, renommé Conquerant ;
Aprez auoir soûmis par le sac de Bisance,
Au grand Lys le grand Aigle, & la Grece à la France ;
En suite vers le Nort ses conquestes poussant,
D'vn mesme effort la Croix & son Sceptre auançant,
Mourut d'autant de morts & longues & barbares,
Qu'il souffrit de tourmens sous le fer de Bulgares.

Q ij

Le saint Comte de Brenne, en Syrie autrefois,
La terreur du Croissant & l'appuy de la Croix,
Paroist là glorieux de la riche couronne,
Que la main des bourreaux luy fit en Babilonne.
Là les braues Seigneurs de Bar & de Monfort,
Sont éleuez au rang que leur acquit leur mort ;
Lors que d'vne grande Ame aux grands faits disposée,
Nobles Auantcouriers de la France croisée,
Ils furent au Leuant par leur zele menez,
Et furent pour leur zele à Gaze couronnez.
Louys auecque ioye apprend leurs auentures,
Admire le beau iour qui sort de leurs blessures :
Et de leur gloire épris, épris de leur splendeur,
Voudroit auoir changé sa Couronne à la leur.

    L'eternel Souuerain de la Cour eternelle,
Des Heros Patients le chef & le modele,
Sur vn Throsne formé d'Esprits étincelans,
Eclairez de cent yeux, de six aisles volans,
Tient le haut de la Sphere, & de ce haut étage,
La ioye à tant de Saints & la gloire partage.
De sa mort qui rendit la vie à tous les morts,
Les empreintes luy font cinq Soleils sur le corps :
Et par là d'vne cheutte égale & reguliere,
Comme par cinq canaux se repand la lumiere.

    Iusqu'à ce Throsne ardent le saint Prince porté,
A peine en peut souffrir la pompe & la clarté.
Il en sort des concerts de voix étincelantes,
De feux harmonieux, de lampes resonnantes :
Et les Chantres vieillards répondent à l'entour,
Du concert de leurs Luts à ces concerts de iour.

Vne voix cependant du Throſne deſcenduë,
Qui tient toute autre voix de reſpect ſuſpenduë,
Le long d'vn doux éclair adreſſée à Louys,
Remet ſon ame émuë & ſes yeux éblouis.

  Tu n'es pas, luy dit-elle, au bout de ſa carriere;
Tes ans ne ſont pas pleins, ny ta couronne entiere;
Et tu ne peux qu'aprez le combat achéué,
Eſtre au Ciel des vainqueurs auec nous éleué.
I'ay vû de ta conſtance & vû de ton courage,
Le magnanime eſſay, le noble apprentiſſage:
Et ſans plus differer, ces trauaux auancez,
D'vne auance d'honneur bien-toſt recompenſez,
Te ſeront dans la courſe où t'appelle la Gloire,
Vn attrait au combat, vn gage de victoire.

  Trois Couronnes luy ſont offertes à ces mots,
Et le celeſte Roy reprenant le propos;
Auec ce cercle d'or, pourſuit-il, ie te donne,
Des Eſtats du Couchant l'ample & vaſte Couronne.
De l'Arcenal Romain les tonnerres lancez,
Pour venger le Pontife & ſes droits offencez,
Ont donné le ſignal au coup de la Iuſtice,
Qui doit de Frederic auancer le ſupplice.
Le Sceptre Imperial par ſes crimes taché,
Luy doit eſtre bien-toſt par la Mort arraché:
Et ſon front abbattu du feu de l'Anatheme,
Pour ſa race & pour ſoy perdra le Diadéme.
I'offre encor à ton choix auecque ce bandeau,
Rayonnant des threſors de la terre & de l'eau,
Tous les Eſtats ſoûmis au Throſne de Biſance;
Tous ceux où les Sultans étendent leur puiſſance;

Et tous ces beaux Climas couronnez de Palmiers,
Que le iour renaiſſant viſite les premiers.
La troiſieſme Couronne à ton choix eſt offerte,
D'épines heriſſée & de ronces couuerte.
Ie t'offre en te l'offrant vne part à ma Croix,
Non à cette Croix d'or qui luit au front des Roys;
Mais à ce bois chargé de ſouffrances humaines,
Qui m'a fait à ce Thróne vn degré de mes peines.
Du choix que tu feras ton deſtin ie feray;
Et ſelon ton ſouhait ie te couronneray.

  Le Prince penetré d'vne ardeur lumineuſe,
Saiſit à ce diſcours la Couronne épineuſe:
Et ſans jetter les yeux ſur perles ny ſur or,
Celle-cy m'eſt, dit-il, vn aſſez grand threſor.
Ie ne puis receuoir des mains de la Victoire,
Vn don de plus grand prix ny de plus haute gloire;
Et ie m'en dois tenir plus riche & mieux paré,
Que ſi de cent lauriers à la guerre honoré,
I'auois par ma valeur étendu ma Couronne,
Au delà des Eſtats que la Mer enuironne.
Aux épines, Seigneur, ſi vous joignez vos cloux,
Les liens en ſeront plus fermes & plus doux;
Et voſtre Croix pour comble à vos cloux ajouſtée,
Tiendra d'vn poids plus fort mon amour arreſtée.
Heureux ſi prez de vous à la Croix attaché,
De voſtre ſang ie laue & du mien mon peché!
Et plus heureux encor ſi voſtre ſainte flame,
De ces épines peut s'allumer dans mon ame!

  Les volans Animaux & les Chantres volans,
Du Thróne de l'Agneau porteurs étincelans,

A ce choix de Louys des aisles applaudirent;
De leurs sacrez concers les Vieillars les suiuirent;
Et du Throsne, en ces mots descendit vne voix,
Qui respondit au Prince & confirma son choix.

　　La route que tu prens demande vn grand courage;
De bonne heure il te faut preparer à l'orage:
Il sera de durée & sera violent,
Et tout ce que l'Enfer a de plus turbulent,
Par des charmes conduit & soudoyé de charmes,
En foule opposera ses armes à tes armes.
Encor vne autrefois le Nil t'assiegera;
Tes soldats à tes yeux vn Monstre egorgera;
Et les Demons liguez te feront des barrieres,
De torrens embrasez & d'ardentes carrieres:
D'vn peril si pressant par miracle arraché,
Tu verras le terrain de Sarrasins jonché;
Et verras à tes pieds la Riuiere captiue,
Te soûmettre sa corne & te ceder sa riue.
Mais d'vn illustre sang ton Triomphe taché,
Et de sa tige vn Lys par la Mort détaché,
Mesleront la douleur & le deuil à ta gloire,
Et tireront des pleurs des yeux de la Victoire.
La Maladie aprez auec la pasle Faim,
De leur suite traisnant l'attirail inhumain,
Entreront dans ton Camp sans liurer de batailles;
Et sans fer l'empliront d'affreuses funerailles.
Toy-mesme atteint du mal & lentement bruslé,
D'vn feu de fievre au feu de ton zele meslé,
Tu feras sa langueur & sa crainte commune,
Et ton peril sera celuy de sa fortune.

Guery bien-toſt aprés & plein d'vn nouueau cœur,
De nouueau des Demons & des Sultans vainqueur,
Sur la riue du Nil de carnage écumante,
Tu feras vn trophée à la Croix triomphante.
Là tout heureux ſuccez pour toy ſe bornera ;
Toute l'Aſie en corps contre toy s'armera ;
D'vn mal contagieux tes trouppes abbatuës,
Quoy que tu faſſe ferme & que tu t'euertuës,
Cederont à la force, au nombre cederont ;
Et tes Freres captifs auec toy reſteront.
La Mort du ſang des tiens rougiſſante & trempée,
Sur toy-meſmes encor voudra leuer l'épée :
Mais le fer & le bras mon Ange arreſtera,
Et contre le Sultan le coup détournera.
De tant de ſang verſé l'eſprit & la fumée,
Attirant ma colere à ſa perte allumée,
Dans l'emeute des ſiens le Barbare accablé,
Laiſſera ſon Eſtat chancelant & troublé.
Remis en liberté pour Damiette renduë,
Tu remettras l'eſpoir dans l'Europe éperduë.
Aprez ſix ans paſſez, à tes Ports arriuant,
Des Pirates couru, tourmenté par le vent ;
Tu rendras la lumiere & l'eſprit à la France ;
A tes Peuples branlans tu rendras l'aſſeurance :
Et faiſant remonter ſur le Throſne auec toy,
L'Innocence & la Paix, la Iuſtice & la Foy,
Tu laiſſeras aux Roys, d'vne forme nouuelle,
Tes Vertus en exemple & ta vie en modelle.
Aprez la Paix reglee & le droit affermy,
Aggreſſeur de nouueau du commun Ennemy ;

Tu

Tu porteras la Guerre aux coftes de Carthage ;
Et vainqueur de fes murs comme de fon riuage,
Feras trembler de crainte & du bruit de tes faits,
Les Chafteaux de Maroc & les ramparts de Fez.
Mais de noulueaux malheurs encore dans l'Afrique,
Ouuriront à ton Ame vne lice heroique.
Ton Camp par efcadrons la Pefte fauchera ;
Vn de tes Fils atteints fous fa faux tombera :
Du fuccez de ce coup la cruelle animée,
Iouftera les Chefs aux membres de l'Armée ;
Et par tant de tombeaux à ton Throfne arriuant,
Par tant de corps couchez iufqu'à toy s'eleuant,
D'vne mort qui fera ta plus haute victoire,
Fermera ta Couronne & t'ouurira la Gloire.
Fournis donc ta carriere ; vn Throfne icy t'attend,
Si haut, fi lumineux, fi ferme & fi conftant ;
Qu'il n'eft point de fouffrance à paffer ny paßée,
Qui n'en foit hautement vn iour recompenfée.

A ces mots, vn grand Throfne à Louys prefenté,
Etale vne pompeufe & durable clarté.
Il n'eft pas compofé de ces lourdes matieres,
Que le Soleil durcit & peint dans nos carrieres :
Il n'eft pas enrichy de ces verres taillez,
De ces efprits de nacre arrondis & caillez,
Dont le Luxe & l'Orgueil phantafques & friuoles,
Couronnent la Fortune & parent fes Idoles.
L'etoffe eft d'vne piece ; & de fes iours diuers
Rehauffez auec ordre, auec ordre couuers,
Sans taille & fans couleur, fans traits & fans hachures
Il fe fait diuers corps & diuerfes figures.

R

De ce Thrône Louys auec étonnement,
Mesure la hauteur, contemple l'ornement :
Il y voit ses combats, il y voit ses victoires ;
De toutes ses Vertus il y voit les histoires.
D'vne-part dans son Camp de famine preßé,
L'indigent il nourrit, il panse le bleßé :
Et cette main si braue à manier l'épée,
Si noblement au Sceptre & si bien occupée,
Descend de ses emplois, relasche ses efforts,
Pour traitter des mourans, pour enterrer des morts.
Là mesme cette teste heroïque & royale,
Ce front ferme & hautain que nul autre n'egale,
Deffait de sa Couronne abbaiße sa hauteur ;
Le Ciel en feu sur luy se rend son spectateur ;
Et des pauures qu'il sert la poudre en or changée,
Sur son front par vn Ange en rayons est rangée.

  D'autre-part il se voit dans sa captiuité,
En asseurance égal, égal en fermeté :
Il est dans sa prison ce qu'il seroit au Louure ;
Et quoy qu'il ait à peine vn manteau qui le couure,
De sa grace paré, pompeux de sa vertu ;
D'vn air noble & tranquille à l'entour reuestu ;
Il soustient sa grandeur de sa seule Personne,
Et sa mine luy fait sans or vne Couronne.
Là tout ce qu'on remuë ou d'espoir ou d'effroy,
N'étonne point son cœur, n'ébransle point sa foy ;
Sous le fer l'vn & l'autre, & prez de la torture,
Conserue son assiette & retient sa posture.

  Plus bas par vn miracle en liberté remis,
Il fait de nouueaux plans contre les Ennemis :

Il munit à ses frais les Places des Fidelles,
De murs renouuellez & de portes nouuelles.
Là des prisons du Caire & des tours de Damas,
Des Peuples de Martyrs vers luy tendoient les bras;
Et de l'obscurité destinée à leurs gesnes,
L'appelloient de leurs pleurs & du bruit de leurs chaisnes.
L'or du Roy, par la nuit de leurs cachots ouuers,
Epandoit ses rayons, faisoit tomber leurs fers;
Et de tout l'Orient sa Vertu reclamée,
Portant son action d'Egypte en Idumée,
De semblables Enfers les captifs rachetoit,
Par tout où son esprit ses largesses portoit.

De ses Estats ailleurs il regloit la police,
Accompagné des Loix, aydé de la Iustice.
Les Vertus prez de luy se voyoient sous le Dais;
Et l'aueugle Fortune excluse du Palais,
Laissant dans le Conseil gouuerner la Prudence,
N'osoit mesler sa roue au timou de la France.
Le pauure s'y voyoit contre son ennemy,
A couuert sous le Thrône, & du Sceptre affermy;
Et l'honneur sans orgueil, la grandeur sans audace,
Le merite modeste & content de sa place,
Dans les lignes du droit reserroient leur pouuoir;
Et plioient leurs desirs au ply de leur deuoir.
Prez d'eux l'Impieté de cent nœuds attachée,
Remangeoit les morceaux de sa langue arrachée:
Et le Blaspheme affreux auec elle enchaisné,
De sa peine sembloit sanglant & forcené.

Plus loin se remarquoit le renommé riuage,
Où Carthage n'est plus que l'Ombre de Carthage;

Et cette Ombre hautaine, & fiere en son cercueil,
De son corps poudroyé garde encore l'orgueil.
Là le Prince François & le Prince de Thunes,
De leurs Estats suiuis, suiuis de leurs Fortunes,
L'vn guidé de l'Erreur, & l'autre de la Foy,
Les armes à la main combattoient pour leur Loy.
Carthage sous la Croix humilioit sa teste ;
Thunes à l'embrasser de loin paroissoit preste :
De la lueur des Lys l'Affrique blanchissoit ;
Et de sang Sarrasin le terrain rougissoit.

    Au secours des vaincus la peste suruenuë,
D'vn char de feu roulant sur vne ardente nuë,
Par le Camp des vainqueurs ses charbons épanchoit,
Et de meurtres sans fer la campagne jonchoit.
Pour l'Armée abbatuë & sans combat deffaite,
Louys s'offroit aux coups de cet affreux Comette :
L'air du feu de son zele à l'entour s'embrasoit ;
L'Ange Intendant des Lys à son vœu s'opposoit.
Vn trait portant la flame & traisnant la fumée,
Partant auec éclat de la nuë allumée,
Aprez Tristan frappé, sur Louys s'élançoit ;
Et prez du Fils mourant le Pere languissoit.
Les Vertus de leur Sphere en troupe descenduës,
Prez du Prince expirant s'estoient toutes renduës :
De la masse du corps l'vne le déchargeoit ;
Des attaches des sens l'autre le dégageoit ;
L'vne ostoit à ses yeux l'ombre de la matiere ;
L'autre les éclairoit d'vne pure lumiere ;
Et de la main de Dieu son Eprit couronné,
Vers le Ciel s'enuoloit de gloire enuironné.

Le saint Heros instruit par ces riches figures,
De la course & du prix qu'auroient ses auantures;
L'epineuse guirlande auec amour baisa,
Et de zele emporté sur son front la posa.
Les aiguillons pressez de toutes parts entrerent;
Et de menus rayons par filets en coulerent.

    Non seulement ta gloire, ajousta l'Homme-Dieu,
Au dessus des Saisons & des Corps aura lieu;
Mais dans le temps encor & dans ce court espace,
Où les Grands se deffont, où la Grandeur se passe;
Elle subsistera jusqu'à ce dernier iour,
Qui des Cieux & des Ans doit terminer le tour.
Les glorieux rameaux qui naistront de ta couche,
Leur grandeur egalant à celle de leur souche,
De sions tousiours verds la France couuriront;
Et d'vn cercle immortel ses Lys couronneront.
De ces grands Successeurs les Modeles illustres,
Ont leur suite & leur rangs dans l'Espace des Lustres:
Et pour t'encourager à tracer deuant eux,
Vn sentier heroique au Bien laborieux)
Et de tes pas leur faire vne piste à la Gloire,
Ie t'en veux decouurir les portraits & l'histoire.

    Il s'etend sur le Ciel vn Espace sans corps,
Lumineux au dedans, tenebreux au dehors,
Où de tout l'Auenir les Formes eternelles,
Sont esprit dans leurs Plans, esprit dans leurs Modeles.
Les Corps sont là sans masse, & la masse est clarté;
Là tout ce qui se change a de la fermeté;
Les Siecles & les Ans dans leur centre immobiles,
Presens egalement, egalement tranquilles,

Et tous les Temps liez & roulans sur vn point,
Y sont en mesme assiette & ne se quittent point.
Des feux meslez de nuit defendent cet espace,
Où nulle Intelligence, où nulle Ame ne passe:
Et ces Esprits si purs & si hauts dans les Cieux,
A quatre aisles volans, & voyans de cent yeux,
Ne peuuent s'eleuer ny des yeux ny des aisles,
Iusques à penetrer ces clartez eternelles.

　Cet Espace à Louys soudainement ouuert,
Epand vn iour immense où son regard se pert.
Mais son Guide eclairé d'vn rayon prophetique,
Qui distingue de loin l'auenir & l'explique;
L'arreste à ses Neueux, dans ce Thresor des Temps,
D'vne gloire auancée à ses yeux eclatans.

　Cette bande nombreuse & de Lys couronnée,
A ton Throsne est, dit-il, par ton lit destinée;
Et tant qu'au tour du Ciel les Astres tourneront,
Sur ton Thrône les Roys de ton sang regneront.
Philippe que tu vois le premier de la bande,
D'vne grande Fortune & d'vne Ame plus grande,
Ton espoir & ta place aprez toy remplira;
Le surnom de Hardy par ses faits acquerra;
Et vainqueur de l'Afrique en bataille rangée,
Raportera ta cendre à la France affligée.
De là ses etendars vers l'Espagne poussant,
Et ses monts sourcilleux au passage forçant;
Du coup dont à ses pieds il abbatra Gironne,
Fera de l'Arragon bransler Sceptre & Couronne.

　De Robert grand de sens & non moins grand de cœur,
Les Gascons abbatus sentiront la valeur:

Et de luy s'étendra cette Branche Royale,
Qui sera de l'Estat la Colonne fatale;
Qui le Thrône ébranslé cent fois affermira;
Des fleurons eternels au Sceptre fournira;
Et tenant sous l'abry de son noble feuillage,
Les grans Lys à couuert du vent & de l'orage;
Par tout où les grands Lys épandront leur odeur,
Portera des Bourbons la gloire & la grandeur.

  Voy de ton petit Fils la grace magnanime;
Son cœur par cette grace auec éclat s'exprime.
La force en luy sera l'honneur de la beauté;
Et de l'orgueil Flaman deux fois par luy donté,
Le superbe debris & les cendres hautaines,
Egaleront les monts & combleront les plaines.

  Louys suiura de prez, & de prez le suiuant,
Pareil au jeune Lys abbatu par le vent;
Ne laissera de soy, que l'inutile plainte,
Que laisse vne esperance auant le temps éteinte.
Sur le Thrône aprez luy ses Freres monteront,
Et du Thrône au cercueil aussi-tost passeront;
Pareils à ces vapeurs dans la nuë allumées,
Qui d'vn esprit de feu pour vn temps animées,
Semblent ne s'éleuer par vn soudain effort,
Que pour faire vn spectacle illustre de leur mort.

  Voy de leur Successeur la bien-seante audace,
Voy ce modeste orgueil qui plaist & qui menace.
La Branche de Valois au Thrône il portera;
Sous Cassel à ses pieds la Flandre tombera;
Et son Colosse armé sera de sa victoire,
Deuant les saints Autels vne muette histoire.

Mais par vn coup du Ciel son Estoile changeant,
Et l'Ange des combats vers l'Anglois se rangeant ;
Il laissera du sang de sa Noblesse eteinte,
La Somme coloree & la campagne teinte.

Iean non moins magnanime & plus infortuné,
Par vn ieune Edoüart en triomphe mené,
A Charles qu'vn broüillas auec bruit enuironne,
Laissera souftenir le poids de la Couronne.
Mais ce Sage & broüillas & bruit diffipera ;
Ses Ennemis armez sans armes deffera ;
Et d'vn sens plus heureux que les bras de ses Peres,
Eteindra la Discorde & vaincra ses viperes.

Son Fils plus fort de corps & d'esprit plus ardent,
Passera sur le ventre aux Rebelles de Gand :
Et l'enorme Arteuelle abbatu de sa foudre,
D'vne mort de Geant fera fumer la poudre.
Mais que l'eclat du Monde est mobile & trompeur !
Que l'Homme est vain qui suit cette errante vapeur !
Et que l'Astre assigné pour luire aux grandes teftes,
Fait bien moins de beaux iours qu'il ne fait de tempeftes !
Ce vainqueur des Flamans, ce vainqueur des Anglois,
Dans les preparatifs d'autres plus grands exploits,
Attaqué d'vne fievre à la France fatale,
En épandra le feu dans la Maison royale.
Sur sa tefte le Lys, de ce feu sechera ;
Le Sceptre de ses mains par pieces tombera ;
Et sa Pourpre du sang de ses Princes tachée,
Sera par l'Etranger à son Fils arrachée.
Mais par ce Fils errant, demy nu, delaissé,
Le Voleur d'outre mer dans ses ports repoussé,

D'vn

D'vn si grand attentat, & d'vn si grand Royaume,
A peine emportera le titre & le phantosme.
Celle-là qui d'vn air magnanime & guerrier,
Soustient vn grand Lys d'or enlaßé d'vn laurier,
Heroïque Bergere & Fille conquerante,
Dans ce trouble appuyra la France chancelante.
Voy sa grace hautaine & sa modeste ardeur ;
Voy l'audace en ses yeux meslée à la pudeur :
Elle semble desia menacer l'Angleterre ;
Et son Ange desia la prepare à la guerre.
O qu'vn iour Orleans au pied de ses ramparts,
Sous sa lance verra tomber de Leopards !
Que de sang étranger épandu sur le Loire,
D'vne illustre fumée éclaircira sa gloire !

A ce Victorieux, ce Fin succedera,
Qui Sujets & Voisins par esprit rangera.
Son Fils plein de courage & plus plein d'esperance,
Voudra renouueller les vieux droits de la France.
Le Tibre & l'Eridan luy soûmettront leurs eaux ;
Naples à sa venuë ouurira ses Chasteaux ;
Et le bruit en portant la terreur vers l'Aurore,
L'effroy fera paslir les Lunes du Bosphore.
De là donnant par tout des marques de son cœur,
De cent Peuples armez à son retour vainqueur ;
Il laissera le Tar fumant de la deffaitte,
Des Ligues qui voudront empescher sa retraitte.

Aprez luy ce Louys au Thrône montera,
Et de l'amour des siens son Thrône affermira.
Il cassera ce fleau de tailles inhumaines,
Ce joug qui fait couler iusques au sang des veines ;

S

Et plus grand menager des bien-faits que de l'or,
Des cœurs de ses Sujets il fera son thresor.
De l'Italie armée il abbatra les forces ;
Il tirera Milan d'entre les mains des Sforces ;
Sur les murs des Gennois, deux fois victorieux,
Il fera refleurir les Lys de ses Ayeux :
Et l'orgueilleux Lyon du Golfe Adriatique,
Deffait par sa valeur, & blessé de sa pique,
A peine vers ses bords tremblant se traisnera ;
Et sur l'Adde sanglant ses ongles laissera.
　　Voy du brave François la demarche guerriere,
Voy du feu de son cœur dans ses yeux la lumiere.
Qu'vn iour il sera grand! que sa Couronne vn iour,
Si le bon-heur le suit, sera d'vn large tour!
Du rampart de Milan la Couleuure arrachée,
Sera par sa Vertu sous les Lys attachée :
Et ces Freres hautains des Alpes habitans,
En masse comme en force égaux aux vieux Titans,
A Marignan deffaits, laisseront de sa gloire,
Et de leur folle audace vne longue memoire.
Par tout egal à soy, nulle part abbatu,
Quelques aduersitez qui hurtent sa Vertu ;
Il sera par l'effort d'vne Ame tousiours draite,
Libre dans sa prison, vainqueur en sa deffaite :
Et par vn cours diuers d'euenemens humains,
Par vn cercle inégal de pertes & de gains,
De bien loin passera cette Sphere commune,
Ou les Roys du commun sont mis par la Fortune.
L'Astre de son Riual au sien enfin cedant,
Sa Vertu reprendra son premier ascendant.

De son Fils que tu vois la valeur mieux conduite,
A Boulogne mettra les Leopards en fuite ;
L'injure de Pauie à Renti vengera ;
Des murailles de Mets les Aigles chassera ;
Et là Charles deffait & l'Allemagne en fuite,
Laisseront le débris de leur grandeur détruite.
De sa tragique mort le triste euenement,
Sera suiuy de trouble & de souleuement.
La Discorde sanglante, & l'Heresie armée,
Leuant vn étendart de flame & de fumée,
Au massacre, au degast, le Peuple appelleront ;
Détruiront les Autels, le Thrône hurteront ;
Et contre les beaux Lys cultiuez par tes Peres,
Lanceront leurs flambeaux, lascheront leurs viperes.

    François ieune & mal-sain, par la mort emporté,
A Charles laissera le Royaume agité :
Charles en soustiendra le poids auec courage ;
Opposera les bras & la teste à l'orage :
Mais bien-tost enleué du trouble dans les Cieux,
A son Frere desia deux fois victorieux,
Et desia couronné de deux grandes journées,
Il laissera le faix des Gaules étonnées.

    Des bords de la Vistule & de ces froids climas,
Où tous les temps sont froids & chenus de frimas,
Ce Prince rappelle par les cris de la France,
Viendra luy redonner le iour & l'esperance :
Et si sa main ne peut pleinement la guerir ;
Au moins elle pourra l'empescher de mourir.
Sa pleine guerison sera le haut ouurage,
D'vn iuste & d'vn clement, d'vn vaillant & d'vn sage.

Elle fera l'effort de ce Henry le Grand,
Qui des Lys heritier & des Lys conquerant,
Souftenant de fon bras le droit de fa naiffance,
Se fera poffeffeur de fon bien par fa lance.
Voy la fiere clarté que fes armes luy font;
Voy couler des lauriers qui luy ceignent le front,
L'honorable fueur & les illuftres marques,
De la plaine d'Yury, de la campagne d'Arques.
Là l'Eftranger trompeur & les François trompez,
A détruire fon droit follement occupez,
A ces pieds tomberont auec le vain Phantofme,
Erigé pour charmer tous les yeux du Royaume.
Craint en fuite par tout, & par tout renommé,
Amateur de fon Peuple, & de fon Peuple aymé;
Il tiendra la Difcorde & fes Sœurs forcenées,
De leurs propres Serpens à fon Thróne enchaifnées.
Et fes derniers deffeins, de leur feul appareil,
Iufqu'à ce lit fameux où couche le Soleil,
De l'Efpagne feront tremouffer les colonnes,
Et trembler de frayeur fur fon front fes Couronnes.
        A ces nobles deffeins fuccedera fon Fils,
Ce Fils qui luy naiftra pour la gloire des Lys.
Celuy là de nouueau remettra ta memoire;
Ses faits feront des tiens les tableaux & l'hiftoire;
Et marchant aprez toy, par le royal fentier,
Et fameux concurrent & fameux heritier,
Il aura fon Egypte à vaincre dans la France,
Et fon zele y vaincra non moins que fa vaillance.
Vn Monftre de carnage & de pleurs engraiffé,
Retranché dans vn Fort par des Geans dreffé,

Muny des Elemens, gardé par les tempestes,
A ses pieds abbatu perdra toutes ses testes.
A son secours en vain les orages viendront;
Aux Vents en vain liguez les vagues se joindront;
Louys attachera les Saisons mutinées;
Tiendra d'vn frein d'ecueils les vagues enchaisnées:
Et sous l'enorme faix du joug qu'il dressera,
La Mer tendra le dos & ses bras baissera.
Aprez ce coup fatal à l'Hydre terrassée,
Il ira deliurer l'Italie oppressée.
Les Alpes sous ses pas de frayeur trembleront;
Du Tesin & du Po les chaisnes tomberont;
Et Naples de ses fers à ce bruit attentiue,
Secoura le fardeau de sa teste captiue.
Iusqu'à ces froides Mers qui lauent le Danois,
L'estime & le respect establiront ses Loix.
Et la France sous luy rentrera dans les bornes,
Que le Rhin luy marquoit autrefois de ses cornes.
Enfin aprez auoir porté l'odeur des Lys,
De la Mer de Noruege à la Mer de Calis;
Aprez auoir eteint la race des Viperes,
Qui naistront ennemis de la foy de ses Peres;
Aprez auoir battu les Anglois Leopards,
Les Lions des Flamans, les Serpens des Lombards,
Et fait voir leur dépoüille & leurs dents arrachées,
Sur les portes du Louure en parade attachées;
Dans le Ciel des Heros eleué prez de toy,
Il laissera son Fils sur son Thrône aprez soy.
Encor aprez sa mort, son Ombre & sa Memoire,
Dans le party François retiendront la Victoire;

Et l'Eſtat quelque temps gardant le meſme train,
Pouſſé de la vertu qu'y laiſſera ſa main;
De la Meuze & du Rhin les Villes enchaiſnées,
Par vn autre Louys de ton ſang amenées,
De leur pompe ſuiuront la pompe de ſon deuil,
Et de cent noms vaincus pareront ſon cercueil.

Ces hautes viſions par là ſe terminerent;
A de ſoudaines nuits les Images cederent;
Et dans leur propre eſpace enfin diſparoiſſant,
Ne laiſſerent aux yeux qu'vn vuide ébloüiſſant.

SAINT LOVYS
LIVRE CINQVIESME.

ARGVMENT.

Eſtat des affaires de l'Europe & de l'Aſie repreſenté à Louys : Deſcri-
ption de la Terre Sainte, & des merueilles qui s'y ſont faites : Le
Nil eſt reſſerré dans ſon lit par l'Ange Intendant des eaux : Effroy
de l'Armée des Sarraſins repouſſée par le Nil : Marche de l'Armée
Françoiſe preſeruée du débordement : Liſte des Seigneurs & des
Peuples croiſez auec Louys.

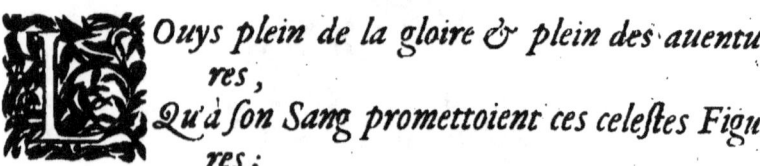

Ouys plein de la gloire & plein des auentu-
    res,
Qu'à ſon Sang promettoient ces celeſtes Figu-
    res ;
De ſon Ange conduit, deſcend comme l'eclair,
Dont le feu balancé gliſſe du haut de l'air.
Comme il eſt à ce Cercle, où la Belle argentee,
Pour eclairer la nuit en ſilence portee,
De ſes rays redoublez les tenebres teignoit ;
Et du iour auenir vne Image peignoit ;
Son Guide lumineux l'arreſte ſur la voute,
Où des Moys inegaux s'etend l'egale route ;
Et de là luy montrant de ce bas Vniuers,
Le Globe diſtingué de terres & de mers ;

Cette boule flottante & demy-submergée,
De son poids soustenuë & de son poids chargée,
Est l'espace, dit-il, où le mortel orgueil,
Croit se faire vn Theatre & se fait vn cercueil.
L'Auare prend de là ces matieres friuoles,
Dont il forge ses fers, & forge ses Idoles :
Et de l'Ambitieux l'infatigable main,
Dresse là plan sur plan, fait dessein sur dessein.
Mais, & desseins & plans, & trauaux & structures
N'y font qu'vn embarras d'inutiles masures ;
Et tant de hauts Palais qui s'egalent aux monts,
N'ajoustent à ce Point que de l'ombre & des noms.
Sur ce Point cependant les Passions humaines,
Font leurs tragiques ieux, ont leurs sanglantes scenes.
Pour diuiser se Point on arrache le fer,
Du sein de la Nature & du cœur de l'Enfer :
Pour monter sur ce Point le Fils abbat le Pere,
Le Frere met les pieds sur le corps de son Frere :
Et sur des Peuples morts, d'autres Peuples mourans,
Les armes à la main en debattent les rangs.
  L'Espagne que tu vois de ces montagnes ceinte,
Est de sang Castillan & de sang Maure teinte :
Et deux Peuples riuaux, à sa conqueste armez,
Tombent entre ses bras l'vn de l'autre assommez.
Voy cet Angle flottant que trois Mers enuironnent,
Et trois bords escarpez de falaises couronnent ;
L'Anglois qui regne là fomente dans les eaux,
D'vn long embrasement l'amorce & les flambeaux :
Et plus de trois cens ans ce fatal incendie,
Fumera dans la Guienne & dans la Normandie.

Mais

Mais éteint à la fin du sang des boute-feux,
Il laissera la France entiere à tes Neueux :
L'Angleterre confuse & chez soy resserrée,
A peine sauuera sa Rose déchirée :
Et ses fiers Leopards de vos bords fugitifs,
N'y reuiendront iamais, s'ils n'y viennent captifs.

　Voy le calme honorable & la Paix florissante,
Dont la France joüyst sous Blanche sa Regente.
La Grace & la Vertu qui regnent en son nom,
Auec elle ont la main ferme sur le timon :
L'orage de respect sous des Guides si belles,
Modere sa fureur, plie & baisse les aisles :
Et le cours indulgent de l'Astre qui les suit,
Inspire la douceur au Vent qui les conduit.
Bel Art de gouuerner, sceu des seules Personnes,
Qui sçauent que les cœurs font les belles Couronnes ;
Que le Sceptre peut moins que ne peut le bien-fait ;
Et que sans la douceur la force est sans attrait.
Que puisses-tu bel Art, estre vn iour dans la France,
L'exemple d'une forte & virile Regence ;
Et que de Blanche vn iour puissent prendre leurs loix,
Les Reynes qui feront les Agentes des Roys.

　Loin de cette bonace heureuse & bien-faisante,
Voy plus bas l'Italie en tumulte & sanglante.
D'vn costé Frederic, & de l'autre Esselin,
Icy le party Guelfe, & là le Gibelin,
En font comme des Chiens feroient d'une carcasse,
Qui d'vn grand corps rongé n'auroit plus que la place.
Le rebelle Empereur du feu Romain frapé,
A l'esprit de colere & de rage occupé ;

Le souffre fume encor, que le iuste Anatheme,
A laissé sur sa Pourpre & sur son Diadème;
Et fumant de ce coup, de ce coup forcené,
Aux Temples, aux Autels, aux Prestres acharné;
Encore semble-t'il du geste & de la teste,
Deffier le nuage & brauer la tempeste.
Mais il à beau l'orgueil & la teste éleuer,
Beau deffier la nuë & l'orage brauer:
Mainfroy pour l'etrangler luy prepare vne corde,
D'vn serpent qu'il a pris des mains de la Discorde:
Et de ce parricide encore dégouttant,
Le perfide Bastard vol à meurtre ajoustant,
Sur sa foy, sur le droit de Conrad son Pupille,
De force vsurpera l'vne & l'autre Sicile.
A ce noir attentat le Pontife tonnant,
Et le commun signal à la guerre donnant,
Ton Frere éleu vengeur des droits de la Thiare,
Fera rougir de sang la Mer qui bat le Phare:
Et là sur les desseins de Mainfroy demolis,
Establira son Throne & plantera les Lys.
Mais ô funeste éclat des humaines conquestes,
Que pour cette Couronne il tombera de testes!
Que son faix sur le front de Charles pesera!
Et que de sang François sous elle coulera;
Quand du Gibel ardent les noires Eumenides,
Sonneront de leurs cors ces Vespres homicides,
Qui du Soleil tombant la chutte auanceront;
Et du Ciel effrayé les Astres chasseront!

    Voy de la Tartarie en trouble & débordée,
Du Nord iusqu'au Midy la campagne inondée.

Les Sarmates sanglans, & les Mosques bruslez,
Couurent de leur débris leurs pays desolez :
Le sang auec le feu confondus dans la plaine,
Fument sur la Vistule & sur le Boristene :
Et d'vn torrent pareil les Russes entraisnez,
Vont aprez le vainqueur par troupes enchaisnez.

    Voy tournant au Leuant, comme l'Asie armée,
Court au bruit de la guerre en Egypte allumée.
Elephans & cheuaux marchent de toutes parts ;
L'air répond en sifflant au bruit des étendars ;
Et par tout il se voit sous des forests mouuantes,
Des Nations de fer & des villes en tentes.
Le Fils de Meledin qui les troupes conduit,
En pompe sur son char, d'or & de pourpre luit.
Deceu d'vn faux Prophete, & plein de faux presages,
Il suit de son espoir les trompeuses images :
Il n'a les yeux ouuers qu'à ce Thrône éclatant,
Où son Pere l'appelle, où le Sceptre l'attend ;
Et ne s'apperçoit pas de la Mort qui s'appreste,
A faire sur ce Thrône vn joüet de sa teste.
Des Sultans auec luy la Race tombera ;
Celle des Mammelus aprez s'eleuera,
Effroyable à l'Asie, effroyable à l'Afrique,
Iusqu'à ce qu'elle cede à la Lune Scythique ;
Et que les bras du Nil de carnage écumans,
Soient de force attachez au ioug des Otthomans.

    Iette l'œil au delà du Gange & de l'Oronte,
Vers ces bords d'où le Iour aprez l'Aube remonte ;
Il vid là sous des Cieux cachez à vos Sçauans,
Des Peuples arrestez & des Peuples mouuans ;

Les vns ciuilisez & les autres sauuages,
Tous de langues diuers, & diuers de visages ;
Qui dans la noire nuit d'vne Infidelité,
En culte differente, egale en vanité,
Honorent des Demons enfumez & grotesques,
De victimes d'horreur & d'autels barbaresques.
L'Indalcan, le Mogor, la Chine, le Iapon,
Et d'autres qui chez vous sont encore sans nom,
Attachez aux autels de ses Ombres sanglantes,
Traisnent vn joug de mort & des chaisnes bruslantes.
Mais vn iour du Couchant des feux s'eleueront,
Qui ces funestes nuits du Leuant chasseront ;
Et suiuant du Soleil les gistes & la course,
De son lit ondoyant, iusqu'à sa belle source,
Epandront de la Foy les diuines clartez ;
Detruiront les Autels des fausses Deïtez ;
Et de l'embrasement de leurs sales Idoles,
Feront rougir les Mers & luire les deux Poles.

Ainsi l'Ange & Louys de l'esprit & des yeux,
Parcouroient les Estats etablis sous les Cieux ;
Quand le Prince surpris d'vne flame soudaine,
Qu'vn soudain tourbillon fit monter de la plaine ;
S'informe de sa source & de son aliment ;
Demande qui luy donne vn si pront mouuement ;
Et d'ou luy vient cet air de souffre & de bitume,
Qui par ondes s'eleue & par ondes s'allume.

Ce feu, replique l'Ange, est de ces noires eaux,
Ou Sodome & Gomorrhe ont leurs païans tombeaux :
Quand leurs crimes jadis iusqu'aux Cieux s'eleuerent,
Et des Cieux retombans les nuages creuerent ;

Vn deluge de fouffre auec eux defcendu,
Et fur la terre infame à torrens épandu,
Porta la mort par tout fur vn ardent nuage;
De grefle de charbons fit vn terrible orage;
Chaftia de fon feu le feu des voluptez;
Et fit cinq grands buchers de cinq grandes Citez.
Enfin pluye & fumée, incendie & rauines,
De Sodome roulant, roulant de fes voifines,
Firent de leurs torrens dans la plaine amaffez,
Cette Mer dont les feux femblent eftre pouffez,
Pour menacer de haut les crimes de la Terre,
Et contre eux allumer l'eclair & le tonnerre.

Mais les feux ne font pas des diuins iugemens,
Les feuls executeurs, & les feuls inftrumens.
Les eaux auant les feux, iadis à la Iuftice,
Rendirent de concert cet effrayable office;
Quand de tous leurs canaux & de tous leurs conduits,
Quarante iours coulant, coulant quarante nuits,
Sans s'ouurir, fans tomber, la terre fit naufrage;
Et fur foy vit flotter vne mer fans riuage.
De tant de hauts Palais qui s'eleuoient en l'air,
De tant de grands vaiffeaux qui voloient fur la Mer,
Il ne fe put fauuer qu'vne cabanne errante,
Qui fans voile, fans rame, & fans route flottante,
Quand l'onde s'abaiffa, prit terre fur ce mont,
Que tu vois vers le Nort leuer fon large front.
Là d'vne fi terrible & fi celebre hiftoire,
Celebre monument & terrible memoire,
Comme d'vn haut theatre, elle annonce fans voix,
L'amour de la Iuftice & la crainte des Loix.

Voy tournant au Leuant cette enorme structure,
Dont les restes encor pesans à la Nature,
Semblent de leur hauteur les Astres menacer,
Et de leur ombre au loin la lumiere effacer.
C'est vn reste fameux de cette enorme masse,
Que dessina l'orgueil, qu'executa l'audace;
De cette Tour fatale, où la Confusion,
Engendra le desordre & la diuision :
Et le Peuple Geant promoteur de l'ouurage,
De sa premiere langue ayant perdu l'vsage,
Meconnu de soy-mesme, à soy-mesme étranger,
Contraint de quitter tout & de se partager;
De sa presomption aussi vaste que vaine,
Par le Monde épandit la memoire & la peine.

    Non loin de cette Tour, est le Parc merueilleux,
Où iadis brouta l'herbe vn Monarque orgueilleux,
Qui par vn chastiment nouueau dans la Nature,
Et de l'Homme perdit & du Roy la figure.
D'vn cuir rude & velu le corps luy fut chargé ;
Son Diadéme fut en deux cornes changé ;
De ses doits confondus il se fit d'autres cornes ;
Sa bouche s'allongea, ses yeux deuinrent mornes ;
Et ce faux Dieu de Cour adoré des flateurs,
D'vne corde attaché par ses adorateurs,
Apprit au pasturage & dans le rang des bestes,
Que les Roys ont vn Roy plus grand qu'eux sur leurs testes.

    Cette Mer où tu vois sous des flots rougissans,
Des harnois conseruez des vagues & des ans,
Est vn autre Theatre, ou d'vn autre Rebelle,
Le supplice sera d'vne montre eternelle.

Ce Roy qu'en vain le Ciel tant de fois menaça,
Et sur qui tant de fleaux le Ciel en vain cassa;
Voulant suiure l'Hebreu par la route ondoyante,
Que fit l'Ange moteur de la Colonne ardente;
Englouty par les flots soudainement laschez,
Et de leur propre poids dans leur lit épanchez,
Du débris de son Peuple & de son équipage,
Combla de ce trajet l'vn & l'autre riuage.
Depuis ce temps, les flots sont tousiours demeurez,
De vengeance, de sang & de feu colorez:
Et les traces des chars sur la gréue restées,
Des tempestes, des vents, des ondes respectées,
Sont vn illustre aduis aux plus grands des mortels,
De ne point égaler les Thrônes aux Autels.
    Au delà de ces bords, voy ces terres perduës;
Vers l'Aube & vers le Sud sans limite étenduës;
Là iadis les Hebreux pastirent quarante ans,
Par leurs rebellions par leurs peines errans:
Et laisserent par tout de leur mort violente,
Où l'herbe ensanglantée, où la campagne ardente.
    Ces ossemens epars & par le temps sechez,
Autour de cet Autel en desordre couchez,
Sont de ces malheureux qui de leur sang baignerent,
Le Veau d'or qu'en tumulte & jouant ils forgerent.
Cet autre amas de corps calcinez & noircis,
Est de ces factieux & de ces endurcis,
Qui deuorez du feu, laisserent de leur peine,
La marque dans leur cendre & le nom sur la plaine.
Ce Gouffre d'où le iour auec pasleur s'enfuit,
D'où iamais le Soleil n'a pû chasser la nuit,

Eſt le paſſage affreux par où les trois Rebelles,
Aprez eux attirant leurs Maiſons criminelles,
De la Terre engloutis, pa vn étrange ſort,
Tomberent ſans mourir dans l'eternelle mort.
Exemple ſans exemple, & dont au moins les crimes,
Apprendront à ſubir les ordres legitimes :
Et la Rebellion ſçaura qu'il fait mauuais,
Des Thrònes bien fondez ſur ſoy tirer le faix.

    Ces Climats où iadis tant de fois la Iuſtice,
Fit luire ſa colere & fumer le ſupplice :
Sont les meſmes Climats où la Grace à pleins bords,
Autrefois déborda dès celeſtes threſors.
Sur ce Mont ſourcilleux, le grand Paſteur des Ames,
A Moyſe Paſteur s'apparut dans les flames.
Le ſaint Buiſſon qui fut éclairé de ſes feux ;
. Conſerua la fraiſcheur de ſa feuille ſous eux :
Et le vert eternel qui depuis le couronne,
Eſt reſpecté du Temps & la Nature étonne.

    Sur le ſommet prochain d'éclairs étincelant,
De frayeur ébranlé, de ſueur ruiſſelant,
Au concert des clairons accordez au tonnerre,
La Loy fut annoncée aux Peuples de la terre.
Le mont en fume encor & la moëte vapeur,
Qui luy couure le front luy reſte de ſa peur.
Cette terre à ſes pieds étenduë & deſerte,
Eſt celle qui jadis ſans labeur fut couuerte,
De cette fine fleur du Ciel & du beau Temps,
De ce ſuc épuré des Aſtres dégouttans,
Qui fut comme vn extrait & d'Art & de Nature,
Pour le plaiſir du gouſt & pour la nourriture.

Suy

Suy des yeux ce grand Fleuue, il conduira tes yeux,
A d'autres lieux plus saints & plus mysterieux.
Ce Bourg que tu vois là sans montre & sans parade,
Est le Bourg où se fit la celeste ambassade;
Quand l'Amour vnissant forma ce grand milieu,
Qui d'vn Dieu fit vn Homme, & fit d'vn Hôme vn Dieu.

Plus bas, vers le Midy se montre la masure,
Où le Prince eternel, le Roy de la Nature,
Sur la paille naissant, ne se vit assisté,
Que des Vents, de la Nuit, & de la Pauureté.
La Nuit en eut horreur, les Vents en murmurerent,
Les Anges effrayez par troupes y volerent;
Et les Astres du Ciel auec eux descendus,
Confus d'etonnement, de respect suspendus,
D'vn cercle lumineux l'etable couronnerent,
Et leurs rays dans la Creche à la paille meslerent.

Cet amas de maisons & de tours que tu vois,
N'est pas cette Sion si vantée autrefois:
Ce n'en est qu'vn Squelette & qu'vne Ombre enchaisnée,
Sous les fers, sous le ioug, sous les ans décharnée.
Heureux qui de ses bras les fers enleuera!
Qui le joug Sarrasin de sa teste ostera!
Ta valeur iusques-là pouuoit porter ta gloire;
Iusques-là tu pouuois étendre ta victoire;
Si des mauuais Chrestiens l'enuie & les pechez,
Ne t'eussent de la main ces lauriers arrachez.
Mais s'ils t'ont du succez la couronne enleuée,
Celle des bons desseins te sera conseruée:
Et le cœur deuant Dieu, pour estre infortuné,
Ne laisse pas de vaincre & d'estre couronné.

                                         V

Voy tirant vers le Nord cette seche colline,
Qui se montre de haut à la Cité voisine.
C'est le sacré Theatre, où la Vie à la Mort,
S'vnit par vn fatal & solennel accord :
Où de la mort d'vn seul tous les Morts reuescurent ;
Et d'vne seule mort toutes les morts moururent.
C'est là que l'Homme-Dieu sur le bois attaché,
Ecrasa le Serpent, étouffa le Peché ;
Et que des cloux sanglans qui les mains luy percerent,
Les clefs des Cieux fermez par l'Amour se forgerent.
A la voix de son sang de la Croix repandu,
Et du plus bas Enfer auec trouble entendu,
Les Esprits & les corps sortis des sepultures,
Coururent aux ruisseaux que rendoient ses blessures :
La Nature mourante & tenuë en prison,
En vit ses fers rompus, en receut guerison :
Et ce Mont qui jadis fut vn Mont d'Anatheme,
Où regnoit le supplice auecque le blaspheme,
Lauë de ces ruisseaux, & rendu glorieux,
Fait honneur à la Terre & fait enuie aux Cieux.
Anges, Hommes, Demons, doiuent tous au Caluaire,
Où culte de contrainte, où culte volontaire.
Au Caluaire à ces mots, le Prince s'inclina ;
Luy remit ses desirs, son cœur luy resina.
De là soudainement, sur sa machine ardente,
Par l'espace de l'air remporté dans sa tente ;
Tandis que dans son Camp tout est calme & sans bruit,
Il accorde au repos le reste de la Nuit.
Cependant du milieu de ce Cercle liquide,
Qui fait autour des Cieux vne ceinture humide,

L'Ange Intendant des eaux par le vuide descend;
Et de traits lumineux sa route blanchissant,
Vient remettre le Nil sous le ioug de ses bornes,
Et reprimer l'orgueil de ses bruyantes cornes.
Par tout où s'étend l'air de ses aisles battu,
Son esprit se répand auecque sa vertu,
La Nuit tremble à ses rays, & luy quitte la place;
Le Vent respectueux perd l'haleine & l'audace;
Tout l'Hemisphere sent le calme qui le suit;
La Mer au loin s'abat, la tempeste s'enfuit:
Et le Nocher lie malgré rames & voiles,
Demande en vain raison de ce calme aux Estoiles.

   Comme il arriue au Fleuue, il romp l'enchantement,
Et chasse les Demons dans leur noir Element.
Le charme ainsi deffait, d'vne verge azurée,
Il bat le dos courbé de l'onde conjurée.
De ses coups redoublez le Fleuue sent l'effort,
La vague en se roulant recule vers le bord:
Le trouble, le murmure, & l'écume preßée,
Montrent qu'elle a dépit de se voir repoußée:
Sa colere boüillonne, & ses boüillons font bruit;
Le limon la precede, & la baue la suit:
Et plus elle est contrainte, & plus elle s'eleue;
S'eleuant elle s'enfle, & tombant elle creue;
Et semble se roidir, se plaindre & s'obstiner,
Sous l'Esprit Intendant qui veut la renchaisner.

   Comme vn Genest fougueux, qui porté de caprice,
Franchit en voltigeant les bornes de la lice;
Rebelle à l'esperon, comme rebelle au frein,
De son maistre n'entend ny la voix ny la main:

                                        V ij

Et paroiſt ne deuoir terminer ſa carriere,
Que de quelque montagne ou de quelque riuiere.
Mais ſi pour le domter la force eſt jointe à l'art,
L'orgueil & le dépit allument ſon regard :
Il bondit vainement, vainement il conſume,
Sa colere en fumée & ſa fougue en écume :
Aprez auoir en vain bondi, tourné, fumé,
Aprez auoir écume & ſouffle conſumé,
Soit de gré ſoit de force, il faut qu'il obeïſſe,
Et qu'à pas meſurez il rentre dans la lice.

    Ainſi des flots du Nil, de leur lit égarez,
Les vns ſont dans leur lit par l'Ange reſſerrez ;
Les autres vers la Mer auecque bruit deſcendent,
Et d'autres dans le ſein de la terre ſe rendent.
L'Ennemy qui s'eſtoit auec eux auancé,
Eſt vers le grand canal auec eux repouſſé :
Sans l'ayde du Nocher que ce reflux étonne,
La barque ſuit la vague, & la vague en reſonne.
De tant de bois flottans le ſoudain mouuement,
Des Nochers aux Soldats porte l'étonnement.
Mais ſi toſt qu'à leurs yeux des formes inconnuës,
Sur le Camp des François parurent dans les nuës ;
Et que d'affreux éclairs meſlez de bruits affreux,
Par la nuit entrouuerte éclatterent ſur eux :
Alors l'étonnement à la crainte fit place ;
Le cœur des plus hardis trembla ſous la cuiraſſe ;
La terreur fut commune, & commun fut l'effort,
Qu'elle fit pour fuir ces images de mort.
L'vn rame de ſa pique & l'autre de ſa lance ;
Le trouble les retarde autant qu'il les auance :

L'émeute des Soldats jointe à celle des flots,
De bruits deconcertez confond les Matelots:
A peine quelque-vns osent tourner visage,
Vers le tertre où la France exposée à leur rage,
Deuoit par sa defaite, & dans son sang finir,
Et la guerre presente & la guerre auenir.

Forcadin qui sans crainte, eust vû de la tempeste,
La machine fumante éclater sur sa teste;
Tout seul inébranlable à la commune peur,
Dans le trouble maintient l'assiette de son cœur.
Il voit auec fierté de courage & de mine,
Les nuages ardens qui ceignent la colline:
De son visage en feu le formidable éclair,
Répond de sa lueur, à la lueur de l'air:
Et la sanglante main qu'il met au cimeterre,
Semble vouloir encor repartir au tonnerre.
Mais enfin par le cours de la vague entraisné,
De colere écumant, de dépit forcené,
Il fait d'vn jauelot lancé vers la terrasse,
Vn cartel emplumé qui porte sa menace.

Comme l'Ange intendant qui gouuerne les eaux,
Eust resserré le Fleuue & rangé les vaisseaux;
Il appelle les Vents, & les Vents qu'il appelle,
De leur bruyant Palais venus à tire d'aisle,
Au signal qu'il leur fait, sur la plaine volans,
Preparent les chemins encore ruisselans.
La Terre se découure à leurs chaudes haleines;
Ils luy sechent la face, ils luy sucent les veines;
Et de l'aisle auec bruit, roulant sur l'orison,
Ils battent le guerest, & battent le gason.

Les Heures cependant brillantes & parées,
Ouurent de l'Orient les portes colorées :
Le iour pur & ferain par ces portes s'épand,
A la pointe des monts fon premier feu fe prend;
Et deſcendant de là, découure fur la plaine,
Aux François deliurez vne nouuelle ſcene.
Leurs eſprits à leurs yeux furpris d'étonnement,
Demandent quel miracle ou quel enchantement,
A pû faire fi toſt vne mer diſparoiſtre,
Si toſt croiſtre vne terre & des arbres renaiſtre.
Ils cherchent en quel lieu tout ce grand peuple armé
S'eſt auecque fon Nil fans reſſource abyſmé.
Et comme le Pilote échappé du naufrage,
Aprez qu'vn meilleur Vent à diſſipé l'orage;
Surpris de fon falut, cherche la nuë en l'air,
Le trouble dans les flots, & les flots dans la mer:
Et porté tout à coup par delà fon attente,
A peine croit au port qui les bras luy preſente.
De meſme le François cherche demy confus,
Et demy deffiant le Nil qu'il ne voit plus :
Et libre d'vn fi vaſte & fi terrible obſtacle,
Etonné d'vn fi grand & fi foudain miracle;
Des ruiſſeaux de fes yeux & du feu de fon cœur,
Fait vn pur facrifice à fon Liberateur.
A de fi faints deuoirs le faint Prince l'anime;
Par fa voix, par fes pleurs, fa pieté s'exprime;
Et l'exemple qu'il donne eſt vne viue loy,
Qui tire par les yeux tous les cœurs aprez foy.
    A cette pieté qui par les chants s'explique,
Succedent des deuoirs de triſteſſe publique;

Des corps des Sarrasins ceux des Saints separez,
Et d'un tombeau champestre à la haste honorez,
Sont assistez des vœux, & loüez par les larmes,
De tous les Escadrons en deuil & sous les armes.
Des casques, des escus, & des harnois dorez,
Autour du monument sur des troncs arborez,
Leur font vn riche eloge & sont à leur memoire,
Vne escorte d'honneur, & de Gardes de gloire.
    Ces affices de deuil vont iusques à la nuit,
Le repos vient aprez & dissipe le bruit.
Mais si tost que l'Aurore apportant la lumiere,
Par l'Orient ouuert rentra dans sa carriere;
Les clairons eueillez, par de longs roulemens,
Annoncerent la marche en tous les logemens.
A ces vens animez les tambours répondirent;
De leur terrible accord les plaines retentirent;
En ordre à ce signal tous les Corps delogez,
Se trouuent hors du Camp sous les drapeaux rangez.
De tant de Corps diuers les masses differentes,
Qui semblent des moissons sur la plaine roulantes,
A la marche des Chefs marchant egalement,
Ont d'vn mesme courage vn mesme mouuement.
L'air s'embrase à l'entour, la terre est allumée,
Des feux d'or & d'acier qu'épand toute l'Armée:
Et la poussiere encor semble vouloir en l'air,
Ioindre au feu la fumée & la nuë à l'éclair.
Piques, lances, drapeaux, à leurs rangs à leurs files,
Paroissent des forests luisantes & mobiles;
Et les pieds des cheuaux qui battent le terrain,
Répondent de mesure aux concerts de l'airain.

Esprit moteur des Iours & moteur des Années,
Par qui sont des Saisons les Spheres gouuernées;
Eclaire icy ma veuë & des Siecles passez,
Retrace deuant moy les portraits effacez:
Ou permets qu'eleue moy-mesme à cet espace,
Où iamais rien ne change, où iamais rien ne passe,
I'en rapporte icy bas quelque trait de clarté,
Qui fasse luire aux yeux de la Posterité,
Les Peuples & les Chefs qui la Croix embrasserent,
Et sous Louys croisé dans l'Egypte passerent.
Tu les sçais, toy qui sçais le present retenir,
Le passé rappeller, auancer l'auenir:
Et qui de tout les Temps lis en toy sans memoire,
La suite permanente, & l'eternelle Histoire.
    Vn Party de Coureurs sur la route lasché,
Fait comme vn Corps de garde errant & delasché;
Et pour la seureté de la marche commune,
Court des premiers perils la premiere fortune.
Le Commandeur Bichers qui la troupe conduit,
Aux combats, aux traittez egalement instruit,
Sert du bras & du sens, & porte à tout vsage,
Vn Soldat dans le cœur & dans la teste vn Sage.
    Le Camp par escadrons suit ce Corps auancé,
Le Temple sous Connac à la teste est placé,
Sous Connac que les ans, le merite & l'exemple,
Ont porté par degrez au plus haut lieu du Temple.
Les gages qui luy sont restez de cent combas,
Font l'honneur de sa teste & l'honneur de ses bras;
Et ses Vertus cent fois au Leuant couronnées,
Ioignent vn poids de gloire au poids de ses années.
                                    Robert

Robert veut aprez luy marcher au premier rang,
Il sera des premiers à répandre son sang :
Le Roy pour l'aguerrir laisse à sa belle audace,
Le peril & l'honneur de cette illustre place.
La lueur de ses yeux & le feu de son cœur,
A son harnois doré semblent donner couleur :
Et pour mieux exprimer, que sa plus haute enuie,
Est plus du grand éclat que de la longue vie ;
En or sur sa cornette vn precieux éclair,
S'éteint en mesme temps qu'il s'allume dans l'air.
De la Comté d'Artois six cens lances venuës,
D'Archers & de Piquiers en deux corps soustenuës,
Répondent de la mine au Chef qui les conduit,
Et donnent ialousie à la trouppe qui suit.
    Elle est forte & nombreuse; & vient de cette plaine,
Où d'vne-part la Marne, & d'autre-part la Seine,
Sans arrest se cherchant, arrousent de leur cours,
Le pied de cent chasteaux & le sein de cent bourgs.
En ce corps sont placez ceux des riues où l'Aifne,
De gerbes couronnée auec pompe se traifne :
Ceux du fertile bord où la Meuse au berceau,
De ses pleurs en naissant ne forme qu'vn ruisseau :
Ceux qui fendent la terre où l'Ourse lente & morne,
A l'ombre des peupliers cache sa froide corne :
Et ceux de ces vallons où d'vn cours diligent,
La belle Aube serpente à longs cercles d'argent.
Thibaut qui regne seul en ce riche domaine,
A ses frais les soudoye, en personne les mene.
Il a dans vn corps sec vne verte vigueur ;
La cendre est sur sa teste & le feu dans son cœur ;

X

Et par vn fort confus, vieil Amant & vieux Braue,
Capitaine captif & Conquerant esclaue ;
Il traisne jusqu'au Nil, de celle qui le prit,
Les fers sous la cuirasse & le joug dans l'Esprit.
L'argent sur son harnois, l'argent sur sa cornette,
Le blanc de son cheual, le blanc de son aigrette,
De son baudrier perle le blanc & riche tour,
Disent à tous les yeux que Blanche est son amour :
Et du Vesuue ardent les neiges & la flame,
Montrent sur son escu ce qu'il cache en son ame.

Ainsi Champagne marche & Bourgougne la suit,
A sa teste, son Duc d'or & de pourpre luit ;
L'or est sur son armet, la pourpre en sa banniere
Qui riche de façon & riche de matiere,
Par des feux en deuise exprime de son cœur,
Les desseins genereux & la noble chaleur.
La trouppe qu'il commande actiue & vigoureuse,
Au trauail endurcie, au peril courageuse,
Brille du pur esprit de ce sang frais & doux
Qui se boit sur les bords de l'Yonne & du Doux.

Aprez marchent deux corps enuoyez de la Grece,
En courage pareils, & pareils en adresse.
On les croit descendus de ces Grecs d'autrefois,
Qui vainqueurs de l'Asie & domteurs de ses Roys,
Firent fuir le Tigre, & l'Eufrate attacherent ;
Le Sceptre de l'Empire aux Perses arracherent ;
Et porterent les Arts à ces bords rougissans,
Où l'onde sert de lit aux Soleils renaissans.
De ces Peres fameux les noms & la memoire,
Qui combattent encor & regnent dans l'Histoire,

Leur inspirent vn air de gloire & de valeur;
Leur remettent Athene & Sparte dans le cœur;
Et pour mot, au marcher, par leurs rangs, par leurs files,
On n'entend resonner qu' Arbelle & Termopiles.
A leur teste Alexis Philosophe & vaillant,
N'a rien sur son cheual, rien sur soy de brillant:
Son casque est sans cimier, & sa cuirasse est brune;
Sa banniere est sans or, & d'etoffe commune.
Vn cube qui s'y voit de quatre vents battu,
De son Ame immobile exprime la vertu:
Et sur son escu noir vne Fortune peinte,
Sans couronne, sans rouë, & de chaisnes contrainte,
Semble dire du geste, à faute d'autre voix,
Qu'en depit du hazard les Sages sont ses Rays.
    Le Corps qui marche aprez sous diuerses bannieres,
Est de ces Nations robustes & guerrieres,
Qui tiennent les climats d'où jadis les Normans,
Par peuplades sortis & par débordemens,
Occuperent les bords de cette riche plaine,
Où l'Ocean reçoit le tribut de la Seine.
Gustaue le plus fier, comme il est le plus fort,
Va le premier au front de ces bandes du Nord.
La gloire que Volfangue a promise à sa Race,
Eleue son espoir, confirme son audace;
Et desia par auance il se tient couronné,
Du laurier auenir à son nom destiné.
Le iour qu'il fut croisé pour la cause publique,
Et que sa voile preste à la rade Baltique,
Attendoit que les vents d'accord auec les flots,
Ebranlassent la nef au gré des matelots;

X ij

Volfangue intelligent en l'art des conjectures,
Qui se font sur le plan des celestes Figures,
Sur la riue, à bien faire, en ces mots l'exhorta,
Et de ses Descendans le destin luy conta.
Suy d'vn pas asseuré la Croix & la Victoire;
Accoustume ton nom & ton sang à la gloire:
La palme que ton zele au Leuant cueillera,
Sous le rayon du Ciel ses rameaux poussera;
Et de sa feuille vn iour ta Race enuironnée,
Sur le Throne du Nort se verra couronnée.
Vn Gustaue en ce temps, grand d'esprit & de cœur
Du Danois, du Germain, de l'Ibere vainqueur;
Chassera deuant soy les Aigles d'Allemagne;
De leurs plumes cent fois couurira la campagne;
Et par vne fortune egale & sans declin,
Domtera le Vezel, le Danube & le Rhin.
De ce Roy conquerant la Fille conquerante,
A ce tiltre ajoustant le tiltre de sçauante,
Egalera son cœur, sa teste egalera,
Au cercle rayonnant qui la couronnera.
Sa main au gouuernail de l'Estat occupée,
Capable egalement du Sceptre & de l'epée,
Pour arrester la paix, luy fera des liens,
Des lauriers de son Pere vnis auec les siens:
Et ceux qui de Gustaue auroient braué les armes,
De Christine vaincus, se rendront à ses charmes.
Nos Hyuers eternels de son temps fleuriront;
Le Myrthe, l'Oliuier, le Lys y germeront;
Ses thresors pour les Arts deuiendront des fontaines;
Les Arts luy bastiront de Stocolme vne Athenes,

Et les Muses chez-elle auec l'Honneur d'accord,
La feront surnommer la Minerue du Nort.
Ainsi parla Volfangue, & sur ce grand augure,
Gustaue prit le tour de sa gloire future;
Il en porte la marque & l'espoir dans le cœur,
Et tous les pas qu'il fait sont des pas de grandeur.
　　Aprez suit la Bataille en six corps partagée;
La Noblesse est au front par cornettes rangée;
Beaujeu qui la commande à la vigueur des ans,
Ajouste vne valeur courageuse & de sens.
Sur sa banniere en or le Lyon de sa race,
D'vne belle action répond à son audace:
L'air qui le bat luy donne & voix & mouuement;
On diroit qu'il rugit, qu'il à du sentiment;
Et rouge encor du sang que les Anglois verserent,
Quand de leur Camp deffait Taillebourg ils joncherent,
Desia du sang du Perse & du Turc alteré,
Il paroist de la dent au combat preparé.
Par vn si noble Chef la Noblesse conduite,
Luy fait vne éclatante & glorieuse suite.
Ioinuille, Valery, Sainte-Maure, Aspremont,
Marchent aux premiers rangs qui composent le front.
Là sont les deux Nemours, les deux Bruns & Sergine,
Braues également de courage & de mine.
Là Iosserant se voit, Iosserant dont le bras,
Sortit victorieux de trente-cinq combas;
Et peupla des chasteaux, tapissa des Eglises,
De corcelets captifs & d'enseignes conquises.
Là mille autres encor tous Braues tous connus,
Snot des bords de la Seine & de Loire venus:

Les bardes, les cimiers, les houffes, les bannieres,
Diuerfes de couleurs, & riches de matieres,
Expriment en figure, & font voir en blafon,
De chacun le deffein, l'efprit & la maifon.

  La troupe qui les fuit magnifique & nombreufe,
Eft de cette Cité fi vafte & fi pompeufe,
Qui fans iamais femer, fans moiffonner iamais,
Abondante en la guerre abondante en la paix,
Tient la caufe commune à la fienne engagée,
Et dans la France fait vne France abregée.
Sur leur grand Etendart leur Nauire flottant,
Semble épuifer l'haleine & la force du vent:
Du taffetas onde la vague glorieufe,
Sans eau luy fait en l'air vne mer pretieufe;
Et cette feinte mer qui le porte & le fuit,
Contrefait de la vraye & l'enflure & le bruit.
Montmorency qui marche au front de cette bande,
A le cœur haut & fier, a l'ame droite & grande:
Sur fon bras vn efcu prophetique & fatal,
Plus ferme que l'acier, plus clair que le criftal,
Fait de fa Race augufte en figures paraiftre,
Les Heros defia nez & les Heros à naiftre.
Là d'vn cœur indontable & d'vn bras conquerant,
Mathieu vainqueur d'Othon & vainqueur de Ferrand,
Ionche de Vallons morts la plaine de Bouines;
Et fait de fang Flamand ondoyer des rauines.
Là fous le grand Bouchard, les Leopards fanglans,
Laiffent à Taillebourg leurs ongles & leurs dents;
L'Anglois deuant Mathieu repouffé iufqu'à Douure,
Paffe, deffait, tremblant de fes Dunes fe couure:

Là publique victime & victime d'honneur,
Charles s'offre à la Mort, mais la Mort en a peur,
Et n'ofant l'accepter, à la Vertu le donne,
Qui malgré la Fortune à Tournay le courronne.
Les fuiuans en leur rang tous braues tous hautains,
Ont la palme à la tefte & les armes aux mains :
Sous Anne qui les fuit, les Aigles fugitiues,
Laiffent auec leur fang, leurs dépouilles captiues ;
Et fon Fils grand par tout & par tout glorieux,
Ajoufte fes rayons à ceux de fes Ayeux.

Henry qui marche aprez appuyé fur la Gloire,
A les Graces à gauche, à droite a la Victoire.
Des Enfans emplumez voltigeans à l'entour,
Portent des cœurs liez auec des lacs d'amour.
D'autres plus grands de taille & de mine plus braues,
Menent comme en triomphe vne chaifne d'efclaues :
Et d'autres aprez eux, vont courbez fous le faix,
Des fimulacres d'or cifelez de fes faits.
La Fille de la Mer, l'orgueilleufe Rochelle,
Tant de fois infolente & tant de fois rebelle,
Pleure là fes Nochers, qui vaincus fur les flots,
A l'Anchre de Henry font liez dos à dos.
Là les Alpes en l'air à leurs neiges connuës,
Font pareftre l'orgueil de leurs teftes cornuës :
Là Sufe, Marignan, & Veillane grauez,
De pieces de rapport font peints & releuez :
Et l'Eridan captif & de fes pertes morne,
D'entre fes joncs à peine ofe leuer la corne.
D'autrepart vn nuage affreux & menaçant,
Sur le Victorieux pouffe d'vn mauuais vent,

De feux entre-couppez eclate fur fa tefte,
Et femble à fes Lauriers prefager la tempefte.
D'vn autre-feu plus pront vn Ange enuironné,
Et d'eclairs plus ferains & plus doux couronné,
Sur vn char lumineux l'enleue de l'orage ;
Et ne laiffe de luy fur terre que l'Image.
Felice la recoit ; Felice à qui l'Amour,
D'vn funebre flambeau fait vn funefte iour :
Prez d'elle d'vn grand deuil les Vertus font voilées ;
Les Graces fans atour y font echeuelées ;
Et d'vn riche labeur, les Amours artifans,
Y dreffent vn tombeau, qui doit-vaincre les ans.
Du gefte & du regard la nozuelle Artemife,
Gouuerne les Ouuriers, dirige l'entreprife ;
Et ferme en fa douleur, jaloufe de fon deuil,
Fait à fon Mary mort de fon cœur vn cerceuil.
Du centre de l'efcu que deux feftons couronnent,
Il s'eleue vne Fleur que trois Lys enuironnent :
D'vn mirthe ces trois Lys l'vn à l'autre liez,
Sont d'vne molle enciente autour d'elle pliez ;
Et font de leur lumiere à fes beautez vnie,
Eclater le concert & briller l'harmonie.
Cet efcu fait au Ciel & du Ciel apporté,
Par vn Ange à Mahy fut iadis prefenté ;
A ce fameux Mahy, dont l'ame forte & belle,
Premiere baptifée, & premiere fidelle ;
Par vn exemple illuftre & qui toufiours luira,
Sous le joug de la Croix le Sicambre attira.
Montmorency couuert de cette noble biftoire,
D'vn pas ferme & conftant marche droit à la gloire :

Et

Et le fier Escadron à sa charge commis,
Dé-ja semble des yeux chercher les Ennemis.

Ceux de Reims aprez eux, & ceux de la montagne
D'où la Marne en grondant descend vers la Champagne,
Gents de trait & Piquiers, par leurs Prelats menez,
Suiuent leurs étendars de Mithres couronnez.

En suite l'Auriflame ardente & lumineuse,
Marche sur vn grand char dont la forme est affreuse.
Quatre enormes Dragons d'vn or sombre écaillez,
Et de pourpre, d'azur, & de vert émaillez,
Dans quelque occasion que le besoin la porte,
Luy font vne pompeuse & formidable escorte.
Des grenas arrondis dans leurs terribles yeux,
Font vn superbe sang, font vn feu precieux:
Ce feu leur met au front vne image d'audace;
Ce sang paroist donner esprit à leur menace.
Le char roulant sous eux, il semble au roulement,
Qu'il les fasse voler auecque sifflement:
Et de la poudre en l'air il se fait des fumées,
A leurs bouches de vent & de bruit animées.

Quatre Barons fameux sont Gardes établis,
Du celeste Etendart & du destin des Lys.
Là Maillé de courage & de taille heroïque,
Sur sa lance appuyé, resue au sens prophetique,
Des images qu'il vit de sa Posterité,
Quand Merin luy montra son miroir enchanté.
De ce noble auenir les illustres figures,
Offrent à son Esprit diuerses auentures:
Il conte des lauriers sur ses branches antez,
Les sions genereux poussans de tous costez:

De l'vne de ses Fleurs, de gloire enuironnée,
Il void de trois Lys d'or la teste couronnée.
Mais vers les bords Toscans, d'vn vaisseau fracassé,
La grande Ancre rompuë, & le mast renuersé
Sur vn ieune Vainqueur foudroyé dans ses armes,
Confondent sa pensée & luy tirent des larmes.

Angennes prez de luy, magnanime & hautain,
A l'éclair dans les yeux, & la lance à la main:
D'Oliuier son Ayeul, l'éclatante memoire,
Est à son ame noble vn aiguillon de gloire :
Et de ses Neueux peints de la main d'Alouuin,
Qui fut egalement grand peintre & grand deuin,
Chacun est dans la lice ouuerte à son courage,
Vn portrait concurrent, vne riuale image.
De la fierté du cœur, de l'audace du front,
Viuonne à son audace, à sa fierté répond :
Et l'accord de leur grace à leur valeur vnie,
Fait en eux vne belle & terrible harmonie.
Attachez des liens que leurs Astres ont faits,
De rayons mutuels, de mutuels attraits ;
Ils ont le mesme Esprit, & les mesmes pensées ;
Leurs Ames semblent estre en vne ramassées :
Quelque iour de leur Race vn Couple se fera,
Que d'vn myrthe eternel l'Amour couronnera:
Et la Fleur de ce myrthe illustre & parfumée,
Sur toute autre sera des Muses renommée.

Le quatriesme est Laual, dont le cœur haut & fier,
S'exprime en son blason, s'eleue en son cimier:
Les precieux éclairs que iette sa cuirasse,
Semblent estre allumez du feu de son audace ;

Et de Guy son Ayeul les celebres combats,
Sont en or sur sa teste, en acier sur son bras.
   De ces quatre Seigneurs l'Oriflamme escortée,
Et sur vn Char de pompe & de terreur portée,
Marche deuant Louys suiuy de cent Barons,
Brillans depuis l'armet iusques aux esperons.
Son port, son mouuement, sa marche, son visage,
D'vne haute maniere expriment son courage.
Son air a de la force & de la dignité;
Sa grace se répand auec authorité;
Il conduit du regard, du regard il commande,
Et sa mine etablit l'ordre dans chaque bande.
Des Hebreux de iadis les Chefs renouuellez,
Par vn presage heureux sont sur luy ciselez.
Le premier Conquerant de la Terre promise,
Ce guerrier Successeur du paisible Moyse,
Sur sa cuirasse en or, braue & victorieux,
Deffait l'Armorrhean, triomphe de ses Dieux.
Tout brille autour de luy de l'eclat de sa gloire;
Le Soleil arresté fait durer sa victoire;
Et les rayons sur luy fixez d'etonnement,
Semblent estre assemblez à son couronnement.
Gedeon d'autrepart, fait au bruit des trompettes,
Des Roys incirconcis d'effroyables deffaites.
De carnage le champ sous luy semble fumer;
Les morts semblent pastir & le sang écumer;
Et sur les Roys vaincus les Idoles brisées,
De l'eclat du metail paroissent embrasées.
Samson dessus l'armet en bosse figuré,
Sous soy tient vn Lyon sanglant & déchiré:

Il semble qu'il rugit, il semble qu'il dépite,
Et que sous le Vainqueur de douleur il s'agite :
Vn long pennache ondé d'incarnat & de blanc,
De sa gorge fumante est l'écume & le sang.
Dans le bouclier, Dauid Berger, Braue, & Prophete,
Du Philistin deffait au Ciel offre la teste :
Le terrain sous le poids du Geant affaisé,
Paroist demy noyé du sang qu'il a versé :
La fierté regne encor en son visage blesme,
Son silence menace & sa mine blaspheme.

Ainsi marche Louys de mysteres armé,
Et des Heros qu'il porte au combat animé.
Au tour de luy sa Cour en armes & brillante,
Fait de pompe & de force vne montre éclatante :
Le superbe metal qui sur elle reluit,
Etincele aux regards du Prince qu'elle suit :
Et les moins courageux allument leur courage,
Au feu noble & serain qui sort de son visage.

Ainsi quand vn essain de la ruche sorty,
Est conduit au fourrage, ou conduit en party ;
Autour du Roy volant le Camp vole & se serre ;
Les trompettes aislez font vn concert de guerre ;
L'air au loin retentit du bruit des bataillons,
Décailles cuirassez, herissez d'aiguillons :
Au milieu cependant le naturel Monarque,
Eclatant de son or, couronné de sa marque,
D'vn ton d'authorité fait ses commandemens,
Et donne à tout le corps l'ordre & les mouuemens.

Prez du Roy, Chasteau-roux grād Prelat & grand hōme.
Et Legat éclatant de la Pourpre de Rome,

Par le Pere commun dans le Camp depute,
Souſtient les droits des Clefs & leur authorité.
Là Courtenay remplit du ſens & de l'audace,
La nouuelle grandeur ajouſtée à ſa Race:
Et l'Aigle imperial ſur ſon caſque planté,
Des ongles & de l'aiſle excite ſa fierté.
Là des premiers encor en rang comme en eſtime,
Coucy marche en amant, Montfort & magnanime.
Montfort de ſon Ayeul des Albigeois domteur,
A l'eſprit & le front, a les bras & le cœur:
Et Coucy d'vn ſecret & charmant eſclauage,
Porte la montre illuſtre, & le riche equippage.
Des fers ſur ſon echarpe auec art ſon tracez;
Par couples de ces fers des cœurs ſont enlacez;
Et d'vne chaiſne d'or, à boucles ciſelees,
De flammes en email & de chiffres meſlees,
Sur ſon harnois graué, les tours multipliez,
Semblent tenir ſon cœur & ſon eſprit liez.
Mais il etale en vain cette chaiſne fatale,
Qui des Roys à ſon gré les Couronnes egale:
En vain ſe pare-t'il de ce gage d'amour;
La malheureuſe Olinde en mourra quelque iour:
Olinde qu'vne Mere auare & tyrannique,
A ſouſmiſe aux liens d'vn nopce tragique;
Tandis que ſon Amant de ſes dons enchaiſné,
Par l'Amour & la Gloire à la guerre eſt mené.
  Le Roy de Chipre apres marche auec ſa Nobleſſe,
Renommée en valeur, eclatante en richeſſe.
D'vne fatale tour, Luſine en ſon pauois,
Semble répandre au loin les charmes de ſa voix;

Lusine en son guidon, sur son casque Lusine,
Semble charmer du geste & charmer de la mine :
Et du brillant metal le lustre precieux,
Paroist vn feu de charme allumé de ses yeux.

La Nation qui suit robuste & courageuse,
Est de ce gras Pays où la Sombre & la Meuse,
De leurs flots assemblez & ioints aux flots du Rhin,
Font vn bruyant tribut à l'Empire marin.
A ce Peuple est vny le Peuple qui cultiue,
Les terres que la Scarpe embrasse de sa riue ;
Celuy qui tient les bords où serpente la Lys ;
Et celuy que l'Escaut entoure de ses plis.
Là troupe est de six mille, & leur Comte à leur teste,
Animé d'vn saint zele à la sainte Conqueste,
A le casque & l'escu parez superbement,
De ce Garde eternel du riuage Flamand,
De ce Lyon fatal, qui mesme en son image,
De l'ongle & de la dent exprime son courage.

Apres, des Tartarins depuis peu baptisez,
Suiuent trois cents cheuaux nouuellement croisez.
Ils sont tous courageux & nourris à la guerre,
Tous armez d'vn grand arc & d'vn long cimeterre :
Mouffat qui les conduit, ieune & plein de chaleur,
Ajouste au feu des ans le feu de la valeur.
De cent rubis taillez sa cuirasse allumée,
Luy fait vn autre feu superbe & sans fumée ;
Et sur son armet d'or vn tour de diamans,
Fait vn illustre cercle à tant d'embrasemens.

Aux Tartares sont ioints cent nobles d'Armenie,
Ils ont la cotte noire & l'armure brunie :

Et de leur equipage obscur & sans couleur,
La pitoyable pompe explique leur douleur.
Leur Prince Aligasel, pasle, deffait & sombre,
A la montre d'vn mort & la couleur d'vne Ombre :
Tout est plainte sur luy, tout exprime son dueil,
Tout est marqué d'horreur, & parle de cercueil.
Des flesches & des faux, des flambeaux & des larmes,
De symboles de mort chargent sa cotte d'armes :
Et ses feux étouffez d'vn triste desespoir,
Semblent s'euaporer par son pennache noir.
Sur sa cornette en dueil, vn enfant qui lamente,
La mort d'vne colombe abatuë & sanglante ;
Et luy fait vn bucher de son carquois cassé,
De ses traits deferrez & de son arc froissé,
Montre que le trépas de la chaste Elgasime,
Du pauure Aligasel est le dueil & le crime.
Elle luy fut promise ; & le iour destiné,
A lier leurs Esprits d'vn myrthe fortuné ;
Estant par vn Riual dans la feste rauie,
Et par Aligasel en trouble poursuiuie ;
Vn coup mal mesuré luy porta dans le cœur,
La flesche que l'Espoux tiroit au Rauisseur.
Elle receut en gré cette triste auenture ;
La main d'où vint le trait adoucit la blessure ;
Et du feu qu'en partant sa belle Ame ietta,
Au cœur d'Aligasel la vapeur s'arresta.
Depuis ce coup fatal, haue, resueur & blesme,
A soy-mesme pesant, odieux à soy-mesme,
Il suit par tout la Mort, par tout la Mort le fuit ;
Et le laisse aux rigueurs de l'Amour qui le suit.

Des bords où la Tamise enflée & glorieuse,
Roule auecque fierté sa vague imperieuse ;
De ceux où la Sauerne à longs cercles rampant,
Son mobile cristal de sa cruche repand ,
Et de ceux où le Hombre en la Mer se degorge ,
Mille Anglois enuoyez sous Richard & sous George,
L'vn Comte de Lenclastre , & l'autre de Betfort,
Promettent d'effacer par quelque noble effort ,
La tache dont jadis leurs Peres se noircirent ,
Quand les François croisez deuant Acre ils trahirent.
Le Comte de la Marche est en ordre auec eux ,
Le nom de Taillebourg , le rend moins sourcilleux ;
Et son cœur abbatu , depuis cette auenture,
De honte ou de regret a perdu son enflure.
   L'Arriere-garde suit ; Charles qui marche au front,
A l'Ame grande & forte , a l'esprit haut & pront :
S'il n'est Roy de naissance , il est Roy de presage ;
Il regne de la mine , il regne du courage ;
Et les Astres qui l'ont au Throsne destiné ,
L'ont par vn noble essay , de graces couronné.
Soit instinct, soit augure, vn Genest indontable,
De la Pouïlle enuoyé sous luy seul est traittable :
Il reconnoist sa voix, il est souple à sa main ;
Il souffre comme il veut , l'eperon ou le frein :
Et semble presager luy sousmettant la teste,
Qu'à receuoir son joug desia Naples s'appreste.
Sur ce fier animal le beau Prince monté,
D'vne mine guerriere aguerrit sa beauté :
De son noble cimier la flamboyante plume,
Paroist vn feu volant , qui sous le vent s'allume ;

                                     Et

Et dans le cercle ardent de son riche pauois,
Artistement borde des Deuises des Roys,
Au milieu, pour la sienne, vne Aigle figurée,
D'vn Tiercelet vaincu fait en l'air sa curée.
Triste augure, où desia du ieune Conradin,
En symbole se voit la trop sanglante fin.
Deux mille hommes d'Anjou, deux mille de Touraine,
Et deux mille venus de cette grasse plaine,
Où la Sarte répand le tribut de ses eaux,
Font vn Corps de six mille autour de ses drapeaux.

   Le Breton qui le suit, va la teste baissée.
Du regret qu'il retient de sa faute passée:
Six cents cheuaux leuez sur ces fertiles bords,
Où la Loire aux Nantois étale ses thresors:
Et mille fantassins venus des grasses plaines,
Où se font les moissons de Vannes & de Rennes,
Marchent aprez le Duc & semblent au marcher,
Appeller le peril & l'Ennemy chercher.

   A la queuë vn grand Corps de Noblesse rangée,
Reluit d'or & de pourpre & d'acier est chargée.
Tout est ferme en ce Corps, tout est braue & de choix;
Les Barons d'outre-mer y sont ioints aux François.
Le Comte de Saint Paul des premiers à la teste,
Grand & fort instrument d'vne grande conqueste,
De l'audace du cœur & de celle du front,
A la riche clarté de ses armes répond.
Chastillon son Neueu prudent & magnanime,
Sa noble fermeté, par vn Palmier exprime;
Par vn Palmier vainqueur sur son guidon brodé,
Qui battu de l'orage & des eaux inondé,

Z

Malgré l'eau qui déborde & l'orage qui tonne,
De ses bras verdoyans luy-mesme se couronne.
Là sont des plus vantez Ibelin le jousteur,
Ro-Chouar grand de sens, Quinquenpoix grand de cœur,
Bethunes, Maluoisin, Brienne, Galerande,
Et cent autres qui font l'honneur de cette bande.
Ce Corps à tous les Corps est vn rampart suiuant,
D'adresse, de valeur, de concert se mouuant :
Au Beduin vagabond, à l'Arabe il fait teste ;
Il pousse les coureurs, les brigans il arreste :
Il soustient les conuois, les Partis il conduit ;
Le bonheur l'accompagne & sa Gloire le suit.

    En cet ordre le Camp vers le Caire s'auance :
Le pays d'alentour tremble sous sa puissance :
Et sur la fin du iour, quand le Soleil baissant,
Par les Heures conduit dans sa couche descend ;
Les troupes sur le Nil en bataille se rendent ;
Les quartiers sont marquez, les pauillons se tendent ;
La nuit vient tost aprez, & chacun retiré,
En silence iouyt du repos desiré.

SAINT LOVYS
LIVRE SIXIESME.

ARGVMENT.

Auentures merueilleuses d'Alfonse Comte de Poitiers : Son arriuée au
Camp, auec l'Arrieban de France, & les Princes d'Acre sauuez des Pira-
tes : Son combat pour l'innocence de la Reyne d'Acre: Tempeste exci-
tée par les Demons contre la flotte Françoise : Deffaite de la flotte des
Sarrasins : Descente des François, & déroute des Sarrasins deuant
Damietté.

'Aurore cependant se pare & se couronne,
Le Ciel au loin rougit de l'or qui l'enuironne;
Et le iour qui reuient accompagné du bruit,
Ecarte le silence, & dissipe la nuit.
  Louys leué long-temps auant l'Aube leuée,
Tenoit conseil, apres sa priere acheuée;
Et les Chefs assemblez sous luy deliberoient,
En quel ordre & comment les troupes passeroient.
  Alfonse en mesme temps reuenu d'Idumée,
Auec l'Arriereban s'auançoit vers l'Armée :
Et desia de sa part vn noble Deputé,
En auoit dans le Camp la nouuelle apporté.
On accourt, on l'entoure, on le presse de dire;
Aux merueilles qu'il dit, l'vn pleure l'autre admire:

Introduit dans la tente où ſe tient le conſeil,
Il eſt ſurpris d'en voir les rangs & l'appareil :
Sa mine & ſes reſpects preparent l'audience,
Et par l'ordre du Prince en ces mots il commence.

　Dans l'orage commun qui la flotte agita,
Et qui de vos vaiſſeaux les noſtres écarta,
En deſordre deux iours & trois nuits nous erraſmes ;
Sans nous pouuoir aider de voiles ny de rames.
Sur nous le Ciel en feu de tonnerres grondoit ;
De ſes flots au deſſous la Mer luy répondoit ;
Ce concert étonnant, cette horrible harmonie,
Au bruit des bans rompus & des cables vnie,
Donnoit par vn terrible & formidable accort, •
Signal au deſeſpoir & ſignal à la mort :
Et l'éclair menaçant, de ſes flammes funebres,
Ajouſtoit de l'horreur à l'horreur des tenebres.

　Le Satyre Gennois contre vn écueil pouſſé,
Par deux vents ennemis à nos yeux eſt froiſſé :
L'vn combat de la pouppe & l'autre de la proüe ;
Le flot victorieux de l'attirail ſe ioüe :
Il roule les Marchans auecque leurs balots ;
Il emporte les mats auec les matelots ;
Il traiſne les Soldats affaiſſez de leurs armes ;
Et pour les ſecourir nous n'auons que des larmes.
Le Lyon de Veniſe échoüe contre vn banc,
Demeure dans le ſable & s'ouure par le flanc.
La Mer au loin mugit à ce ſecond naufrage ;
L'onde auecque le vent le debris en partage ;
Et d'vne ardente nuë vn trait de feu décend,
Qui pour les accorder à leur butin ſe prend :

La Galere d'Alfonfe entrouuerte & fans voiles,
N'entend plus le Nocher, méconnoiſt les Eſtoiles,
Ne pare plus aux flots ny de force ny d'art,
Et s'abandonne au vent qui la porte au hazard.
Enfin demy vaincuë & demy fracaßée,
Sur le troiſiéſme iour vers Acre elle eſt pouſſée.
Nous deſcendons à terre, & tirons le vaiſſeau,
Sous vn rocher voute qui ſe courbe ſur l'eau.
On enuoye auſſi-toſt découurir le riuage,
S'enquerir ſi le Peuple eſt ciuil ou Sauuage;
Et s'il ſe trouuera toiles, cordes & fer,
Pour ſe mettre en eſtat de reprendre la mer;
  Le Prince à peine eut fait vn pas hors du nauire,
Qu'vn bruit haut & confus vers la foreſt l'attire.
Il trouue dans vn parc de palmiers entouré,
Prez d'vn tigre mourant vn Chaſſeur déchiré.
Là meſme vne Panthere irritée & fumante,
Luttoit contre le braue & noble Liſamante;
Liſamante qu'vn cœur magnanime & hautain,
Souſtenu d'vn grand corps & d'vne adroite main,
Auoit ſouuent portée auecque trop d'audace,
Aux perilleux ébats de cette affreuſe chaſſe.
Deſia ſur Doriſel de ſa mort dégouttant,
La beſte la tenoit ſous l'ongle & ſous la dent;
Quand de fortune Alfonſe arriué ſur la place,
Accourt à la Panthere, accourant la menace;
Et l'épée à la main fondant comme vn éclair,
Dans la gorge luy met la mort auec le fer.
Elle iette en tombant le ſang auec l'écume;
Son ame qui s'éteint par ſa bleſſure fume:

Mais le coup merueilleux qui la Belle sauua ,
Au veufuage , aux regrets , aux pleurs la conserua.
L'amour & la douleur de complot l'assaillirent ,
Et sur son Mary mort de leurs poids l'abbatirent.
Elle voulut le suiure & fit tout pour mourir ;
Le Prince de sa part fit tout pour la guerir.
Il luy representa sa gloire & son courage ,
Luy fit valoir l'honneur d'vn genereux veufuage ;
Et luy persuada , pour tromper sa douleur ,
De chercher vne mort egale à sa valeur.
   Lisamante gaignée à son Palais l'inuite ,
Le loge richement & selon son merite.
Les funebres deuoirs des deffunts attendus ,
En suite à Dorisel sont en pompe rendus.
La Veufue sur la fin , vient à la sepulture ;
Romp son appretador, couppe sa cheuelure ;
Et brusle sur la tombe auecque ses atours ,
La ressource & l'espoir des secondes amours.
Libre de ces habits qui traisnent la mollesse ,
De son sexe auec eux l'embarras elle laisse:
Auecque la cuirasse & le casque elle prend ,
Vne mine de Braue vne air de Conquerant ;
Et part auec Alfonse , au point que les Estoiles ,
Resserroient leurs flambeaux & reprenoient leurs voiles.
   Ils costoyoient la Mer & le flot tremoussant ,
Desia se coloroit sous le iour renaissant ;
Quand du fer agité la lueur bluettante ,
Et de coups redoublez la riue estincelante ,
Par l'espace de l'air apportent à leurs yeux ,
Les signes d'vn combat sanglant & furieux.

Ils pouſſent leurs cheuaux & vont à toute bride,
Où le bruit les appelle, & la poudre les guide.
Ils trouuent le terrain de carnage écumant,
Le ſang à gros boüillons ſur les herbes fumant,
Des reſtes de combat, des reſtes de pillage,
Et la guerre meſlée auec le brigandage.
 Vn ieune Caualier quoy que percé de dars,
Rendoit combat des mains, le rendoit des regars:
Son grand cœur ſe montroit par autant d'ouuertures,
Que le fer ſur ſon corps auoit fait de bleſſures ;
Et contre l'Ennemy qui de traits le preſſoit,
Son audace en éclairs ſur ſon front pareſſoit.
Prez de luy ſe voyoit vne ieune vaillante,
Qui du feu de ſon cœur & de ſes yeux brillante,
Sembloit auecque luy, d'vn magnanime effort,
Debattre du peril, diſputer de la mort ;
Et chercher par amour, non moins qu'auec audace,
A luy laiſſer ſa vie & perir en ſa place.
 Deux Pirates deſia la Guerriere enleuoient ;
Les autres à grands cris vers la Mer les ſuiuoient ;
Quand l'epée à la main, la menace au viſage,
Alfonſe & Liſamante accourant au riuage,
Donnent ſur les brigans, & font voler à bas,
Teſtes auec armets, eſcus auecque bras.
A l'vn des rauiſſeurs l'eſpaule eſt abatuë ;
L'autre en vain mord le fer d'Alfonſe qui le tuë.
La vaillante captiue auec la liberté,
Recouure la valeur, recouure la fierté:
Le Caualier bleſſé prend vn nouueau courage ;
Les Corſaires battus renouuellent leur rage ;

Le fer étincelant fait vn terrible iour ;
Tous les coups font contez des Echos d'alentour.
Par la iuſte vertu, la fureur eſt forcée ;
Et la barbare troupe en deſordre pouſſée,
Regaigne ſa galere, & laiſſe pour garans,
Du butin qu'elle a fait des morts & des mourans.

Le combat terminé, la Guerriere inconnuë,
De ſon emportement à peine reuenuë,
Sans arreſter les yeux ſur ſon Liberateur,
Tourne vers le bleſſé ſes regars & ſon cœur.
Mais luy qu'vne ſubtile & vigoureuſe flame,
Epanduë au beſoin du centre de ſon ame,
Auoit dans le combat ſouſtenu ſi long-temps,
Delaiſſé de ce feu, delaiſſé de ſes ſens,
Auoit deſia la nuit & le froid au viſage ;
Et de tout mouuement alloit perdre l'vſage.
Ce funeſte accident la Guerriere ſurprit ;
Par trois fois la douleur ébranſla ſon eſprit :
Elle accourt au mourant, la teſte luy deſarme ;
De ſes leures luy fait vn ſalutaire charme ;
Et du feu de ſon cœur haletant & preſsé,
Par ſes ſouſpirs extrait par ſes ſouſpirs pouſse,
Luy coule dans la bouche ouuerte à ce dictame,
Vn remede attirant qui rappelle ſon ame.

Par cet enchantement l'inconnu ramené,
Qui que tu ſois, dit-il, vers Alfonſe tourné,
Qu'vn Aſtre fauorable & marqué par la Gloire,
Conduit à des exploits d'eternelle memoire.
Sçache au moins qui ſont ceux qui tiendront à bonheur,
De deuoir à ton bras leur vie & leur honneur.

Ie me nomme Raymond, & suis de cette race,
Qui des Roys aujourd'huy dans Acre tient la place:
Cette ieune vaillante est Dame de Sidon,
Vn Brenne fut son Pere, & Belinde est son nom.
L'vn & l'autre François & Princes de naissance,
L'vn à l'autre attachez d'vne heureuse alliance,
Nous cueillions en repos les innocentes fleurs,
Que font d'vn chaste Hymen les premieres chaleurs;
Quand du vent de sa bouche, & du vent de son aisle,
La Renommée errante épand vne nouuelle,
Qui nous mit le desordre & le trouble en l'esprit,
Et de crainte, d'horreur, de honte nous surprit.
On m'apprend qu'Erixane, Erixane est ma Mere,
Si chaste en sa ieunesse, & mesme si seuere,
Par vn declin fatal, en sa maturité,
Auoit du saint Hymen soüillé la pureté.
Que du faux ou du vray, Meliprant & Neronte
Delateurs declarez, en publioient la honte:
Que tous deux auançoient par vn cartel hautain,
De prouuer leur rapport les armes à la main:
Et que par iugement de mon malheureux Pere,
Erixane deuoit mourir comme adultere,
Si dans les iours nommez, son droit ou son bon-heur,
N'amenoit deux Tenans armez pour son honneur.
Confus à cet étrange & tragique nouuelle,
De honte domestique & d'amour naturelle,
Ie prepare au peril mes armes & mon cœur;
Et destine à la mort l'vn & l'autre imposteur.
L'image d'Erixane accusée & mourante,
A mes yeux iour & nuit en flame se presente:

Elle me tend les bras du milieu du bucher ;
La fumée & le feu semblent me la cacher ;
Et son Ange qui sçait qu'elle est son innocence,
Pour l'aller secourir m'offre en songe vne lance.
Belinde m'accompagne , & veut en ce danger ,
Ou la gloire ou la mort auec moy partager.
Desia nous approchions & d'Acre & de la lice,
Nous destinions desia l'imposture au supplice,
Quand surpris d'vn Pirate à terre descendu,
Aprez nos gens tuez , aprez mon sang perdu,
Encor allois-ie perdre ou l'esprit ou la vie,
Mon ame auec Belinde alloit estre rauie ;
Sans qu'à nostre salut vn bon Astre tourné ,
T'a contre le Pirate en ces lieux amené.
Mais , Seigneur , qui vaincra le dueil qui nous demeure?
Faut-il que nous viuions & qu'Erixane meure ?
Blessé comme ie suis , la puis-je secourir ?
L'aymant comme ie fais la puis-je voir mourir ?
    Alfonse luy repart , de cette autre victoire ,
Ie prens sur moy la risque & me promets la gloire.
Le celeste Guerrier Intendant des combats ,
Dans ce noble peril assistera mon bras ;
Et l'honnneur de sauuer les Graces opprimées ,
De seruir les Vertus sans force & desarmées ,
A qui sçait l'estimer , est l'honneur le plus grand ,
Ou se puisse eleuer l'espoir d'vn Conquerant.
Ie veux , répond Belinde , & mon deuoir l'ordonne ,
Prendre part au peril , & part à la couronne.
    En suite de Raymond le sang est arresté ,
Il est mis à cheual & vers Acre porté.

Alfonſe accompagné des deux nobles Guerrieres,
Au galop va deuant, & ſe rend aux barrieres.
Ils paſſent d'vn maintien magnanime & hautain,
La viſiere baißée & la lance à la main :
Et conduits par la foule à la place publique,
Y trouuent vn ſpectacle effroyable & tragique.
A l'entour d'vn bucher dans le centre erigé,
Le peuple ſe voyoit ſur vn cercle rangé :
La malheureuſe en dueil & d'vn voile cachée,
Eſtoit au bois fatal d'vne corde attachée :
Autour d'elle le feu de pitié ſe pliant,
Sembloit en ſa faueur ſe rendre ſuppliant ;
Et la flame au deſſus courbée & voltigeante
Luy faiſoit par reſpect comme vne ombelle ardente.

Le prodige eſt etrange & pris diuerſement ;
Il eſt à l'vn miracle, à l'autre enchantement :
L'vn plaint à haute voix la noble Patiente,
Par ſon propre tourment declarée innocente :
L'autre à cette merueille auec ioye applaudit ;
Vn autre la deteſte & le charme en maudit ;
Et les plaintes, les cris, les pleurs & les murmures,
Font differens accorts d'eloges & d'injures.
Meliprant & Neronte étonnez & ſurpris,
Augmentent le tumulte, irritent les eſprits :
Et barbares autheurs d'vn acte ſi funeſte,
Confirment leur rapport de la voix & du geſte.

Alfonſe là deſſus & Belinde arriuez,
Calment l'emotion des partis ſouleuez :
Demandent le combat & preſentent le gage ;
Entre eux & les Tenans le Soleil ſe partage.

Au signal de courir donné par les clairons,
Les cheuaux écumans pressez des éperons,
Laissent le champ derriere, & suiuent leur haleine,
Qui se mesle à la poudre & dérobe la plaine.
Alfonse à Meliprant la cuirasse faussa,
Et la pointe du fer par le corps luy passa.
Des cris longs & perçans à sa mort s'eleuerent;
Et la nouuelle au loin les Echos en porterent.
La lance de Belinde en éclats s'enuola;
Sur son escu le coup de Neronte coula.
La carriere fournie, elle tourne visage;
En sa main le fer luit du feu de son courage.
Mais son cheual poussé glisse sur le terrain;
Et sur elle desia Neronte auoit la main;
Quand Alfonse plus pront que le plus pront tonnerre,
Qui d'vn nuage ouuert est lancé sur la terre,
Fond sur le Soustenant, & par dessous le bras,
Luy fait entrer la mort auec le coutelas.
Il descend aussi-tost, le desarme & le presse;
Le malheureux pressé l'imposture confesse:
Et ce dernier adieu des Iuges entendu,
Est à cris redoublez par le peuple épandu.
Les maisons, les rampars, les tours le repeterent;
Aux riuages prochains les vagues le porterent;
Et long-temps sur la mer, sur la terre long-temps,
On entendit les flots, on entendit les vents,
Redire de concert & d'vne voix constante,
Innocente Erixane, Erixane innocente.
En tumulte le peuple accourt vers le bucher;
Le feu respectueux luy permet d'approcher;

Et là par vn tranſport qui les cris renouuelle,
Sous l'habit d'Erixane on trouue Liſanelle.
Par vne ſainte ruſe & conduite auec cœur,
Pour ſauuer à ſa Mere & la vie & l'honneur,
La genereuſe Fille & noble vſurpatrice,
De ſa Mere auoit pris la robbe & le ſupplice.
Sous elle auſſi la mort de reſpect s'abaiſſa;
Le feu par ſa vertu lié la careſſa;
Comme euſt fait vn Lyon, que la force des charmes,
A ſes pieds euſt rangé ſans colere & ſans armes.

    Neronte & Meliprant dans le bucher iettez,
Furent à la rigueur par les flames traittez:
Le feu reuint ſoudain qu'il ſentit cette proye,
Il en monta plus haut, il en ſaillit de ioye:
Le fer qu'en vn moment la chaleur conſuma,
De ſa honte rougit, de ſa peine fuma;
Et le vent qui ſuruint, de la noire impoſture,
Au loin porta l'odeur & porta la teinture.

    Aprez deux mois paſſez en feſte & dans ces jeux,
Qui preparent l'adreſſe aux combats ſerieux;
Nos vaiſſeaux radoubez au retour s'appreſterent,
Liſamante, Raymond, Belinde ſe croiſerent;
Et tout ce qu'à Sidon de braue & de galant,
Tout ce qu'Acre a de noble auec eux s'enrolant,
Sous Alfonſe eſt venu prendre part à la gloire,
Ou d'vne grande mort, ou d'vne ample victoire.

    Louys à ce recit, leue les mains aux Cieux,
Ses yeux ſuiuent ſes mains; & ſes pleurs dans ſes yeux,
D'eau pure & d'eſprits purs compoſent vn melange,
Qui fait à Dieu ſans voix vn concert de loüange.

                                        Aa iij

Defia le char de feu fur qui roulent les iours,
S'auançoit vers le point qui partage fon cours :
Les flames dans le Ciel naiffoient de fon orniere ;
Tous les corps fur la terre eftoient blancs de lumiere ;
Et fes cheuaux d'azur & de rubis couuers,
De leur bruflante haleine echauffoient l'vniuers.
Quand le bruit des clairons & la poudre eleuée,
D'Alfonfe & de fa troupe annocent l'arriuée.
Deux Corps font commandez pour l'aller receuoir;
Son quartier fe prepare, on accourt pour la voir;
Louys y va luy-mefme, & mene la Nobleffe,
Qui de cette recreuë admire la richeffe.
  Cinq cents Nobles marchoient fur des cheuaux bardez,
Nouuellement au port de Damiette abordez :
Deux cents de ce pays, où la riche Garonne,
De chafteaux & de tours fon large lit couronne :
Cinquante de ces bords, où la Charente prend,
L'humide reuenu qu'à la Mer elle rend :
Cinquante de la plaine où d'vne pronte courfe,
La Dordonne en grondant s'eloigne de fa fource :
Cent de ce gras terroir où le Rhofne auec bruit,
Se preffe de fuyr la Saone qui le fuit :
Et cent autres des lieux, où de bouquets d'oliues,
La fuperbe Durance enuironne fes riues.
  Alfonfe étincelant d'vn harnois cifelé,
A leur tefte montoit vn Barbe pommelé :
De fon cimier hautain la montre flamboyante,
L'ame de fa deuife illuftre & menaçante,
Et tout ce qu'il auoit de pompeux & de grand,
Exprimoit le Heros, fentoit le Conquerant.

Ceux d'Acre & de Sidon suiuent sous leurs bannieres,
Diuerses de blasons superbes de matieres :
Lisamante, Belinde, & Raymond deuant eux,
Marchent d'vn train de pompe & d'vn air courageux.
De Lisamante en dueil, la cotte d'armes brune,
Exprime le veufuage explique l'infortune :
Sur sa cornette vn feu sans lumiere & fumant,
Montre de son amour le triste embrasement :
Et prez d'vn palmier mort, vne palme mourante,
Fait voir en son pauois sa peine & son attente.

Mais Belinde & Raymond tout autrement parez,
Suiuis de tous les yeux & par tout admirez,
De l'esprit de leur mine & des iours de leurs armes,
Font vn riche melange & d'éclairs & de charmes.
Les diamans sur eux alliez aux rubis,
Disputent de l'éclat, & contestent du prix.
Leurs cottes d'armes sont de feux brodez ardentes,
Et leurs cheuaux en ont les housses flamboyantes :
Sur leurs casques dorez des Salamandres d'or,
Semblent luire & brusler de leur propre thresor :
Et le pennache ondé que leurs bouches vomissent,
Paroist vn feu volant dont elles se nourrissent.
Deux rochers éleuez, qui bruslent sans fumer,
Et semblent leur ardeur sous l'orage allumer,
De leur embrasement égal & sans ombrages,
Sur leurs pauois grauez sont d'illustres images.
Et le cercle du feu qui iamais ne s'éteint,
D'vn cercle de grenas sur leur cornette peint,
Leur promet d'vn amour sans trouble & mutuelle,
L'eternelle douceur & la flame eternelle.

De l'esprit & des yeux tout le Camp les conduit,
Auec l'etonnement le murmure les suit;
L'vn admire Raymond & l'autre Lisamante,
Courageuse en son dueil, affligée & vaillante :
Mais aprez soy Belinde attire tous les cœurs ;
Ses yeux de tous les yeux sans combat sont vainqueurs ;
Et la haute merueille, est de voir l'harmonie
De la valeur en elle à la pudeur vnie.

  A la tente du Roy les Seigneurs appellez,
Y sont auec Alfonse à disner regalez;
L'agate, le saphirs, l'emeraude, & l'opale,
En ordre y font l'honneur de la table royale.
La nappe estant leuée, & le seruice osté,
Vn lut à manche d'or est à Coucy porté.
Il chante la Nature à Moyse sujette,
Et les flots de la Mer ouuers à sa baguette :
Les Roys Syriens deffaits & leurs Dieux embrasez,
Fumans sous le debris de leurs Autels brisez :
Les ramparts abbatus du tremblement des villes ;
Les monts épouuentez, les fleuues immobiles ;
Et sur les Elemens de frayeur éperdus,
Les Planetes fixez, & les iours suspendus.
Il ajouste à cela les victoires de l'Arche ;
Du saint Camp qui la suit la triomphante marche ;
Les vagues & les vents par son ombre liez ;
Et les Demons vaincus sous elle humiliez.
Il chante aprez d'vn air qui ses termes égale,
La fatale machoire & la fronde fatale ;
Les Philistins deffaits, leur Geant abbatu,
Et la temerité soufmise à la vertu.

Il

Il y joint ces Heros de haute renommée,
Ces Freres deffenseurs de la belle Idumée,
Qui vainqueurs & vaincus, Martyrs & Conquerans,
Chasserent des Saints Lieux Idoles & Tyrans.
De là, sa voix montant, de son lut secondée,
Il appelle Louys aux palmes de Iudée :
Il fait voir les Sultans de Damiette chassez,
Et battus sur leur flotte à ses pieds terrassez :
Et conclud par l'espoir que la Vertu luy donne,
D'vne plus magnifique & plus ample couronne.
　　Des Seigneurs assemblez les murmures diuers,
S'accordent à ses chants, répondent à ses vers.
Si le vent, dit Alfonse, ennemy de ma gloire,
A ietté mon vaisseau loin de cette victoire ;
Au moins i'ay combattu de l'esprit & du cœur ;
Mes soucis & mes vœux ont suiuy le vainqueur ;
Et i'ay malgré l'orage, & malgré la Fortune,
Enuoyé mes desirs à la cause commune.
Mais, Sire, ajouste-t'il se tournant vers le Roy,
Le souhait des Seigneurs arriuez auec moy,
Et comme moy priuez de si belle auenture,
Seroit d'en voir au moins en recit la peinture ;
D'en exprimer les traits, d'en tirer les couleurs,
Et sur vostre laurier prendre le tour des leurs.
Le saint Prince y consent, chacun preste silence ;
Et Coucy par son ordre en ces termes commence.
　　Il vous doit souuenir des gages de beau temps,
Que la flotte receut des Astres & des vents,
Quand aux rais de la Lune, & guidez des Estoiles,
Nous partismes de Chipre auecque trois cents voiles.

Iamais vn Camp plus beau ſur la Mer ne vola,
Iamais vne foreſt plus vaſte n'y ,oula:
L'Aurore à ſon leuer en parut etonnée;
Le Soleil pour la voir auança la iournée;
Et ſembla de rayons plus clairs & mieux dorez,
Vouloir peindre les Lys ſur nos maſts arborez.

Mais comme il vous ſouuient, cette heureuſe bonace,
Changée en vn moment aux tempeſtes fit place.
Aprez le premier choc qui la flotte écarta,
Les vaiſſeaux que le vent vers Damiette porta,
Haut & bas agitez, ſouffrirent ſans naufrage,
Tout ce que peut l'Eſprit qui regne dans l'orage.
A la noirceur du iour de feux ſombres ardent,
Au tumulte de l'air de tonnerres grondant,
On euſt dit que des Cieux les Spheres d'étenduës,
Et que des Elemens les maſſes confonduës,
Alloient à ramener dans le Monde détruit,
Et le premier deſordre & la premiere nuit.
Les nuages peuplez de formes inhumaines,
Deuenoient à nos yeux d'épouuentables ſcenes;
Et de longs hurlemens qui donnoient de l'horreur,
Aux oreilles eſtoient des concers de terreur.
En ſuite il nous parut deux legions armées,
De couſtelas de feu, de lances allumées:
On vit ſous leurs cheuaux la nuë étinceller;
De l'vne à l'autre part on vit les traits voler.
Aprez vn long combat, que tous les vents ſonnerent,
Dont la terre s'émeut & les vagues tremblerent;
Il ſe fit vn fracas accompagné d'éclair,
Et ſuiuy de feux noirs qui tomberent de l'air,

De feux noirs & puants , dont la Mer allumée ,
Long-temps parut en trouble & long-temps en fumée.
Nous crûfmes à ce coup , que ces Efprits bruflans ,
Qui des Spheres de l'Air font les hoftes volans ,
Agitez de leur haine , & poufez de leur rage ,
Nous auoient de complot excité cet orage ;
Et des Anges battus , fumant & blafphemant ,
S'eftoient precipitez dans leur trifte element.

　　Auec ces noirs Efprits les tenebres s'enfuyent ,
Le mauuais vent s'abat , les nuages s'effuyent ;
Et nos vaiffeaux remis paroiffent de nouueau ,
Renaiftre de la nuit , & remonter de l'eau.
La crainte du naufrage eft à peine pafée ,
Que d'vn fecond peril la flotte eft menacée.
L'Egypte vient à nous auec tout le Leuant ,
Porté fur des chafteaux & poufé par le vent.
La Mer au loin gemit fous leur mafe affaifée.
La vague pert fon cours de leur foule prefée ;
Les aifles de leurs mafts à l'air oftent le iour ;
Les vents en font laffez & les pouffent par tour.

　　Le Roy quoy que moins fort en nombre & d'équippage ,
Quoy qu'à peine fa flotte ait échappé l'orage ,
Reiette loin de foy la foible feureté ,
Et les honteux confeils de la timidité.
Ses vaiffeaux en deux Corps vers l'ennemy s'auancent ;
Deux nuages de traits l'efcarmouche commencent :
Le Sarrafin répond d'vne grefle de fer ;
De l'vn à l'autre Camp les morts volent par l'air.
Les vaiffeaux ont les flancs & la proüe herifée ,
D'vne foreft de mains & de cordes poufée :

Moins épais eſt l'épic qui charge les guerets,
Et moins le ſont les ioncs qui couurent les marais.
　Cet orage eſſuyé les deux flottes s'approchent,
Les nauires pouſſez ſe choquent & s'accrochent.
Auecque moins d'effort des écueils rouleroient,
Qui de leur front cornu ſur l'eau ſe hurteroient:
Et moindre fut le choc des roches Cyanées,
Quand ſur le dos des Mers de leur courſe étonnées,
Au bruit de leur combat elles tinrent jadis,
Et les flots ſuſpendus & les vents interdits.
La guerre auparauant éclatante & pompeuſe,
De bleſſures, de ſang, de carnage eſt affreuſe:
Sarraſins & François noyez confuſément,
Ont vn commun cercueil dans l'humide element:
L'onde fume & rougit; & comme en vn naufrage,
Où le nocher ſe perd & l'attirail ſurnage,
Caſques, turbans, eſcus en deſordre & meſlez,
Sans teſtes & ſans bras, par les flots ſont roulez;
　La Victoire incertaine, & dans l'air balancée,
Par la valeur du Roy viuement eſt preſſée:
Le barbare Alonzel, Erigan le hautain,
Sont percez de deux traits qui partent de ſa main.
Il renuerſe Alemor d'vn coup de iaueline,
Alemor qui terrible & de taille & de mine,
Fait boüillonner la Mer tombant de ſon vaiſſeau,
Et perit étouffé de ſon ſang & de l'eau.
Arbaſan qui brilloit d'vne riche ſalade,
A la pompe ajouſtant l'orgueil & la brauade;
Par tout où l'auiron ſa galere pouſſoit,
De naufrage & de feu les François menaçoit:

Et la torche à la main portoit auec la flâme,
Plus d'éclair dans les yeux que de terreur dans l'ame.
D'vn long fresne ferré le Roy l'atteint au bras ;
La main se rend au coup, la torche tombe à bas.
Des balles de bitume & d'écouppe formées,
D'vn feu contagieux à sa chutte allumées,
Poussent auecque bruit vn pront embrasement,
Qui se prend au tillac, passe à l'entablement,
Vole de pouppe en prouë, abbat voile & cordage,
Et sans tourmente fait vn terrible naufrage.
Soldats & matelots, roulez confusement,
Dans vn double malheur perissent doublement :
L'vn dans l'onde se brusle, au feu l'autre se noye,
Et tous, de ces deux morts font la commune proye.
   Le Pilote royal tourne vers Eliuant,
L'or de son pauillon ioüoit auec le vent ;
Et ses chiffres meslez aux chiffres d'Orogune,
Faisoient des feux volans au dessus de la hune.
Le Barbare à l'abord abbat sur le tillac,
D'vn coudrier emplumé le ieune Elesillac :
Il poursuit, & d'vn trait qui fait bruit de son aisle,
Et qui porte vne pointe acerée & mortelle,
Croyant frapper le Prince, il donne au bras d'Aluy,
Qu'vn bon Ange auoit mis en garde deuant luy.
De longues mains de fer les deux vaisseaux s'accrochent,
Le tumulte, les coups, le carnage s'approchent.
Le sang coule & boüillonne à ruisseaux par les bords,
Les vagues en fumant engloutissent les morts :
Et des morts engloutis les Ombres gemissantes,
Par les bancs, par le mast, par les voiles errantes,

Aprez le corps perdu , semblent garder le cœur ,
Et siffler en grondant à l'entour du vainqueur.
Sur vn pont qui conjoint l'vne & l'autre galere ,
Louys agit d'adresse , Eliuant de colere ;
Et la vertu combat auecque fermeté ,
La temeraire audace & la vaine fierté.
Enfin par la vertu l'audace est abatuë ,
Louys pousse Eliuant , le poursuit & le tuë.
Le malheureux leua les deux mains en mourant ,
Au chiffre qui luy fut vn si foible guarant ;
Et sa derniere voix blaphema la Fortune ,
Qui le faisoit perir loin des yeux d'Orogune.
Le nauire vaincu d'vne chaisne traisne ,
Deuant les Sarrasins en triomphe mené ,
Leur est de leur deffaite vn funeste presage ,
Et des plus resolus etonne le courage.
*   La flotte du Sultan n'auoit rien de si beau ,*
Rien qui fist tant d'eclat , que le riche vaisseau ,
Où la belle Almasonte , & la belle Zabide ,
Paroissoient en Soleils sur la plaine liquide.
Les antennes , le mast , & les flancs figurez ,
Eclattoient de flambeaux & de carquois dorez.
Au plus haut de la proüe vne Licorne armée ,
D'esprit & de fierté se monstroit animée ;
Et les voiles de pourpre à grands feux d'or volans ,
Sembloient allumer l'air , & deffier les vents.
Sur les bords se voyoient cent Filles sous les armes ,
Fieres de leur valeur , plus fieres de leurs charmes ,
Qui la flesche sur l'arc , & l'eclair dans les yeux ,
Menaçoient de deux morts les plus audacieux.

Sur leur banniere en or, des abeilles volantes,
Les diſoient en deux mots & vierges & vaillantes;
Et montroient que leurs traits temperez de douceur,
Eſtoient à craindre au corps & plus à craindre au cœur.

    Zabide ſur la prouë, Almaſonte à la poupe,
Donnoient luſtre & vigueur à cette belle troupe.
Sur leurs harnois d'argent vne toile flottoit,
Où du luſtre auec l'art l'etoffe diſputoit:
Et ſur leurs pots ouuers, vne Ermine luiſante,
De la bouche épandoit vne plume ondoyante,
Qui paſſoit en blancheur cette pure toiſon,
Qu'à floccous voltigeans fait la froide ſaiſon.
Sur l'eſcu de Zabide vne Lune nouuelle,
En Arabe aſſeuroit qu'elle eſtoit froide & belle:
Mais celuy d'Almaſonte éclattoit d'vn Croiſſant,
Qui d'vn mot de menace, & d'vn teint rougiſſant,
Declaroit ſa colere, & d'vn terrible orage,
Sur ces cornes portoit la montre & le preſage.

    Ce vaiſſeau ſi pompeux tous les yeux attirant,
Charles porté vers luy d'vn cœur de Conquerant,
S'en promet vn butin facile & magnifique;
Et ſur le bord du ſien s'auance auec la pique.
Mais le bel eſcadron ſe montrant de plus prez,
Comme il vit ſous le fer éclatter tant d'attrais;
Aux guerriers redoutable & ciuile aux guerrieres,
Il paſſe, & fait baiſſer en paſſant ſes bannieres.
Et le bois de ſon arme incliné galemment,
Eſt à la Grace armée vn muet compliment.

    Il va donner de là contre vn puiſſant nauire,
D'où le Sultan du Phare & ſon Fils Elauire,

Comme d'vn Mole à voile, & roulant sur la mer,
Accabloient nos vaisseaux d'vne gresle de fer.
Aprez vn long combat de masses & d'epées,
Soit de sang Sarrasin soit du nostre trempées,
D'vne valeur de fougue Elauire écumant,
Saute dans le vaisseau de carnage fumant:
Charles pretend tout seul en auoir la victoire,
Et deffend à ses gents d'attenter à sa gloire.
Le tillac à tous deux est vn champ balancé,
L'vn & l'autre à son tour poussant & repoussé,
Vse tantost d'adresse & tantost de courage,
Sur le Barbare enfin Charles à l'auantage.
La mort auec le fer luy passe par le flanc,
Son ame depitée en sort auec le sang;
Et sa teste sans corps reiettée à son Pere,
Reporte auec l'effroy le trouble en sa galere.
　Ce vaisseau si galand, d'où tant de feux sortoient,
D'où sans fer & sans bois tant de flesches partoient,
Fut suiuy par vn Grec, qui poussé d'auarice,
N'alla pas loin chercher sa honte & son supplice.
De veritables traits de cent cordes laschez,
Et de cent iustes mains tout d'vn temps décochez,
Qui sur luy par trois fois comme gresle tomberent,
Furent le seul butin que les Grecs emporterent.
Les deux yeux de Cleon de deux flesches percez,
Iusques dans le cerueau luy furent enfoncez:
A ce coup les lauriers dont les Muses l'ornerent,
Au ciprez de la mort sa teste abandonnerent:
Il quitta pour iamais & les vers & l'amour,
Et la nuit luy suruint par les portes du iour.

Eumolpe

Eumolpe fut frappé de deux flesches pareilles ;
La Mort en refonnant paſſa par ſes oreilles.
Il aimoit l'harmonie, il ſuiuoit les concers,
Sa viole & ſon lut entroient en tous les airs :
Mais les cordes des luts & celles des violes.
Pour attacher la Mort ſont des chaiſnes friuoles.
Leucippe le Thebain, l'Athenien Polemon,
Les deux fils de Nearque & vingt autres ſansnom,
Deffaits par Almaſonte & d'effaits par Zahide,
Trouuent leur monument dans la plaine liquide.
　Sans le Tigre Gennois de vingt raꝛmes pouſſé,
Le Centaure des Grecs alloit eſtre enfoncé :
Mais les Fieſques ſuiuis de Fregoſe & d'Adorne,
Arreſterent l'effort de la belle Licorne.
Iuſtinian perit voulant ſauter dedans ;
D'vn feu noble & guerrier les Spinoles ardens,
Abbattent ſur le bord Emire & Neripée,
L'vne auecque la pique & l'autre de l'epée.
Par Almaſonte Orie à la teſte eſt bleſſé ;
Et ſur luy par Zahide Adorne eſt renuerſé.
La Victoire à ce coup prend le party des Belles ;
S'arreſte ſur leur poupe, & là battant des aiſles ,
Et battant des deux mains , étonne de ſa voix,
Le Centaure des Grecs, & le Tigre Gennois.
　D'autre coſté Robert enflamé de courage,
Rouge de ſang barbare & fumant de carnage ;
Aprez quatre vaiſſeaux ou deffaits ou chaſſez,
Et trois cents Sarraſins ou tuez ou bleſſez,
Aprez auoir battu le Sultan de Bubaſte,
Attaquoit vn nauire auſſi pompeux que vaſte,

D'où le fier Noradin aux meurtres acharné,
Et pareil au Sanglier des chiens enuironné,
Qui frape de la dent & du regard menace,
Rompoit maille & plaftron, baffinet & cuiraffe;
Et du fang des Soldats, du fang des matelots,
Faifoit rougir la Mer & boüillonner les flots.
Il tua Meneuille, à qui la trifte Orante,
Sur les bords de la Somme en crainte & gemiffante,
Tous les iours vainemeut auecque fes foûpirs,
Enuoyoit fon Efprit fur l'aifle des Zephirs.
Il abbatit Fromond, que la Mufe Romaine,
Que les Heros qu'il fit reuiure fur la Scene,
Et tout ce qu'Eluiane eut de grace & d'appas,
De l'acier Sarrafin ne guarantirent pas.
Robert renuerfe Algut, à qui les faux augures,
Et des Aftres menteurs les trompeufes figures,
Aprez la guerre faite auoient promis en vain,
Vn riche & noble Hymen fur les bords du Iourdain.
Il joint à celuy-là Merifel & Lormaffe,
L'vn tuë de l'épée & l'autre de la maffe.
Ormin qui put d'vn trait de fon bras élancé,
Abbatre le Milan dans les airs balancé:
Et Gafel ce nageur fi fameux fur l'Eufrate,
Qui fuiuoit de fes bras le cours d'vne fregate.
Ses bras coupez du fer qui luy porta la mort,
Semblerent pour nager faire vn dernier effort:
Et fon corps tronçonné cherchant encor à viure,
Quelque temps auec art s'agita pour les fuiure.
Le Lyon que la faim de fon fort a tiré,
Fait vn moindre degaft du troupeau déchiré:

Et le Vautour chasseur de la troupe volante,
De moins de morts son bec & sa serre ensanglante,
Que le Comte n'en fait secondé des Barons,
Qui le long du tillac, le long des auirons,
Font bouïllonner le sang, de mesme que bouïllonne,
Sous le pressoir qui bruit le doux sang de l'Autonne :

   L'Admirale barbare en bel ordre roulant,
Paroissoit vn chasteau nauigeant & volant ;
Les flesches & les morts en foule debordées,
Sur les nostres de là s'épandoient par ondées.
Le Roy par tout vainqueur s'appreste à l'attaquer ;
Elle tourne la proüe & vient pour le choquer.
La Mer tremble à leur choc & les ondes mugissent ;
Les Balenes de peur en leurs caues fremissent ;
Et de l'air qui s'en trouble & de frayeur s'enfuit,
Aux riuages prochains les vents portent le bruit.

   On iette les harpons, les Galeres s'accrochent,
Deux tourbillons de fer à l'abord se decochent.
Forcadin des premiers menaçant & hautain,
Frape des yeux, auant qu'il frape de la main.
Le plus ieune Choiseul qui laissa sur la Seine,
Son Hymen imparfait & Doralice en peine ;
Rinel si curieux d'armes & de cheuaux,
Et Mailly qui rauit Elise à six riuaux,
Contre luy leur adresse & leur force essayerent ;
Et tous trois de leur sang leur audace payerent.
Il leur joint Pressigny, Clinchans & Mirepoix ;
Chastillon le preuient & taille son long bois :
Le Barbare à recours au trenchant de l'epée,
Rambaut qui s'y presente en a la main couppée ;

Cette main qui les luts animoit de ses doits ;
Qui fut la belle sœur d'vne plus belle voix ;
Et qui deuoit vn iour, aprez noſtre victoire,
En dreſſer à la France vn trophée en l'Hiſtoire.
Mais cette main tomba ſans 'ebranſler ſon cœur ;
Et plus hàut que la mort, plus haut que la douleur,
A la droite auſſi-toſt la gauche il ſubſtituë,
Qui luy fut par le meſme auſſi-toſt abbatuë.
    Le Roy fait de ſa part d'incroyables efforts ;
Il met la Mer en ſang, il la comble de morts ;
Et la vague ſous luy coloree & fumante,
De ſon feu ſemble rouge & de ſon feu bruſlante.
Merodac & Mintrane alliez & Perſans,
Tous deux Braues, tous deux en la fleur de leurs ans,
Et riuaux en amour, concurrens en fortune,
Par ſon bras abbatus, ont vne mort commune.
L'vn & l'autre en mourant Ozatis appella ;
Le vent meſla leurs voix, la mort leur ſang meſla ;
Et les feux qu'en ſortant leurs Ames repandirent,
Pouſſez de leurs ſoûpirs en l'air ſe confondirent.
Arfaſel qui les ſuit, d'Aronfat eſt ſuiuy,
Qui dans vn Palais noir de cent Negres ſeruy,
Et de noir habillé, depuis l'heure fatale,
Qui rauit de ſon lit l'aymable Elitonfale,
Affecta par vn dueil de montre & plein d'effroy,
D'auoir la Mort, la Nuit & les Manes chez ſoy.
La vaillance du Prince eſt de ſiens ſecondee,
Les morts tombent en foule, & le ſang par ondee.
Montmorency, Beaujeu, Sergines, Aſpremont,
Trempez de leur ſueur, & des meurtres qu'ils font,

Reſſemblent aux limiers , à qui de la curée ,
La machoire eſt gluante & la dent colorée.

   Vn ieune Sarraſin rayonnant de clinquans ,
Orgueilleux de la fleur qui teint les ieunes ans ,
Et plus fier du cotton qui doroit ſon viſage ,
Qu'vn ieune Paon ne l'eſt de ſon nouueau plumage ,
Tué d'vn bois volant , au hazard décoché ,
Languiſſoit comme vn Lys que la Biſe a touché ;
Et la mort en ſon teint , dans ſon ſang , dans ſes larmes,
Auoit pris de l'Amour l'apparence & les armes.
Il tire en cet eſtat des pleurs de tous les yeux ;
Forcadin ſon parent en deuient furieux ;
Et tout rouge de ſang , tout ardent de colere ,
Afin de le venger ſaute en noſtre Galere.
L'éclair qui l'accompagne eſt ſuiuy de l'effroy ;
Il abbat à ſes pieds trois des Archers du Roy ;
Il pouſſe , il fend , il force , il écarte , il renuerſe ;
Et fait entrer la mort , ſoit qu'il taille ou qu'il perce.
Mais de la main du Roy luy meſme enfin bleſſé ,
Et d'Angennes , d'Aumont , de Ioinuille preſſé ,
Ne voyant point d'eſpace ouuert à ſa retraite ,
Grondant & blaſphemant en la Mer il ſe iette.
A ſa chutte la vague écume & fait du bruit ;
Vne foreſt ferrée & volante le ſuit ;
Il nage d'vne main , de l'autre il tient l'épée ,
Du ſang frais & fumant de l'Europe trempée ;
Et le terrible feu qui luit en ſes regars ,
Répond auec menace à la greſle des dars.

   Vn Loup recule ainſi , lors que tout vn village ,
En armes aſſemblé le chaſſe de l'herbage :

Le dépit & la faim luy font tourner les yeux,
Vers le bruit des cailloux, vers l'éclair des épieux :
Pour faire vne autre proye, il cherche vne autre route ;
Et du sang qu'il a bû sa machoire dégoutte.

Tandis que Forcadin lutte auecque les flots,
Qui gemissent sous luy, sous luy courbent le dos ;
Et qu'à force de bras il gaigne vne chaloupe,
Et reuient au peril où l'appelle sa troupe.
A ses yeux par le Roy son nauire est forcé,
Le Matelot qui cede en la Mer est poussé ;
Du Soldat qui tient bon le carnage redouble ;
La vague de nouueau s'en colore & s'en trouble.
Le Pauillon barbare est de force arraché,
Et l'étendart François en sa place attaché :
A cet illustre signe arboré sur la hune,
La Victoire se range auecque la Fortune ;
Et de tous les endroits les Sarrasins chassez,
Laissent dix vaisseaux pris & quatorze enfoncez.

Le Soleil cependant acheue sa carriere ;
Mille feux blancs épars du char de la lumiere,
Comme pour couronner le Camp victorieux,
En vn cercle sur nous s'assemblent dans les Cieux.
Et la nuit qui suruient plus seraine & plus belle,
Pour nous accompagner de flambeaux etincelle.
Desia la Lune à plomb sur la Mer descendoit,
Et la Mer endormie en son lit s'etendoit ;
Quand il s'offre à nos yeux dans vne nuë ardente,
Vne Croix de lumiere & de sang éclatante.
Sous elle des carquois vuides & renuersez,
Des arcs demy rompus, & des turbans froissez,

Sembloient luy composer vne base de gloire,
Et donner à la flotte vn signe de victoire.
La nuit en prit couleur, l'air en fut enflamé,
Le globe de la Lune en parut allumé,
Sous elle de respect les vagues s'applanirent;
Et par tout l'orison les ombres s'éclaircirent.
Iusqu'au iour renaissant ce prodige dura;
L'Aurore à son retour s'inclinant l'adora;
Et le Soleil leuant du bout de sa carriere,
Rougissant & confus luy soûmit sa lumiere.
  Pleins de ce pronostique, & du vent assistez,
Nous sommes vers Damiette en peu d'heures portez.
L'Egypte sur la riue en armes est rangée;
La terre nous paroist de ses troupes chargée:
Les timbales d'airain, & les barbares cors,
Font retentir la Mer d'effroyables accors:
De leurs hennissemens les cheuaux y répondent;
Les harnois, les escus, les drapeaux les secondent:
Et cet amas confus d'animaux qui font bruit,
De metal qui resonne, & de metal qui luit,
Pour nous battre de loin, & deffendre la terre,
Fait des éclairs sans nuë, & sans nuë vn tonnerre.
  La priere se fait, les ordres sont donnez,
Les vaisseaux sur deux fronts vers le bord sont tournez,
Le Soldat se tient prest, le rameur s'euertuë,
Nous allons au trauers d'vne gresle qui tuë:
Et malgré mille morts qui volent contre nous,
Sur vn noir tourbillon de fer & de cailloux,
De quatre vaisseaux plats l'Oriflame escortée,
A force d'auirons à la riue est portée.

Angennes & Laual font le premier effort,
Et fuiuent les premiers l'Etendart fur le bord:
Aprez eux Afpremont, Sainte-More & Ioinuille,
De leurs bandes fuiuis arriuent à la file.
Aprez les coups de trait, on vient aux coups de main:
Mille bras font tendus pour vn pied de terrain;
On le perd on le gaigne; on fait ferme on fuccombe;
Où l'vn monte à fon tour, à fon tour l'autre tombe.

 Ainfi quand deux effains, commandez par deux Roys;
Sortent au renouueau de leurs tentes de bois,
Et que leurs efcadrons fe choquent au paffage,
D'vn ruiffeau qui ferpente à trauers vn herbage:
Le bruit eft belliqueux que font dans les deux Camps,
Les trompettes aiflez & les tambours volans:
La plaine en retentit, la faulfaye en refonne;
De l'ardeur du combat le villageois s'étonne;
Par troupes les vaincus de l'air precipitez,
Sont le long du canal par le flux emportez;
Il en eft que l'on voit tirer vers le riuage,
Les vns fur vne feuille & les autres à nage:
Et le ruiffeau couuert de bleffez & de morts,
Murmure de leur perte & s'en plaint à fes bords.

 Tandis que les premiers difputent le riuage,
Et qu'ils fe font des ponts de fang & de carnage;
Louys impatient, faute de fon vaiffeau,
Le beau feu de fon cœur luy fait méprifer l'eau.
Soit crainte, foit refpect, fous luy la vague baiffe;
Pour luy faire paffage elle s'ouure & fe preffe:
Il la pouffe d'vn pas menaçant & hautain;
Vn comete d'acier étincelle en fa main;

Deuant

Deuant luy son escu pour sa teste est en garde,
La mort siffle à l'entour, & rien ne le retarde.
Ainsi quand Orion suiuy d'vn long èclair,
A son heure descend de sa Sphere en la Mer;
Son arme en l'air reluit, & reluit dans la nuë;
Tout l'humide Element rougit à sa venuë;
Ses feux brillent en rond sur la face des flots,
Et la pasleur en vient au front des matelots.

Plus terrible est l'éclair, la frayeur est plusgrande,
Que le Prince répand sur l'infidelle bande.
Et soit que de son Ame vn nouueau feu pousse,
Se fust autour de luy par rayons disperse;
Soit que l'Intelligence à sa garde enuoyée,
Eust au iour deuant luy sa vertu déployée;
Le Camp barbare en est d'étonnement frapé;
Nous occupons le bord qu'il auoit occupé;
Et les troupes à qui le courage redouble,
Marchent à l'Ennemy qui reuient de son trouble.

Dix pas deuant les rangs Ormagor auancé,
Sur vn Barbe de pourpre & de clinquans houssé,
Fait montre en voltigeant d'adresse & de vaillance,
Et prouoque nos Chefs à courir vne lance.
Six Iousteurs des plus forts & des plus renommez,
Montez superbement, superbement armez,
Piquent deuant leurs Corps, & vont la lance basse;
Mais Robert plus ardent va plus viste & les passe.
Sous luy la poudre vole, & le terrain fumant,
Ioint la nuë aux èclairs du cheual ècumant:
Ormagor vient à luy, comparable à l'orage,
Precedé du tonnerre & suiuy du rauage:

Dd

Les éclats de son bois auec bruit s'éleuant,
S'allument de colere & font siffler le vent :
Le Prince plus adroit l'atteint à la visiere ;
Et bien loin des arçons l'étend sur la poussiere.
Le bruit en est pareil au bruit que fait vn pin,
Que la tempeste abbat du front de l'Apennin ;
Ou que fait en tombant, le poids d'vne colonne,
Sous qui la terre tremble & l'air au loin resonne.

On voit en mesme temps les deux Camps s'ébransler.
On voit de l'vn à l'autre vne forest voler :
L'air s'en couure & les Vents en tumulte répondent,
A tant de fers aislez qui sifflent & qui grondent.
L'Escadron commandé par le Comte d'Artbois,
Detaché le premier à l'arrest met le bois :
Et comme vn tourbillon qui fond sur les jauelles ;
Comme vn torrent lasché sur des plantes nouuelles,
Il écarte, il abbat, il dissipe les rangs,
Et jonche le terrain de morts & de mourans.

Par la troupe du Roy l'aisle gauche poußée,
Sur le Corps qui la suit en trouble est renuersée :
Le Sultan de Damiette Almondar la remet,
Almondar qu'on voyoit exposer sans armet,
A cent morts qui voloient de l'vne à l'autre Armée,
Sa teste desia blanche & vainement charmée.
D'autrepart Forcadin par ses armes connu,
Connu par son orgueil, combattoit le bras nu.
Son Corps pouße Bourgongne, & Bourgongne le pouße,
Tous deux sont ébranslez d'vne égale secousse :
Et semblables aux flots chaßans & rechaßez,
Semblables aux épics poußans & repoußez,

Tour à tour ils se font de iustes interuales,
Dauantages égaux & de pertes égales.

    Cependant il nous vient du Ciel pur & serain,
Vn son plus éclatant que le son de l'airain:
Et ce son tout à coup répandu par la plaine,
Fait taire les clairons & leur oste l'haleine.
Les Barbares d'abord en demeurent surpris,
La crainte auec le trouble entre dans leurs esprits:
Et comme s'il nous fust suruenu par les nuës,
Quelque étrange renfort de troupes inconnuës;
Comme si tout vn Camp de phantosmes affreux,
Sous des armes de feu fust descendu contre eux;
Ils nous tournent le dos, & vont à toute bride,
Où le trouble les porte, où la crainte les guide;
Almondar veut en vain gouuerner cette peur,
Elle n'est point traitable, elle n'a point de cœur:
Là s'opposant tout seul à la fuite commune,
Et iurant contre Dieu, dépitant la fortune,
Par sa brutale audace il attire sur soy,
La colere du Ciel & la lance du Roy.
A ses cris outrageux les tonnerres répondent,
Le vent en fait du bruit, les nuages en grondent:
Le Roy fondant sur luy fait auecque le fer,
Le coup qu'apparemment alloit faire l'éclair:
Et l'insolent vomit d'vne bouche qui fume,
Le sang auec l'esprit, la rage auec l'écume.

    Forcadin d'autrepart tousiours fier, tousiours grand,
A peine à la tempeste, à peine au feu se rend.
Son front où le dépit s'eleue sur l'audace,
Aux menaces du Ciel répond auec menace:

Et son œil enflamé, reflefchit de son cœur,
Le fanguinaire efprit & l'affreufe lueur.

Almafonte & Zahide egales en courage,
Auec luy tournent tefte en cedant à l'orage :
Leur retraite eft hardie, & leur cœur qui les fuit,
Eft en feu fur leur front & dans leurs yeux reluit.
Deux licornes ainfi par les chaffeurs pouffées,
Marchent deuant les chiens dont elles font preffées :
Leur ongle fait du bruit fur le terrain qu'il bat ;
Dans leurs yeux leur dépit s'allume auec éclat ;
Et l'arme de leur front, quand elles tournent tefte,
Du plus hardy limier la violence arrefte.

On crut, & l'Ennemy là depuis confirmé,
Qu'en l'air de tourbillons & d'éclairs allumé,
Des Cheualiers ardens & croifez fe montrerent,
Qui l'effroy dans le Camp des Barbares ietterent.
Les pieds de leurs cheuaux de flames petilloient ;
Les brides, les chanfrains, les bardes en brilloient ;
Des cercles embrafez leurs feruoient de rondaches ;
Des feux fur leurs armets voltigeoient en pennaches ;
Et des feux en leurs mains en lames ondoyans,
Leur faifoient des coufteaux legers & flamboyans.
Eude les reconnut aux rays de la lumiere,
Que luy mit dans les yeux l'ardeur de la priere ;
Quand au bord de la Mer de fang frais arroufé,
Les yeux trempez de pleurs & le cœur embrase,
Il fouftint par fa foy d'vn faint Zele enflamée,
Les bras leuez au Ciel, tous les bras de l'Armée.
Il vit aux premiers rangs, Charles, Pepin, Martel,
Qui de taille & de port au deffus du mortel,

Pouſſoient les Eſcadrons des troupes infidelles,
Comme les Eſperuiers pouſſent les Tourterelles.
Il vit le grand Montfort & le grand Godefroy,
Qui portoient vers Damiette & l'eclair & l'effroy:
Cette Ville ſuperbe à tomber deſia preſte,
Sembla ſous eux baiſſer ſon orgueilleuſe teſte.
L'enceinte du rampart de frayeur ſe laſcha;
Des tours qui ſont au port la chaiſne s'arracha;
Et les Croiſſans rompus qui des portes tomberent,
De ſons meſlez de cris tout le peuple étonnerent.

Les Barbares ainſi pouſſez de toutes parts,
Eperdus & tremblans regaignent leurs ramparts.
Le Roy victorieux offre à Dieu ſa victoire,
Et de ce grand ſuccez luy rend toute la gloire.
Il donne cela fait l'ordre du campement,
Chaque Prouince en corps marche à ſon logement:
Aprez le Camp fermé, les tentes ſont dreſſées;
Les couleurs ſont par tout des ombres effacées,
Et l'Enchanteur des ſoins & de l'eſprit humain,
Nous prepare à l'aſſaut remis au lendemain.

SAINT LOVYS
LIVRE SEPTIESME.

ARGVMENT.

Embrasement de Damiette abandonnée : Cruautez étranges exercées sur
les Chrestiens par les Sarrasins: Aüenture merueilleuse du Crocodile fatal : Vertu heroïque d'vne Fille Chrestienne qui le tuë : Entrée de Louys
victorieux dans la Ville : Deffaite des Braues de Zahide par Bourbon al-
lant au Camp : Zahide & Almasonte prisonnieres de Bourbon.

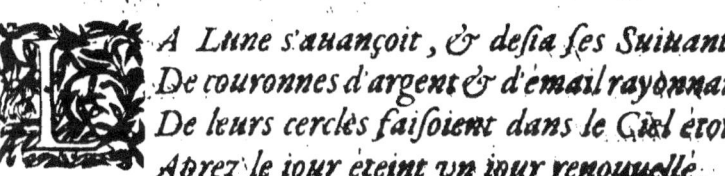

A Lune s'auançoit, & desia ses Suiuantes,
De couronnes d'argent & d'email rayonnantes,
De leurs cercles faisoient dans le Ciel étoilé,
Aprez le iour eteint vn iour renouuellé.
Quand des cris de frayeur & des voix de menace,
Telles qu'on les entend au sac de quelque Place,
De leurs tristes accens rompent nostre repos,
Et reueillent au loin les Vents & les Echos.
Les Echos & les Vents en trouble leur répondent ;
Du riuage prochain les vagues les secondent :
Et les vagues, les Vents, les Echos & la Nuit,
Font vn concert d'horreur, de tumulte & de bruit.
  Vne flame soudaine à longs cercles roulante,
Paroist en mesme temps sur la Ville bruslante ;

Les tours & les Palais ont beau pour s'en sauuer,
Leurs faistes sourcilleux dans la nuë eleuer ;
L'Element destructeur qui s'échauffe à la proye,
Montant par tourbillons sur leurs masses ondoye.
La plaine en est en feu, le riuage en reluit,
La vague en murmurant le triste éclat en fuit,
Et dans l'air allumé les ombres qui rougissent,
Auec la peur au loin la rougeur refleschissent.
Le tumulte qui croist auec l'embrasement,
Ajouste de l'horreur à nostre étonnement.
De crainte de surprise, on tient dans les barrieres,
Le Camp toute la nuit rangé sous les bannieres :
Et si tost qu'au Leuant l'Aurore s'apparut,
Vn Chrestien du pays vers nos Gardes courut,
Qui de ce pitoyable & funeste incendie,
En pleurant leur apprit l'étrange tragedie.
  Il leur conte qu'apres les Chrestiens outragez,
Et de complot formé par troupes egorgez,
L'Ennemy furieux de sa double deffaite,
Pour faire vne éclatante & fameuse retraite,
Et pour ne nous laisser qu'vn sepulchre fumant,
Auoit porté sa rage à cet embrasement.
Cent coureurs enuoyez trouuent la porte ouuerte,
Les dehors dégarnis, la muraille deserte.
Louys qui dans le cours d'vn bon-heur si soudain,
Reconnoist la vertu d'vne diuine main,
Le cœur bruslant de zele & l'œil trempé de larmes,
Enrend graces au Dieu qui couronne ses armes.
  Aussi-tost le Soldat à son commandement,
Par bandes depesché court à l'embrasement.

Le spectacle est affreux, & terrible l'image,
Des mourans & des morts , du sac & du carnage.
Le sang coule à ruisseaux le long des carrefours ,
Les corps & la ruine en retardent le cours ;
Et parmy les charbons , la cendre & la fumée ,
Le feu paroist sanglant & la mort enflamée.
L'esprit épouuenté de ce qui s'offre aux yeux ,
En trouble s'en détourne & ne trouue pas mieux.
Les longs gemissemens des malheureux qui meurent ,
Les pitoyables cris des viuans qui les pleurent ,
Le fracas qui fait bruit, l'air bruslé qui se plaint ,
Le feu tombant qui siffle & dans le sang s'éteint ;
Font des accords d'effroy, dont les places resonnent ,
Et les Echos au loin en silence s'étonnent ,
  Apres que l'Element à la proye échauffé ,
Fut esté sur sa proye auec peine étouffé ;
Le Soldat rassemblé mesure le rauage ,
Compare la ruine auecque le carnage ;
Et parmy le débris découure auec horreur ,
De bizarres effets , de sort & de fureur.
Vne ville si grande à demy consumée ,
Nous paroist vn desert de cendre & de fumée.
Là les Peres en feu sur leurs Enfans bruslez ,
Là les Freres mourans aux Sœurs mortes meslez ,
Font de meurtre & d'horreur des masses inhumaines ,
Et joignent en commun leurs ombres & leurs peines.
Là l'Espouse sanglante & l'Espoux egorgé ,
Dans leur lit nuptial en vn bucher changé ,
Gardent de leur amour qui n'a pû les deffendre ,
Aprez leurs feux éteints la chaleur dans la cendre.

Vn Chreſtien ſe trouua couché parmy les morts,
Qui paroiſſoit ſe fondre en larmes ſur vn corps,
Et ce corps quoy qu'il fuſt ſans couleur & ſans ame,
Sembloit ietter encor vne ſenſible flame,
Qui montant à la veuë & deſcendant au cœur,
Y portoit la tendreſſe auecque la douleur.
On nous dit qu'il eſtoit de la belle Arimante,
Qui belle vertueuſe & courageuſe amante,
Aprez ſix mois paſſez dans les pures douceurs,
Que l'Hymen encor frais prepare aux ieunes cœurs,
Sous l'habit d'Elimon qui l'auoit épouſée,
S'eſtoit pour le ſauuer à la mort expoſée.
Par ſes pleurs Elimon ſa mort redemandoit,
Par ſon ſang Arimante à ſes pleurs répondoit;
Et la douce paſleur de ſa bouche entrouuerte,
Sembloit l'encourager à ſupporter ſa perte.
Vne autre ſe trouua qui voulant accourir,
Aux cris de ſon Eſpoux qu'elle entendoit mourir,
Dans l'horreur de la nuit & du trouble égarée,
S'enferra de la pique en ſon corps demeurée;
Et tombant deſſus luy, par vn étrange ſort,
Fut bleßée à ſa playe & mourut de ſa mort.
Pitoyable vnion que les Graces pleurerent!
Dont l'Hymen & l'Amour les cheueux s'arracherent;
Et firent de leurs feux de triſteſſe fumans,
Vne funebre pompe au dueil de ces Amans!
La plus tragique Scene eſtoit autour du Temple,
Où par vn ſacrilege affreux & ſans exemple,
Cent teſtes ſur vn mur en parade regnoient,
Qui du ſilence encor & des yeux ſe plaignoient;

E e

Et d'vn air de pitié, d'vne mine sanglante,
Expliquoient les horreurs de la nuit precedente.
Dans le Temple soüillé de morts & de mourans,
Deux corps d'âge pareils, de sexe differens,
Renuersez sur l'Autel sanglant de leur supplice,
Venoient de consommer vn cruel sacrifice.
Le feu de leur bucher s'estoit éteint sous eux;
Soit qu'il eust respecté des cœurs si genereux;
Soit qu'il se fust trouué moins actif que les flames,
Qu'auec leur sang l'amour épandit de leurs ames.
La mort dessus leur front belle de leur beauté,
Témoignoit de l'audace, auoit de la fierté;
Et leurs graces sans teint languissantes & sombres,
Estoient encor à craindre & n'estoient que des ombres.
En cet estat pourtant ils aimoient leur bucher,
Leurs bras sembloient s'etreindre, & leurs cœurs se chercher.

   On les prend, on les leue; & tandis qu'on rappelle,
De leurs esprits éteints la derniere étincelle;
Le ieune homme trois fois ouure les yeux au iour,
Et poussant vn souspir de regret & d'amour;
Où sommes nous, dit-il, d'ou vient cette lumiere,
Qui luit si loin du iour, si loin de sa carriere?
Est elle de vostre Ame, Alcinde, ou de vos feux,
Encor aprez la mort propices à mes veux?
Est-ce vous qui venez si brillante & si belle,
Décharger mon Esprit de la masse mortelle?

   Voy-ie pas, poursuit-il, tournant vers nous les yeux,
Du furieux Olgan, les supposts furieux?
Sa rage me suit-elle encore aprez la vie?
Est-ce peu qu'vne fois Alcinde il m'ait rauie?

Alcinde. Soûpirant à ce mot il pasma ;
Et le sang qu'il rendit sa douleur exprima.
On le fait reuenir, on l'instruit, on l'asseure ;
D'vn leger appareil on ferme sa blessure ;
Et comme il remarqua nos armes & nos Croix,
Vers le Ciel eleuant les mains auec la voix.

Soyez beny, dit-il, vos bontez soient benies,
Destructeur des Tyrans, vengeur des Tyrannies :
Auant la mort ie voy Damiette en liberté :
Le joug des Sarrasins est de sa teste osté :
Et quoy que de leurs mains sanglante & déchirée,
De vostre grace elle est de leurs mains retirée.
Ils sont enfin venus ces Sauueurs conquerans,
Attendus de si loin, desirez si long-temps ;
Et ie mourray content, mourant sur l'asseurance,
Que du beau sang d'Alcinde ils prendront la vengeance,

Prié de moderer l'excez de sa douleur,
Et de nous raconter le cours de son malheur.
L'infortuné, dit-il, qui suruit à son ame,
Eschapé de l'épée, eschapé de la flame,
Fils de Leon le fort, Leonin se nommoit,
Quand vn feu plus serain son Estoile allumoit :
Et cette glorieuse & triomphante morte,
Dont l'ame fut si belle & la vertu si forte,
Au temps qu'à sa vertu son bon-heur s'égaloit,
Pudique & renommée Alcinde s'appelloit.
Nos Ancestres François & nez au bord de Loire,
Passerent en Syrie au bruit que fit la Gloire,
Quand l'Europe croisée alla sous Godefroy,
Deliurer l'Idumée & luy rendre la Foy.

En paix aprez la guerre en Iudée ils vesquirent ;
De leur Race aprez eux les rameaux y fleurirent ;
Et Saladin depuis ayant reconquesté,
Et le Royaume Saint, & la Sainte Cité ;
Transportez en Egypte, à Damiette ils chercherent,
Le couuert & le calme aux sions qu'ils sauuerent.
Alcinde & moy sortis de ces nobles sions,
En ieunesse pareils comme en affections,
Estions sous ce beau joug sans contrainte & sans gesne,
Où l'Amour innocent les beaux couples enchaisne :
Et nos Parens d'accord deuoient au premier iour,
Ioindre le joug d'Hymen à celuy de l'Amour ;
Quand le trouble & l'effroy de l'Egypte étonnée,
Arresterent la nopce à nos vœux destinée.

Les signes sur la terre, & les signes aux Cieux,
A vostre auenement furent prodigieux :
La Lune s'eclipsa sous vne Croix ardente ;
On vit dans vn nuage vne flotte luisante ;
De la teste du Phare on vit le feu rouler ;
De ses bouches en sang le Nil sembla hurler ;
Le vieux Sphinx de porphyre erigé sur sa riue,
Troubla l'air d'vne voix effroyable & plaintiue ;
Et la grande Mosquée ouuerte auecque bruit,
Vomit vne vapeur plus noire que la nuit.
De ces signes affreux la montre menaçante,
Portoient l'horreur par tout, & par tout l'epouuente ;
Et les bruits incertains aux certains confondus,
La terreur auancée & les maux attendus,
Deuant le siege mis, & deuant la bataille,
Du trouble des esprits étonnoient la muraille.

Dans ce commun tumulte vn seul monstre restoit,
Qui de l'Estat branslant l'esperance arrestoit.
Le prodige en fut grand & de nostre memoire,
Rien de plus merueilleux n'a paru dans l'Histoire.

    Aprez que Iean vainqueur, prez du Caire enfermé,
Entre le Nil croissant & l'Infidelle armé
Eut remis pour auoir la retraite asseurée,
Damiette sous le joug dont il l'auoit tirée.
Sur ce large canal dont nos murs sont lauez,
Des flots bruyans & noirs le iour mesme éleuez,
Sans vent qui les poussast en vn corps s'amasserent,
Et d'vn dome flottant la figure formerent.
Ce liquide edifice egalement conduit,
A peine fut au bord que s'ouurant auec bruit,
Il sortit de son flanc vn Crocodile enorme,
De longueur monstrueux & monstrueux de forme.
D'vne affreuse lueur ses yeux étinceloient;
L'orgueil & la fierté dans ses regards rouloient;
D'vn double rang de dents sa bouche estoit ferrée;
De son dos cuirassé l'ecaille estoit dorée;
Et le poids de sa queuë à peine le suiuant,
Faisoit siffler la terre & menaçoit le vent.

    Enflé de cette horrible & formidable gloire,
Et deputé du Nil messager de victoire;
Il entre dans la Ville & marche lentement,
Le peuple suit des yeux surpris d'etonnement :
La merueille est de voir en cet épouuentable,
La cruauté tranquille & la fureur traitable.
Sans mal faire il s'auance & sans crainte on le suit,
Iusques dans le caueau d'vn vieux Temple détruit,

Où d'Apis & du Nil les barbares Figures,
Sembloient encor regner sur de vaines masures.

   Des deuins de son temps Mouffat le plus vanté,
Par les sages du peuple en corps est consulté :
Il répond que le Monstre est fatal à la Ville ;
Que tant qu'il pourra viure elle sera tranquille ;
Et se conseruera libre auecque ses Roys,
Des armes des Croisez & du joug de la Croix.
Mais que dez le moment que flesche, épée, ou lance,
Au Monstre tutelaire aura fait violence,
Et que la chair humaine à sa faim manquera,
Sous le joug des Croisez la Ville tombera.
Vn Demon de sa troupe à sa garde il assine,
Et deux enfans par iour à son ventre il destine :
Mais il veut que ce soient enfans regenerez,
Et par les Saintes Eaux à son goust preparez.

   Ce cruel reglement trouue des mains cruelles,
Par qui les innocens arrachez des mammelles,
Sur les signes trompeurs d'vn presage inhumain,
De la Beste effroyable assouuissent la faim.
Tous les iours le sang frais coule par sa demeure,
Sa machoire écumante en degoutte à toute heure :
Sur les restes des morts il ronge les mourans,
De ses ongles ouuers dans sa gorge expirans :
Sous son ventre à monceaux les ossemens pourrissent ;
Et de clameurs au loin les voûtes retentissent.
Le Monstre ainsi vesquit du sanglant reuenu,
Qui de pleurs & de morts luy fut entretenu,
Iusques à ce qu'hier, sous de fatales armes,
Il paya de son sang l'vsure de nos larmes.

Au point que le combat se donnoit sur le bord,
Qu'à vostre effort l'Egypte opposoit son effort ;
Que l'Honneur entre deux poussoit de violence,
L'vn des Camps à l'attaque & l'autre à la deffense ;
Et que le Sexe infirme assisté des Enfans,
Et suiuy des Vieillards courbez du poids des ans ;
Alloient la crainte au cœur & les pleurs au visage,
De l'Imposteur Arabe implorer le suffrage ;
Le Monstre tout à coup de sa cause sorty,
Comme pour rasseurer l'espoir de son party,
Marchant auec orgueil, traisne de place en place,
De son ventre pendant la sanguinaire masse.
La rencontre en est prise à signe de bon-heur ;
On accourt pour le voir & pour luy faire honneur ;
De canelle & d'encens les chemins on parfume ;
On fait vn nouueau iour des flambeaux qu'on allume :
On iette à pleines mains des bouquets degouttans,
De gommes d'Arabie & d'extraits de Prin-temps :
Et les Dames en cercle enuironnent la Beste,
Les timbales aux mains & les fleurs sur la teste.

    Le spectacle attirant tout le peuple aprez soy,
La belle Alcinde emuë & de zele & de foy ;
Et semblable au Soleil qui descend d'vn nuage,
Sort auec l'art en main & l'eclair au visage.
La voix de tant de sang, celle de tant de pleurs,
Des Enfans, des Parens les confuses clameurs,
Les Manes assemblez de cent familles saintes,
Sous les griffes du Monstre & dans son ventre eteintes,
Presens à son esprit, semblent encourager,
Son zele, sa valeur, son bras à les venger.

Elle se mesle au peuple attentif à la feste,
Elle suit pas à pas la marche de la beste ;
Et resinant à Dieu ses forces & son art,
D'vne si iuste adresse elle luy tire vn dard,
Qu'au moment qu'à la corde en sifflant il échappe,
Il ouure écaille & cuir, & dans le cœur la frappe.
Le fer, le bois, la plume entrent d'vn mesme effort,
Le sang à gros bouïllons par l'ouuerture sort,
Vn long cry l'accompagne accompagné d'écume,
L'air en bruit à l'entour & la poussiere en fume.
Tout le peuple en effroy suit le Monstre hurlant,
Qui vers sa noire grotte à peine reculant,
Tombe sous le portail de la grande Mosquée,
Et laisse de sa mort la lumiere offusquée.
De sa gorge écumante vn souffle s'épandit,
Qui deuint vn broüillas & le iour confondit :
Et les Esprits d'erreur qui du Temple sortirent,
De leurs cris aux abois du Monstre répondirent.
Il en tomba deux tours, & le dome éboulé,
Attira le portail de sa chutte ébranslé.

 Alcinde qui s'estoit dans la foule cachée,
En vain des vns couruë & des autres cherchée,
Se sauue en cette Eglise, ou bien-tost on la suit,
I'y cours à mesme temps appellé par le bruit.
L'Amour qui m'accompagne eschauffe mon audace,
I'abas ce qui m'arreste & me fais faire place.
Alcinde me seconde & les traits emplumez,
De vistesse, de force & d'adresse animez,
Plus animez encor de la main dont ils partent,
Tiennent la porte libre & la foule en écartent.

Le

Le tumulte s'augmente, on nous joint de plus prez,
Le nombre nous épuise & de force & de traits:
Accablez à la fin du fais de la Commune,
Et malgré la Vertu liurez par la Fortune,
Nous sommes à l'Autel dos à dos attachez,
Et ce qui fait ma mort l'vn à l'autre cachez.

En cet étrange estat, si doux & si barbare,
Et qui d'vn mesme nœu nous lie & nous separe,
Qu'elles plaintes mon cœur ne fit il point aux Cieux?
Que ne leur disie point de la voix & des yeux?
Tu le sçais, chere Alcinde, & tu sçais que mon ame,
Preste à souffrir pour toy fer, precipice & flame,
Desira, si le Ciel l'eust remis à son choix,
De mourir en ta place & mourir mille fois.
Mais ton zele, ta foy, ton cœur me consolerent,
Et sur moy leurs douceurs par ta bouche verserent.
Dans les feux, disois-tu, dont nos corps brusleront,
Nostre sang, nos esprits, nos cœurs se mesleront:
Et de mesmes rayons nos Ames couronnées,
Seront sur vn mesme Astre à la gloire menées.

Le peuple cependant de fureur agité,
Les armes à la main s'épand par la Cité:
Les maisons des Chrestiens en tumulte assiegées,
Sont prises sans combat, sans respect saccagées.
Les vent iusques à nous en apporte le bruit,
La terreur l'accompagne & la pitié le suit:
Nos cœurs en sont émeus, & parmy tant d'allarmes,
Nous ne pouuons seruir nos Freres que de larmes.

Olgan fils d'Almondar du combat reuenu,
Au Temple est amené sanglant & le bras nu

Ff

Le trouble & la paſleur eſtoient ſur ſon viſage,
Et ſon harnois poudreux dégoutoit de carnage.
Comme il vid ſous les fers Alcinde qu'il aimoit,
D'vne ardeur ſans eſpoir & qui le conſumoit;
De ſurpriſe & d'horreur ſon ame fut ſaiſie,
L'amour aprez montant émeut la jalouſie,
Le zele du public à l'amour reſiſta,
Et l'amour à la fin ſes riuaux ſurmonta.
Ce tumulte appaiſé, le Prince la déchaine,
S'incline deuant elle, & l'a traite de Reyne.
Puis releuant les fers qui luy furent oſtez,
Il ſe les met aux bras, & s'en ceint les coſtez.

Que i'aye au moins, dit-il, la qualité d'eſclaue;
Ie la prefere au tiltre & de Prince & de Braue;
Et prefere ces fers de vos mains honorez,
Aux cercles rayonnans dont les Roys ſont parez.
La chaiſne dont l'Amour à mon ame chargée,
Eſt bien d'vne autre trempe & d'autres feux forgée;
Et ſi pour voſtre gloire & mon ſoulagement,
Vous daignez en porter vn anneau ſeulement,
Il n'eſt royal bandeau, ny couronne royale,
Que par vne valeur à vos beautez égale,
Aprez qu'au joug d'Hymen nos cœurs ſeront liez,
Ie n'aille conquerir & ne mette à vos pieds.

Va, luy replique Alcinde, ailleurs trouuer des Reynes,
Porte ailleurs ta couronne & me laiſſe mes chaiſnes.
Ces deux mots prononcez d'vn ton d'authorité,
Et ſuiuis d'vne honneſte & modeſte fierté,
Le trouble dans l'eſprit d'Olgan renouuellerent,
Et contre ſon amour le dépit ſouſleuerent.

Ton orgueil, reprit-il, eſt d'vne autre ſaiſon ;
Le temps qui regle tout, doit regler ta raiſon ;
Le peril eſt preſſant & la mort t'eſt certaine,
Fais eſtat de perir ou d'eſtre plus humaine.
N'irrite point l'Amour ; il eſt fier & hautain,
Où ſon ardeur le porte, il eſt pront à la main,
Et ſa main ne reçoit ny borne ny meſure,
Soit qu'il rende vne grace ou qu'il rende vne iniure.

Alcinde auec mépris & d'vn air genereux,
Répond de ſon ſilence au barbare amoureux :
Et vers moy ſe tournant, d'vn geſte de tendreſſe,
Interprete muet du cœur qui me l'adreſſe,
M'aſſeure de nouueau des gages de ſa foy,
Et me iure des yeux qu'elle mourra pour moy.

Olgan qui le remarque, en entre en ialouſie,
Vne obſcure vapeur trouble ſa fantaiſie :
Et de ſon cœur piqué d'vn funeſte ſerpent,
L'enflure auec horreur ſur ſon front ſe répand.
D'vn ton de furieux & d'vne voix coupée,
D'autres feux, luy dit-il, ton ame ont occupée ;
Et ton eſprit captif chargé d'autres liens,
N'eſt plus en liberté de prendre part aux miens.
Mais ce fer coupera tes attaches infames ;
Ton ſang étouffera tes impudiques flames ;
Et l'amour à la fin vengé de tes dédains,
En ſoulera ſes yeux, s'en lauera les mains.

Ecumant à ces mots il tire ſon épée,
De ſang encore frais iuſqu'aux gardes trempée,
Et s'approchant d'Alcinde il la luy plonge au ſein,
Quoy que le fer paruſt en fremir ſous ſa main ;

F f ij

Et que vers luy courbé de respeEt ou de crainte,
Il semblaſt s'en deffendre & plier de contrainte.
 Eperdu de ſon crime & demy chancelant,
Il me porte le fer encore ruiſſelant :
Doux & derniers regards de ma moitié mourante,
Magnanimes ſoûpirs de ſa bouche expirante,
Ie vous prens à témoins, que ie n'éuitay pas,
Le coup qui m'apportoit vn ſi noble trépas.
Mon cœur voulut s'ouurir, pour receuoir l'épée,
Chaude du feu d'Alcinde & de ſon ſang trempée ;
Et mon dernier ſouhait quand la froideur me prit,
Fut de baiſer ſa playe, & d'y rendre l'eſprit.
Mais la main du meurtrier ne fut pas aſſez forte,
Et ie me trouue en vie, apres Alcinde morte.
Ny le fer, ny le feu n'ont pû m'en arracher ;
Ie ſuruis à l'épée & ſuruis au bucher :
Et rebut de la Mort, Ombre errante & funeſte,
De mon ame priué ſur la terre ie reſte,
Pour traiſner mon ſupplice & faire voir au iour,
Le SpeEtre malheureux d'vn malheureux amour.
 Ces mots que deux ſoûpirs en l'air accompagnerent,
La voix de Leonin, & ſa force épuiſerent.
Le deuil, le deſeſpoir, le regret, la langueur,
Introduits par l'amour entrerent dans ſon cœur :
Les ombres de la mort ſes regards obſcurcirent,
Sa bleſſure s'ouurit, les eſprits en ſortirent,
Son ſang au ſang d'Alcinde en tombant ſe meſla,
A ſa bouche la ſienne en mourant ſe colla ;
Et ſon ame en ſortant plus contente & plus gaye,
Fit briller ſa lumiere au trauers de ſa playe.

Vn exemple si rare estonna nos esprits,
Attendris de pitié, de merueille surpris ;
Et pour en faire montre à la race future,
Sur la base d'vne ample & riche sepulture,
Les noms des deux Amans en porphyre grauez,
Et leurs bustes en marbre au dessus éleuez,
Auant le monument qu'ils auront dans l'Histoire,
Leur font vne durable & pompeuse memoire.

Si tost que le trauail de plus de mille bras,
Eust purgé la Cité du funeste embarras,
Que du fer & du feu les affreuses reliques,
Faisoient par les maisons & les places publiques ;
Au concert des clairons tout le Camp se mouuant,
Vers Damiette marcha dès le Soleil leuant.
Aprez deux Corps d'Archers, & deux Corps d'ordonnäce,
Auancez pour mener la pompe en asseurance,
Les Ministres sacrez, suiuoient en habits blancs,
Par files diuisez & distinguez de rangs.
Les Echos repetoient leurs hymnes en la plaine,
Les Vents pour les oüyr suspendoient leur halaine ;
Et les rayons du iour de parfums obscurcis,
Venoient à leurs flambeaux pour en estre éclarcis.

Vn autel qui rouloit sur des boules d'yuoire,
En triomphe portoit le Dieu de la victoire :
Vn dome de rubis & de perles gresle,
Luy faisoit au dessus comme vn Ciel étoilé.
Le Soleil deuant luy tout à coup deuint sombre,
Comme pour declarer qu'il n'estoit que son ombre ;
Et reprenant aprez son lustre & sa beauté,
Fit pour le couronner vn cercle de clarté.

Les palmiers d'alentour de respect se plierent,
Leurs testes, leurs rameaux, leurs troncs s'humilierent,
Et d'vn doux mouuement leur feuillage battu,
Sembla du Dieu caché découurir la vertu.
Six couples d'innocens pareils aux fleurs nouuelles,
A qui rien ne manquoit des Anges que les aisles,
De chaisnes d'or liez à ce mobile autel,
Exprimoient en petit l'équipage immortel,
Que le Prophete vit à la Machine ardente,
D'où la face de Dieu lumineuse & roulante,
Donnoit vie & chaleur aux Animaux aislez,
De cercles rayonnans deuant elle attelez.
    Le Roy marchoit aprez, pieds nus & teste nuë,
Le front bas & la mine en respect retenuë:
L'encens de ses soûpirs vers le Ciel s'exhalans,
L'extrait chaud & serain de ses pleurs ruisselans,
En odeur surpassoient l'esprit de la canelle.
Et surpassoient les pleurs de la gomme nouuelle.
A l'exemple du Roy les Princes & les Grands,
Se deffont de l'orgueil qui tient aux Conquerans.
Tout le Camp qui les suit d'vne modeste allure,
Sans bardes, sans cimiers, sans plume & sans houssure,
Fait voir ce que iamais on ne vit sous les Cieux,
Des Braues reformez, d'humbles Victorieux:
Et fait par vne rare & nouuelle alliance,
Le concert du Triomphe auec la Penitence.
En cet ordre l'Armée entre dans la Cité,
L'incorruptible Agneau dans le Temple est porté:
Et là par les vainqueurs au bruit de cent trompettes,
Aprez l'hymne chanté les offrandes sont faites.

En ces termes Coucy son recit acheua,
La royale assemblée en commun l'approuua ;
Et chacun à l'enuy couronna la memoire,
D'vne si glorieuse & si prompte victoire.

Archambaut de Bourbon à Damiette arriué,
Des Pirates, du fer, de la prison sauué,
Conduisoit cependant le long de la Riuiere,
Vn renfort qui s'estoit rangé sous sa banniere.
La recruë estoit belle & venoit de ces lieux,
Où la Loire d'vn cours superbe & glorieux,
Sans obstacle roulant, sa vague precipite,
Vers le riche terroir où la Beausse l'inuite.
Vierzon & Suilly, Chasteau-neuf & Culans,
Egalement hardis, egalement galans,
La Chastre adroit & fort, Montlusson riche & braue,
Le courageux de Bar, le courtois Bellenaue,
Lignieres curieux de chiens & de cheuaux,
Chabannes inuincible aux belliqueux trauaux,
Le ieune Montfauçon, & le sage Sancerre,
Auoient tous sur la Croix voüé la sainte guerre.

Contre le cours du Nil la Nef qui les portoit,
Par les bras des rameurs vers le Caire montoit ;
Et la vague à l'entour écumante & crespée,
Siffloit sous l'auiron dont elle estoit couppée ;
Quand vn vaisseau parut à dix rames nageant,
Et brillant de l'eclat de cent Lunes d'argent.
Des ondes & du fer Zahide preseruée,
Et d'vne double mort, par miracle sauuée,
Elle-mesme en portoit la nouuelle au Sultan,
Qui la croyant noyée auec Almuratan,

D'vn dueil fec & muet, fans larmes & fans plainte,
Maudiſſoit le deſtin de ſa famille éteinte.
Sur la meſme Galere Almaſonte éclatoit,
De feux clairs & dorez que ſon harnois iettoit;
Tandis que de ſon cœur la douce & lente flame,
Eclairoit au portrait de Bourbon dans ſon ame.
Cinquante Cheualiers à Zahide engagez,
Eſtoient pour la deffendre autour d'elle rangez :
Ils auoient tous iuré de ſuiure ſa fortune,
Et courir auec elle vne riſque commune.
Leur ſang & leurs eſprits de nouueaux feux boüilloient,
Leurs armes, leurs regards, les vagues en briloient;
Et la pique à la main Almazonte & Zahide,
De la pouppe luiſoient ſur la route liquide,
Pareilles aux Gemeaux de rayons emplumez,
Reueſtus de rayons, & de rayons armez,
Qui des feux differens de leurs brillantes teſtes,
Annoncent à la Mer le calme ou les tempeſtes.

   Bourbon qui reconnut au Croiſſant argenté,
Voltigeant à la pouppe, & ſur le maſt planté,
Que la Galere eſtoit de l'Armée infidelle,
Voulut qu'à toute force on allaſt aprez elle :
Mais elle tourna prouë, & vint auec fierté,
A l'agreſſeur du vent & des rames porté.
Aux bois cours & volans qui d'abord ſe lancerent,
Les piques, les marteaux, les ſabres ſuccederent :
Le tumulte en rougit, la mort en écuma,
De carnage & de ſang le combat en fuma;
Et dans les flots enflez que les mourans groſſirent,
Le dépit, la valeur, les amours s'eteignirent.

De

De la main de Bourbon vn jauelot lancé,
Renuerſa Leganor d'ecailles cuiraſſe ;
Il tira de fureur le fer de ſa bleſſure,
Et ſon ame en fumant ſortit par l'ouuerture.
Orman d'vn meſme coup dans le Fleuue abbatu,
Maudiſſant les combats, blaſphemant la Vertu,
Deteſta le Laurier & regretta l'Oliue,
Que le Iourdain pour luy nourriſſoit ſur ſa riue.

A ces deux il ajouſte vn Barbare inconnu,
Qui des climats du Nort en Egypte venu,
Pouuant pretendre au nom de vaillant & de Brau .
Se faiſoit appeller le volontaire Eſclaue ;
Et traiſnoit magnanime & glorieux Amant,
Vne chaiſne d'anneaux liez d'eſprit d'aymant.
Il s'étoit le ſuperbe engagé de promeſſe,
D'arborer au vaiſſeau de la belle Princeſſe,
Vn pauillon tiſſu du poil qu'il coupperoit,
Aux Cheualiers Croiſez que ſon bras defferoit.
Mais ſa foy fut bien-toſt de ce vœu dégagée,
Et ſa teſte abbatuë & dans ſon ſang plongée,
De ſes derniers regars à Zahide adreſſez,
Guida ſes derniers mots à demy prononcez.

Elimel & Merin à la mort le ſuiuirent,
Leurs Ombres à la ſienne en ſortant ſe joignirent ;
Et toutes trois en l'air ſemblerent en ſifflant,
Commettre leur amour & leur colere au vent.
Elimel fut pleuré de la riche Almaſée,
Que pour ſuiure Zahide il auoit mépriſée :
L'infortuné Merin d'Arſiſe rebuté,
De dépit au peril s'étoit precipité ;

Gg

Mais les flots qui son corps vers la Mer emporterent,
Des outrageux rebuts d'Arsise le vengerent.
L'ingratte le trouuant rejetté sur le bord,
Luy fit de ses rigueurs iustice par sa mort;
Et son cœur tout en feu, par sa gorge percée,
Luy demanda pardon de sa froideur passée.

   Ainsi Bourbon couuert de sueur & de sang,
Des Braues de Zahide éclaircissoit le rang;
Plus ardent qu'vn Lyon, qui dans vn pasturage,
Orgueilleux du peril qui pique son courage,
Aux éclairs de l'acier répond de ses regars;
De ses ongles répond à la pointe des dars;
A ce qui bruit s'echauffe, à ce qui luit s'allume;
Teint de mort & d'horreur sa machoire qui fume;
Des dogues éuentrez fait le sang ruisseler;
De son musfle écumant fait le meurtre couler;
Et la chair des bergers qui de ses dents degoutte,
De celle des moutons & des chiens le degouste.

   Zahide d'autrepart sa valeur signaloit,
Almasonte du bras & du cœur l'égaloit:
Leurs yeux étincelans à trauers leurs visieres,
Auec l'éclat de l'or confondoient leurs lumieres,
Pareilles à ces iours de pourpre colorez,
Qui coulent sur le fond des nuages dorez,
Quand le Soleil leuant trouue encore les voiles,
Que d'vn air de vapeur la Nuit fait aux Estoiles.
Par Zahide Amaury d'vn jauelot percé,
Est de la pouppe en l'onde auec bruit renuersé;
Les Muses qu'il seruit & qui le couronnerent,
Ses armes en Egypte en vain accompagnerent;

Le laurier qu'il vantoit ne le garantit pas,
Et luy fut vn dictame inutile au trépas.
Clodomire & Guerry nez sur le bord de Loire,
En amour concurrens & concurrens en gloire,
L'vn traitté de caresse & l'autre de rigueur,
Tous deux d'adresse égale, & d'égale vigueur,
D'vne auenture égale en Egypte moururent;
Et leurs ames encor à la mort concoururent.
D'Orasie en email sur leurs riches escus,
Les traits furent du fer de Zabide vaincus:
Et la belle Chrestienne à la braue Infidelle,
Laissa de ses Amans terminer la querelle.

De la mort d'Alonuille Osaferne brauoit,
Et pour luy joindre Acour le coutelas leuoit:
Montlusson le preuient, & d'vn coup qu'il allonge,
L'acier étincelant dans la gorge luy plonge.
Almasonte le venge & d'vne arme à long bois,
Trauerse à Montlusson le conduit de la voix:
Il l'auoit nette & iuste, & long-temps dans la France,
Les instrumens muets plaignirent son absence;
La Musique long-temps de sa mort soûpira;
Et iusques à mourir Orane la pleura,
Orane dont la voix fut iusques à l'enuie,
Des Nymphes, des Echos, des Sirenes suiuie.

A Montlusson mourant Ligniere est ajousté,
D'Aradour son amy vainement assisté,
Comme il couroit à luy, la terrible Guerriere,
Luy mit auec le fer la mort par la visiere.
Encore parut-il en tombant le chercher,
Par sa chutte la sienne il voulut empescher,

Ses bras froids & pefans deuers luy s'étendirent,
Et ne le trouuant point du gefte s'en plaignirent.
Suilly qui s'auança pour les venger tous deux,
Pour eftre plus adroit ne fut pas plus heureux :
L'efcrime qu'il auoit apprife dans la fale,
Ne le garantit point de la pique fatale ;
Il tomba dans le Nil ; fes bras auant la mort,
Comme pour efcrimer, par vn dernier effort,
De coups en vain tirez les vagues affaillirent ;
Les vagues de fon fang & non du leur rougirent ;
Et fous elles perdant la vie auecque l'air,
Encore dans la vafe enfonça-t'il le fer.
La pique de la belle & vaillante homicide,
Se rompit fur Leon, comme il frapoit Zahide :
Le bois auec le fer par le corps luy paffa ;
Son ame entre deux coups quelque temps balança ;
Et par la bouche enfin fortant fur fon haleine,
Alla rejoindre au Ciel l'ame de Melimene.

Mais Bourbon de Culans & de Bar affifté,
Dans le vaiffeau barbare auoit defia fauté :
Le tumulte & l'horreur, la mort & le carnage,
A la foule aprez eux fuiuirent leur courage.
Les Sarrafins tomboient fierement & fans peur,
Zahide de fes yeux leur echauffoit le cœur ;
Et leurs cœurs echauffez d'vne flame fi belle,
A l'envy fe preffoient pour mourir autour d'elle.

Auecque moins de foule on voit fur vn eftang,
Les poiffons eblouïs teindre l'eau de leur fang ;
Quand l'auide pefcheur d'vne rufe cruelle,
Les perce à la lueur du feu qui les appelle :

Ils se preſſent autour d'vne éclatante mort;
Leur demeure liquide en rougit iuſqu'au bord;
En vain de leur malheur les vents les auertiſſent;
Et de la riue en vain les ſaules en fremiſſent.

 Là perit Oliban tireur d'arc eſtimé,
Adroit joüeur de pique, eſcrimeur renommé,
Au beſoin tous ſes bras à ce iour luy faillirent;
Et trois Braues en luy d'vn meſme coup perirent.
Il fut ſuiuy d'Olfar grand & fameux lutteur,
Et d'Elizel plus grand & plus fameux jouſteur;
La lice luy manquant, ſans lice luy fut vaine,
L'adreſſe qu'il auoit de rompre à la quintaine.
Algut tomba ſur luy, l'adroit & iuſte Algut,
Dont les fleſches iamais ne manquerent leur but:
Mais à ce coup la Mort qui fut meilleure archere,
Sans le voir l'abbatit du haut de la Galere;
Et comme d'vn grand cheſne abbatu par le fer,
La fueille & les rameaux voltigent parmy l'air;
Les traits de ſon carquois en foule s'échapperent,
Les vents en firent bruit & les flots s'en joüerent.

 Azorin grand chaſſeur, grand domteur de cheuaux,
Eſtimé de Zabide entre tous ſes riuaux,
Orgueilleux & fumant de la mort de Boulande,
A ſes pieds immolé par vne vaine offrande;
Portant plus haut ſon cœur & ſa fierté plus haut,
Luy deſtinoit encor la teſte d'Archambaut:
Mais loin de ſes cheuaux & loin de ſon eſcole,
Le François l'abbatit aux yeux de ſon Idole:
Ses regards en mourant ſur elle il attacha;
En elle ſon Eſtoile & ſon Ciel il chercha;

Et son ame en sortant luy laissa la fumée,
De son amour encor en son sang allumée.

    Zahide à la vengeance eleue auec le bras,
La force, le dépit, le cœur, le coustelas ;
A son dépit son cœur & son bras répondirent,
Mais le fer se rompit, les éclats en bondirent ;
Et semblerent en l'air en sifflant s'affliger,
De laisser la Beauté desarmée au danger.
Bourbon qui ne veut rien deuoir à l'auenture,
Et ne veut des lauriers que de haute mesure,
Laisse prendre Zahide à Curton qui le suit ;
Et porte ailleurs la mort qui sur son arme luit.
Il frappe Nerodan, qu'vne Hydre menaçante,
Et sur son pot doré de grenas flamboyante ;
Ny le vain Talisman qui pendoit à son bras,
A ce moment fatal ne garantirent pas.
Les bancs & le tillac de sa chutte branslerent,
Le mast s'en étonna, les voiles en tremblerent.

    Almasonte restoit seule sur tant de morts,
Haute & fiere du cœur, ferme & saine du corps.
Elle vient à Bourbon, Bourbon tourne vers elle,
L'vn & l'autre au combat son ardeur renouuelle :
Le fer étincelant & battu par le fer,
De leurs cœurs reflefchit la chaleur & l'éclair ;
Et des coups que d'adresse & de force ils se donnent,
L'air au loin retentit & les vagues refonnent.
Le champ de foy petit, s'étend par leur vertu ;
L'vn & l'autre à son tour est battant & battu ;
Leur peril est égal, égale est leur fortune,
Et l'inégalité du lieu leur est commune.

Zabide qui retint ſans perdre la couleur,
Sous le tragique fer l'aſſiette de ſon cœur;
Pour ſa chere Almaſonte étonnée & craintiue,
A l'ame à ſon peril & la veuë attentiue.
Son cœur ſemble conter d'vn ſoudain battement,
Les coups qu'elle reçoit & les coups qu'elle rend;
Et ſans eſtre au combat, ſans manier l'épée,
Elle frappe touſiours & touſiours eſt frappée.
Ainſi quand l'Eperuier fond pareil à l'éclair,
Sur la ieune Cicogne en la plaine de l'air;
Tous deux armez de bec, cuiraſſez de plumage,
Et ſans art aguerris combattent de courage.
Par tour on les voit ſuiure & par tour reculer;
On voit couler leur ſang, & leur plume voler;
La vallée en ſifflant de leurs aiſles reſonne;
Le paſſant arreſté de leur combat s'étonne;
Et la vieille Cicogne en peine & ſans vigueur,
Sur le prochain rocher s'en heriſſe de peur.
Bourbon preſſe Almaſonte, & deſia ſon épée,
Du ſang de la Guerriere vne & deux fois trempée,
Craignit de s'en tacher vne troiſieſme fois;
Et comme par pitié coula ſur ſon harnois.
Archambaut depité, quitte l'art & s'en trouble;
Auecque le depit la force luy redouble;
Et leuant à deux mains le fer étincelant,
Sur la Belle l'abbat d'vn coup ſi violent,
Que ſaphirs & rubis de ſa teſte bondirent,
Et bien loin dans le fleuue en tombant s'éteignirent.
La mort ſuiuoit le fer, mais le fer s'arreſta,
Au cimier éleué que l'armet preſenta;

Et de l'Hermine d'or la solide figure,
Paya pour Almasonte & receut sa blessure.
Sous le poids de ce coup la Guerriere bransla,
L'haleine luy faillit, tout son corps chancela :
Et pour se soustenir, n'estant plus assez forte,
Sur les morts renuersez elle chut demy-morte.
Le fer qui l'abbatit sa compagne blessa,
Et iusques dans le cœur par les yeux luy passa.
De ses vainqueurs desia Zabide reconnuë,
Et traittée en Princesse auoit la teste nuë :
Et ceux qui l'auoient prise à sa mine attentifs,
Sans combat à leur tour deuenoient ses captifs.

    Aussi-tost qu'elle vit Almasonte étenduë,
Elle accourt de douleur & de crainte éperduë :
Et saisissant l'épée à la main du vainqueur,
Acheue, luy dit-elle, acheue sur mon cœur.
I'ay le sang qu'il te faut pour teindre ta victoire,
Et mon nom peut donner quelque lustre à ta gloire.
Frapper vn ennemy quand il est abbatu,
Est vn coup de fureur & non pas de vertu :
Fais moy rendre vne épée & maintiens par courage,
Ce que le sort sur moy t'a donné d'auantage.
S'il m'a pour te sauuer rompu l'arme à la main,
Le cœur m'est demeuré mieux armé dans le sein.
Il peut combattre encor, & peut par sa deffaite,
Te laisser du combat la couronne complete.
Remets moy dans l'estat de vaincre ou de mourir,
De suiure ma compagne ou de la secourir :
Au moins voy si le fer pourra passer sans honte,
Par le corps de Zabide, à celuy d'Almasonte.

                                D'Ar-

D'Archambaut en parlant l'épée elle tenoit,
Et par vn bel effort contre soy l'a tournoit:
Les Graces pour l'aider, sur son front s'assemblerent;
Et la main du vainqueur sans armes desarmerent;
Tandis que son esprit en trouble, & partagé,
De phantosmes diuers se trouuoit assiegé.
A ce mot d'Almasonte vne frayeur soudaine,
Aprez ses sens atteints coule de veine en veine;
Et deuant soy poussant vne froide vapeur,
Luy fait paslir le front de l'effroy de son cœur.

Mais quand pour alleger Almasonte pasmée,
Zahide eut de son pot sa teste desarmée;
Et que ses yeux ternis, que ses regars tournez,
Que les lys de son teint expirans & fanez,
Sa peine & son peril en silence expliquerent,
Et tout froids qu'ils estoient les esprits échaufferent;
Bourbon surpris alors, de sa fatale erreur,
Tout à coup fut porté de la crainte à l'horreur.
L'haleine luy faillit, ses membres se roidirent,
Ses sens deconcertez leur commerce rompirent;
Et le cours des esprits vers le cœur rappellé,
Laissant dans ses vaisseaux le sang trouble & gelé,
Son ame pour s'offrir à la Belle mourante,
Monta iusqu'à ses yeux confuse & languissante.

Qu'inégal & changeant est l'Astre qui nous luit!
Que la voye est obscure où le Sort nous conduit!
Et que des iours donnez à la prudence humaine,
La lumiere est fautiue & la route incertaine!
Tandis que le Saint Roy par l'Hyuer arresté,
Dans la Chipre attendoit le retour de l'Esté;

H h

Bourbon brillant du feu de l'âge & de l'audace,
De la Mer & des Vents méprisa la menace;
Et ne pouuant rester tant de mois en repos,
Captif du mauuais temps & prisonnier des flots;
Au bruit qui s'épandit du trouble d'Armenie,
Attaquée au dehors au dedans desunie;
Alla seruir Ozat contre les Roys voisins,
Qui le tenoient bloqué d'vn Camp de Sarrasins.
Il vainquit la saison, les flots le respecterent,
La Fortune & les Vents ses voiles seconderent.
Mais le Corsaire Amir, par vn étrange sort,
S'étant trouué sur mer comme il alloit à bord;
Le combat qu'il rendit fut terrible & funeste,
A peine vn Cheualier luy demeura de reste:
Et luy mesme à la fin moins vaincu que lassé,
De blessures sanglant & dans la mer poussé,
Comme dans l'onde encor il luttoit contre Azate,
Toucha de sa valeur le General pirate;
Et sauué par ses soins, par ses soins assisté,
Au Sultan de Damas depuis fut presenté.
Les graces de son air galant & magnanime,
Aussi tost qu'il parut le mirent en estime.
Il surprit, il charma; la faueur & l'amour,
En deux sectes pour luy partagerent la Cour.
Mais comme il eut tué dans vn tournois tragique,
Osmin fils du Sultan, d'vn éclat de sa pique;
De ce coup malheureux le Pere forcené,
Sans iustice l'auoit à la mort destiné;
Et rien n'eust amolly le Barbare implacable,
Si sa Fille Almasonte amante ou pitoyable,

Par vne genereuse & noble trahison,
Au meurtrier innocent n'euſt ouuert la priſon.
Bourbon ſauué par là d'vn injuſte ſupplice,
Sortit auec le cœur de ſa liberatrice,
Qui volontaire eſclaue, & ſans fers enchaiſné,
Vn long-temps aprez luy par l'Amour fut mené.
Et voila qu'au hazard pouſſez par la Fortune,
D'vne fureur égale & d'vne ardeur commune,
Ils viennent d'eſſayer pour ſe donner la mort,
Tout ce que ſçait la ruſe & ce que peut l'effort.

    Bourbon reuient aux ſoins de ceux qui l'enuironnent;
Du trouble de ſon cœur ſes oreilles bourdonnent:
Ses yeux s'ouurent à peine & ſemble s'étonner,
De voir autour de luy toutes choſes tourner;
Et du feu des eſprits qui remontent en foule,
La glace de ſon front ſe reſout & s'écoule.
Deux fois voulant parler; ſa douleur par deux fois,
Commit à ſes ſoûpirs l'office de la voix;
Et ſes ſoûpirs commis auec preſſe ſortirent,
Pour ouurir le paſſage à ces mots qui ſuiuirent.

    Victoire parricide, auantage inhumain!
M'auoit-elle ſauué pour perir de ta main?
Et deuois-ie du ſang de ma liberatrice,
D'vne Eſtoile bizarre accomplir le caprice?
Qu'il m'euſt eſté meilleur d'abreger par ma mort,
Les longs égaremens de mon aueugle ſort!
Et que pour mon repos, non moins que pour ma gloire,
I'euſſe mieux à Damas terminé mon hiſtoire;
Lors qu'en la noire Tour où iamais il ne luit,
Où iamais il n'entra que ſupplice & que nuit,

Ie me vis destiné, malheureuse victime,
A payer de ma vie vn meurtre fait sans crime.
Mon sang pur à ma mort & sans tache versé,
Sur ma memoire auroit quelque lustre laissé :
Et la funeste fin de mes premieres armes,
Au moins parmy les miens auroit trouué des larmes.
Au lieu que sans repos, non moins que sans honneur,
Soüillé du sang d'vn Frere & du sang d'vne Sœur,
D'vn Frere mon amy, d'vne Sœur mon amante ;
Suiuant vne Fortune égarée & tremblante,
Et moy mesme traisnant mon supplice auec moy,
Ie seray desormis vn exemple d'effroy.
Pour eternel tourment, pour eternelle honte,
I'auray le nom d'Osmin, & le nom d'Almasonte :
Et leurs Manes sanglans & de flambeaux armez,
Soit que les feux du iour soient morts ou rallumez,
Mes terribles Suiuans & mes Hostes tragiques,
Me feront de leur sang des Enfers domestiques.

A ces mots ses soûpirs, & son deuil reâoublant,
Auec peine il se leue, & se traisne en tremblant,
Où de regret Zahide, & de pleurs ébloüye,
Soustenoit Almasonte encor éuanoüye.
Là ployant le genoüil & la main luy pressant,
D'vn ton bas & plaintif, & d'vn air languissant ;

Ie ne viens point, dit-il, meurtrier lasche & timide,
D'vn foible desaueu couurir mon parricide :
Où parle vostre sang, où vostre sang reluit,
Ie chercherois en vain le silence & la nuit.
Ses tasches dessus moy, dans les Royaumes sombres,
Encor apres ma mort ébloüyront les Ombres ;

Et iusques là desia le silence eternel,
A sa voix retentit de mon nom criminel.
Ie viens encore moins vous prier pour ma vie,
Rien ne peut me toucher d'vne si basse enuie;
Et ce Monde n'a point de Fortune à donner,
Qui plus heureusement pust mes iours couronner,
Que l'eust fait vne mort de vostre main parée,
Et du lustre qui suit vostre nom éclairée.
Aussi viens-ie à vos pieds, pour rauoir cette mort,
Le crime de mes mains & l'erreur de mon sort :
La cruelle est à moy, puis qu'elle est mon ouurage;
Vous ne pouuez entrer en ce triste partage.
Rendez donc à mes yeux cette funebre nuit,
Rendez leur cette horreur si sombre qui la suit;
Les vostres allumez pour regner & pour luire,
Sans détruire le iour ne se peuuent détruire;
Et tant d'hostes si doux qui s'y sont amassez,
N'en peuuent par la nuit qu'à tort estre chassez.
Remettez moy ce triste & funeste silence,
Qui fait en vostre bouche aux graces violence :
Et laissez pour finir ma vie & ma douleur,
Ce teint pasle à mon front, & ce froid à mon cœur.
    Là ses soûpirs montant sa parole étoufferent,
Ses larmes sur les mains d'Almasonte coulerent :
Et soit qu'auec ses pleurs, par les canaux des yeux,
Vn esprit s'épandit pront & contagieux;
Soit que de ses soûpirs la vapeur fut suiuie,
D'vne flame subtile & d'vn extrait de vie;
Le cœur de la Guerriere à cet esprit s'ouurit,
Cet extrait y coula, cette flame s'y prit;

Ses sens furent par là remis en leur vsage ;
Goutte à goutte le teint luy reuint au visage ;
Et du premier rayon dans ses yeux retourné,
Autour d'elle le iour parut rasserainé.

Dans la Boussole ainsi l'aiguille voltigeante,
Quand son esprit perdu la laisse languissante,
Ne connoist plus le Nort, n'a plus de sentiment ;
Et de sa pesanteur suit le seul mouuement :
Mais si l'Aymant qu'elle ayme à son secours arriue,
Encore qu'elle soit en sa boëtte captiue ;
De nouueau ranimée & d'aise tremoussant,
Elle tourne la teste à l'attrait qu'elle sent ;
Et le charme secret qui la porte à le suiure,
Fournit à son instinct l'esprit qui la fait viure.

Almasonte remise Archambaut se remet,
Le desespoir le quitte, il quitte son armet ;
Et s'offrant teste nuë à la belle blessée,
Donne vn sujet nouueau de trouble à sa pensée.
Vn rayon de pudeur meslé d'étonnement,
Et suiuy d'vn subit & doux tressaillement,
Sur le front luy coula, luy coula sur la jouë,
Pareil aux premiers feux dont l'Aurore se joüe :
Quand d'vn foüet de pourpre elle chasse la Nuit,
Et prepare la route au Soleil qui la suit.
Son vainqueur à son tour vaincu luy rend les armes,
Ioint le trouble à la honte, au trouble joint les larmes ;
Et presente à son choix pour lauer son erreur,
Ou le sang de sa teste ou le sang de son cœur,
L'erreur vous est, dit-elle, auecque moy commune,
Et le blasme en doit estre à la seule Fortune ;

Ne nous imputons point vn mal qu'à fait le Sort ;
Conseruez vostre vie & me laissez ma mort :
Ie n'en pouuois auoir vne plus fauorable,
Au moins s'il vous en reste vn regret veritable.

    Ces mots furent suiuis d'vne belle rougeur,
Qu'vn pur extrait d'esprits apporta de son cœur ;
Et que l'Amour accrut, voltigeant autour d'elle,
Du souffle de sa bouche & du vent de son aisle.
A ce souffle, à ce vent, Archambaut s'enflama,
D'vn feu que la pitié dans son cœur alluma :
Et son cœur autrefois aux Graces inuincible,
A la compassion s'estant trouué sensible ;
Pour se l'assujettir, par vn dernier effort,
L'Amour emprunta l'arc & le trait de la Mort.

    Poursuiuant son chemin, captif de sa captiue,
Sur le declin du iour à l'Armée il arriue.
D'honneur à son retour par le Roy couronné,
Il se rend au quartier à sa troupe ordonné ;
Aux Princesses à part vne tente est dressée ;
Et Moron Cheualier de vieillesse auancée,
Mais encor genereux, encore plein de cœur,
Prez d'elles est laissé garant de leur honneur.

A PARIS,

De l'Imprimerie de SEBASTIEN MARTIN, ruë
S. Iacques, à l'Enseigne S. Iean l'Euangeliste,
deuant les Mathurins.

EXTRAICT DV PRIVILEGE.

PAR Grace & Priuilege du Roy, en datte du 13. de Iuin 1651. Il est permis à Charles du Mesnil, Marchand Libraire à Paris, de faire imprimer, vendre & debiter, vne fois seulement, sept Liures d'vn Poëme Heroïque, intitulé *Saint Louys, ou le Heros Chrestien ;* Et deffenses sont faites à tous autres de l'imprimer, ou contre faire, & en debiter d'autres que ceux qui seront imprimez par ledit du Mesnil, sur les peines portées par le Priuilege.

Fautes suruenuës en l'Impression.

PAge 25. ligne 4. *hors moy de.* lisez, *hors de moy.* page 116. lig. 3. *vn fatale hommage,* lis. *vn fatal hommage,* p. 118. l. 17. *Le celebre Albigeois,* lis. *Le Cerbere Albigeois,* p. 137. l. 13. *sur le Loire,* lis. *sur la Loire,* p. 159. l. 8. *de Gardes,* lis. *des Gardes,* p. 160. l. 16. *& delasché,* lis. *& detaché,* p. 165. l. 30. *Snot,* lis. *Sont,* p. 178. l. 12. *sa Gloire,* lis. *la Gloire,* p. 199. l. 12. *Qu'à floccous,* lis. *Qu'à floccons,* mesme p. l. 27. *incliné galemment,* lis. *incliné galamment,* p. 220. l. 26. *portoient,* lis. *portoit,* p. 225. l. 25. *Les vent,* lis. *Le vent,* p. 243. l. 22. *perir de ta main,* lis. *perir de ma main.*

www.ingramcontent.com/pod-product-compliance
Lightning Source LLC
Chambersburg PA
CBHW070518030726
47503CB00004B/1309